끝나지 않는 노래

끝나지 않는 노래

최진영 장편소설

한겨레출판

프롤로그
007

|1부|
아주 오래전부터 시작된 노래
013

|2부|
너와 내가 한 소절씩 나눠 부르던
145

|3부|
영영 끝나지 않을 이 노래
259

에필로그
309

작가의 말
324

(프롤로그)

밤새 부인과 심하게 다툰 버스 기사는 새벽에 집을 나와 터미널 간이 쉼터에서 두어 시간 눈을 붙인 후 바로 버스를 몰았다. 머리는 좋은데 노력을 안 하는, 전문대학에 입학한 막내아들의 재수 문제가 싸움의 원인이었다. 버스 안의 난방은 숨 막힐 정도로 견고했다. 승객 대부분은 늦겨울의 순진한 아침 햇살에 얼굴을 드러낸 채 깊이 잠들어 있었다. 말 안 듣는 아내와 자식이 떠오를 때마다 낮은 욕을 내뱉던 기사의 눈두덩 위에도 아침 햇살은 공평히 내려앉았다. 졸음을 쫓아내기 위해 껌을 씹던 기사의 입술이 잠시 벌어진 찰나, 방전되었던 의식 위로 망할 놈의 자식새끼 얼굴이 번뜩 떠올랐다. 버스는 앞서 달리던 소형 트럭을 매단 채 반대편 차선으로 돌진하여 두 대의 승용차를 한꺼번에 집어삼켰다. 트럭 안에는 아버지와 딸, 그리고 그 딸의 옷과 이불과 책과 밥그릇이

들어 있었다. 곧 신입생이 될 딸아이의 자취방으로 짐을 옮기기 위해 나선 길이었다. 원하던 대학에 장학금을 받고 입학하게 된 딸아이는 그즈음, 자기 앞에 펼쳐진 깨끗하고 선명한 미래에 대해 자주 이야기하곤 했다. 뿌듯함과 걱정이 절반씩 섞인 표정으로 규정 속도를 지키며 안전운전을 하던 아버지는, 이미 죽어버린 딸아이의 벌어진 눈을 향해 피투성이 팔을 내저으며 오열했다. 버스 기사 역시 그 자리에서 죽었다. 버스 기사의 말 안 듣는 자식과 죽어버린 여자아이는 장난 삼아 두어 번 손도 잡아보고 입도 맞춰본 사이였다. 그리고 그 둘은, 내 오랜 친구들이었다.

나는 친구 아버지의 장례식장에 먼저 들른 후 친구의 장례식장으로 갔다. 영정 사진 속 친구는 그 아이가 즐겨 말하던 미래처럼 깨끗하고 선명한 미소를 짓고 있었다. 그날 집으로 돌아오는 시내버스 안에서 나는, 나와는 상관없는 누군가가 오 초 동안 졸았다는 이유만으로도 내 인생이 끝장날 수 있다는 사실과, 마찬가지 이유로 나 때문에 누군가가 죽을 수도 있다는 인정사정없는 이 세계의 룰을 억지로 받아들여야 했다. 누군가의 사소한 불행이 나를 죽일 수도 있었다. 무섭고, 슬프고, 억울했다.

그날 이후 나는 계절이 변할 때마다 유서를 썼고 그것을 늘 지니고 다녔다. 나 역시 언제라도 비명횡사할 수 있는, 죽음에 취약한 존재임을 알아차려버렸기에. 얇은 종이 위엔 살면서 차마 하지 못한 몇 가지 말과, 죽은 후 내 육체를 처리하는 방법에 대한 바람이 적혀 있었다. 너무 놀라거나 오래 슬퍼 마세요. 화장하여 텃밭에 뿌려주세요. 그 땅에 푸른 채소를 심어주세요. 내 장례식엔 종일 음악이 흐르게 해주세요. 나는 언제나 유서 내용보다, 나를 배웅하러 온 사람들과 함께 듣고 싶은 음악 선곡에 정성을 기울였다. 기분에 따라 선곡은 자주 바뀌었지만, 김창완 밴드의 첫 번째 정규앨범과 조용필 1집은 꼭 포함시켰다. 김창완 밴드는 나를 위해. 조용필은 엄마들을 위해. 내가 지니고 다니던 유서는 이를테면, 비명횡사만큼은 절대 하고 싶지 않다는 마음의 부적 비슷한 것이기도 했다.

 그러므로, 이런 죽음은 단 한 번도 상상해본 적 없다.
 내가 남긴 몸과 내가 남긴 말 모두가 흔적도 없이 타버리고 말 이런 죽음 따위는, 단 한 번도.

(1부)

⋮

아주
오래전부터
시작된
노래

두자

  두자는 두자의 엄마가 두부를 만들다가 낳았다 하여 두자라는 이름을 갖게 되었다. 1927년 내성면 두릉골에서 태어난 두자는 장씨 집안의 넷째 딸이었는데, 두자 엄마는 두자를 낳은 다음 해에 아들을 낳다가 죽었다. 갓 태어난 사내아이는 자기를 받은 할머니를 고통에 찌든 표정으로 한참이나 쳐다보다가 어렵사리 울음을 터트렸다. 두자 할머니는 아까운 며느리가 죽었다며 큰 소리로 울었지만, 울음 사이로 비죽비죽 새어나오는 미소를 굳이 감추진 않았다. 남자 귀한 집안에서 손자를 봤다. 며느리 들인 지 팔 년 만의 일이었다. 이번에도 손자를 못 낳으면 아들이 더 나이 들기 전에 작은며느리를 들이고야 말겠다고 매일 작심하던 차였다. 시어머니의 의중을 모를 리 없던 며느리는 결국 죽으면서 효도했다. 할머니는 손자를 업고 동네방네 돌아다니며 아들 낳고 죽은 며느리를 자랑했다. 동네 사람들이 흉을 보면, 그년들, 손자 없는 년들이 배알이 꼴려 시샘하느라 그딴 소리나 싸지르는 거라고 목청이 터지도록 욕을 해댔다.

할머니는 손자 이름을 장수라고 지었다. 세상 누구보다 오래오래 살아남으란 뜻이었다. 할머니는 어미 없는 손자에게 제 젖을 물렸다. 보래. 이 보래. 젖이 나와. 젖이 나온다카이. 할머니는 축 늘어진 젖을 꾹꾹 짜내며 호들갑을 떨었다. 장수가 하루 종일 빨고 빨아도 젖이 남아돌자 할머니는 다 큰 제 아들에게도 억지로 젖을 물렸다. 폭포수처럼 쏟아지는 젖은 두 남자의 주린 배를 채우고도 남았지만, 두 돌도 안 된 두자에게 남는 젖을 줄 생각 따윈 아무도 하지 않았다. 보름 넘게 줄줄 흘러내리던 젖은 한 달이 지나서부터 뚝 끊겨버렸다. 아무리 짜내도 비릿한 물만 슬쩍 고이고 말았다. 밤낮없이 지긋지긋하게 울어대는 아기를 업고 할머니는 젖동냥을 시작했다. 서로 욕하며 싸우던 이웃들도 배고픈 아기에겐 스스럼없이 제 젖을 내주었다. 마침 동네엔 갓난애를 키우는 집이 다섯 집이나 있었다. 장수는 이 사람 저 사람의 젖을 조금씩 먹고도 건강하게 잘 자랐다. 제 먹을 복은 타고난 사내라고 할머니는 연방 흐뭇해했다.

두자는 주걱 잡는 힘이 생기면서부터 집안일을 했다. 손이 좀 더 커지자 싸리비도 잡고 호미도 잡았다. 할머니는 처음부터 손녀들을 남의 집 사람 취급했다. 결국 남의 집 년 될 것들이 집안 양식만 축낸다며 아침저녁으로 구박이었다. 하지만 산나물과 버섯을 캐고, 감자를 심고, 옥수수를 뽑고 보리를 터는 건 늘 손녀들이었다. 아버지와 남동생은 그들이 캐 오는 나물과 감자로 배를 불렸다. 할머니는 손자 자랑을 하는 틈틈이 손녀들보다 더 많은 일을 해냈다. 집안의 보물인 아들과 손자를 굶길 수 없다는 일념으로 새벽부터 밤중까지 산과 들을 쏘다녔고, 먹지 않아도 배부르다면서 아들과 손자의 밥그릇 채우는 데만 골몰했다. 손녀들 몫까지 싹싹 긁어낸 양식을 손자 입속에 떠 넣으며 할머니는 어이구 내 새끼, 어이구 내 보물, 어이구 자랑스러운 내 고추야. 입이 닳도록 읊어댔다. 할머니는 정말 손자가 밥 먹는 모습만 봐도 배가 불렀는지 모르겠지만 손녀들은 늘 배고팠다. 두자가 태어나기 몇 년 전에 도시에선 세계 최초로 '어린이날'을 선포하여 몇 백 개의 소년 단체를 만들었다고 하나, 두자에게 어린이라는 말은 생전 듣도 보도 못한 외래어와 같았다. 두자는 단 한 번도 어린이인 적이 없었다. 태어나는 순간부터 마땅히 일을 하여 살림을 불리고 한 살 어린 남동생을 보살펴야만 하는 어른이자 일꾼이었다.

작은며느리

며느리가 죽고 오 년 후, 할머니는 더 늦기 전에 작은 색시를 들여야 한다고 아들을 들볶았다. 어미 없이 자라는 장수가 불쌍하기도 하거니와 아무래도 손자 하나로는 영 불안하다는 게 그 이유였다. 오 년이나 지났으니 그년 혼도 저세상으로 벌써 넘어갔을 것이며, 좋은 일 하다 죽었으니 아주 복된 곳으로 갔을 것이라고 아들을 설득했다. 자기 죽으면 제사상 차릴 며느리 하나는 있어야 할 것 아니냐고 우는소리도 했다. 어린 나이에 시집 와서 죽도록 일만 하고 자식만 내리 낳다 죽어버린 아내를 생각할 때마다 두자 아버지는 마음이 아팠지만, 그게 그 여자 운이고 팔자라고 생각하면 미안함과 슬픔이 한결 덜어졌다. 하나 있는 아들이 평생을 홀아비로 사는 것보다 더 괘씸한 불효는 없다는 말을 들을 때면, 죽은 아내를 떠올릴 때보다 더 무섭고 지독한 죄책감이 몰려와 자다가도 끅끅 울었다.

 장수가 여섯 살 되던 해 할머니는 바라던 작은며느리를 들였다. 맏손녀보다 네 살 많은 여자였다. 작은며느리 집안도 먹고살기 어려웠기에, 입 하나 더는 셈 치고 홀아비에게 급히 시집을 보낸 것이었다. 작은며느리가 들어오던 날부터 장수는 심한 열병을 앓았다. 온몸에 발진이 나자 할머니는 무즙에 생강을 섞어 아침저녁으로 떠먹였다. 장수는 열에 들떠 헛소리를 해대며 생전 찾지 않던 엄마를 찾았다. 식은땀을 흘리며 연신 엄마를 찾는 장수를 보고 할머니는 질질 울면서 중얼거렸다. 저 말은 대체 어디서 배워 왔을꼬. 어디서 주워듣고 죽자살자 지 엄마만 찾아쌌는가 이 말이라.

 열병이 쉽게 낫지 않자 동네 사람들은, 죽은 큰며느리가 제 아들 찾으러 온 거라고, 제 목숨 내놓고 낳은 아들을 다른 여자 손에 맡길 수 없어 저승에서 득달같이 달려온 게 분명하다고 혀를 놀렸다. 장수가 느닷없이 엄마를 찾는다는 말이 떠돌자 소문은 더 부풀려졌다. 장수를 살리려면 작은며느리를 쫓아내는 수밖에 없다며 참견도 하고 겁도 줬다. 할머니는 동네 사람들의 말을 흘려듣지 못하고 고민에 빠졌다. 장수를 잃을 수도 없었고, 며느리를 들여 손자를 더 보고 싶은 욕심도 버릴 수 없었다.

  결국 동네에서 가장 용하다는 무당을 불러 쌀 한 말을 주고 굿을 벌였다. 무당은 두자네 마당에서 눈을 까뒤집고 춤을 추고 곡을 하다가, 오동나무 회초리로 작은며느리를 내갈기기 시작했다. 작은며느리 안에 큰며느리 혼이 들어갔다고, 그것을 쫓아내야 손자를 살릴 수 있다고 무당은 주장했다. 어디 시어미 하는 일에 며느리가 나서서 패악이냐! 무당은 작은며느리를 마구 때리며 소리질렀다. 장수는 이 집 자손이지 니 아들이 아니야! 시샘에 원망에 아주 악다구니가 넘쳐나는구나, 넘쳐나! 이 못된 것! 무당은 회초리를 할머니에게 건네며 당신이 직접 귀신을 내쫓으라고 했다. 내 말은 안 들어도 시어미 말은 들을 거 아니요. 이런 건 시어미가 직접 나서야 뒤탈이 없소. 할머니는 기다렸다는 듯 회초리를 받아들고 작은며느리를 사정없이 내려쳤다. 눈을 치뜨고 두 사람을 노려보던 작은며느리가 거품을 물고 까무러친 후에도 할머니의 매질은 멈추지 않았다.

큰언니

굿 때문인지 나을 때가 되어서인지, 보름 후 장수는 말짱히 살아나 다시 집 안을 휘젓고 다니기 시작했다. 며느리는 상처가 채 아물기도 전에 다시 부엌으로, 산으로, 개울로, 밭으로 일거리를 찾아 쫓아다녀야만 했다. 할머니는 아들 하나 더 낳아야 한다는 말을 물리도록 해댔고, 손녀들이 초경을 시작하는 순서대로 비렁뱅이 내쫓듯 시집보내기 바빴다. 두자 언니들은 평생을 같이 살 남자가 몇 살인지, 어떻게 생겼는지, 목소리는 어떤지도 모른 채 보퉁이 하나만 들고 집을 떠났다. 큰언니는 시집가기 전날 밤 걸레를 입에 물고 '엄마' 란 말을 안으로 삼키며 꺽꺽 울었다. 두자는 언니가 어딘지도 모를 곳으로 영영 떠난다는 게 너무 슬프고 무서워 같이 울었다. 언니가 엄마를 부르듯 저도 엄마를 불러보고 싶었지만 두자 입에선 언니 울지 마, 언니 가지 마, 나도 데려가 언니, 소리만 줄줄 새어나왔다.

울다 지친 언니는 한참을 멍청히 앉아 있다가 꾸려놓은 보퉁이에서 낡은 참빗을 꺼냈다. 우는 두자를 달래 무릎에 앉힌 후 두자의 길고 푸석한 머리카락을 느릿느릿 빗겨줬다. 거울도 없고 불도 없고 그림자도 없는 깜깜하고 적막한 방이었다. 밤은 검고 두자의 머리카락도 검고 언니의 마음은 그보다 더 까맸다. 바닥에 떨어지는 서캐 소리까지 다 들릴 만큼 고요했기에 두자는 울음을 참을 수밖에 없었다. 언니, 하고 부를 수도 없었다. 억지로 삼키지도 참지도 말고, 다 같이 큰 소리로 울면 좋겠다고 두자는 생각했다. 창밖에선 검고 마른 나뭇가지가 기괴하고 슬픈 춤을 추었다. 두자의 까만 영혼도 그것을 따라 팔을 꺾고 다리를 꺾으며 아픈 춤을 췄다. 언니가 계속 머리카락을 만져주니까 슬프고 속상한 마음과 달리 자꾸 눈이 감겼다. 두자는 두 눈을 부릅뜨고 졸음을 참았다. 언니가 새벽에 집을 떠날 때 몰래 따라갈 참이었다. 언니랑 같이 살겠다는 게 아니라, 어디 사는지만 알아두고 다시 돌아올 것이었다. 그리고 나중에 자기도 시집이란 걸 가게 된다면 꼭 언니가 사는 동네로 보내달라 조를 작정이었다. 맞아 죽을 각오를 하고서라도 그래볼 생각이었다. 자기는 여태껏 조르거나 떼써본 적 없으니까, 일생에 한 번, 딱 한 번 정도는 그래도 되지 않을까 싶었다. 그때를 위해 시키는 일 잘하고 밥도 덜 먹고, 남동생도 더 잘 보살필 것이다. 오직 그때를 위해.

  선잠 끝에 눈을 떴다. 언니가 앉았던 자리는 차게 식어 있었다. 머리를 만져보았다. 부잣집 처녀처럼 단정하게 땋여 있었다. 언니가 입에 물고 울던 걸레는 축축하게 젖어 있었다. 할머니가 문을 벌컥 열더니 아직도 처자느냐고 치도곤을 먹였다. 비죽비죽 새어 나오던 눈물이 쏙 들어갔다. 또 하루가 시작되었다. 잠에서 깬 장수가 바지춤을 붙잡고 큰누나를 찾으며 울었다. 할머니가 장수를 안아 올리며 우쭈쭈쭈 내 새끼, 우쭈쭈쭈 내 새끼, 하면서 어르고 달랬다. 두자는 불을 피우고, 셋째 언니는 텃밭에 쪼그려 앉아 감자를 캤다. 둘째 언니는 벌써 산에 올라가고 없었다.

큰언니가 떠난 다음 해 봄과 가을에 둘째 언니와 셋째 언니도 시집을 갔다. 언니들은 할머니가 시집가란 말을 꺼내자마자 기다렸다는 듯 보퉁이를 들고 일어섰다. 어서 아들을 낳아 먹지 않아도 배부른 그 경지에 빨리 이르고 싶다는 듯. 둘째 언니가 시집가던 해 작은며느리가 아기를 낳았다. 딸이었다. 작은며느리는 아기를 낳은 후 바로 자리를 털고 일어나 제 피로 얼룩진 이불을 빨았다. 젖이 잘 나오지 않아 아기는 자주 울었다. 두자는 제 팔뚝만 한 아기를 업고 달래며 감자를 캐고 옥수수를 뽑았다.

현모양처

할머니는 장수를 업고 빨고 무조건 많이 먹이는 데만 여력을 다했을 뿐, 글씨를 가르칠 생각은 하지 않았다. 글은 양반이나 배우는 것이며 산골에서 글자를 배워봤자 써먹을 데도 없으니, 건강하게 자라 밭일 잘하고 곡식 잘 거두고, 그러다 소 한 마리 키우게 되면 좋고, 누구보다 오래오래 살아남아 집안 제사만 잘 챙기면 된다고 했다. 더불어 아들 잘 낳는 색시 만나 대만 이어준다면 더 바랄 게 없다고 입버릇처럼 말했다.

당시 도시에선 중등학교에 들어가려는 아이들의 입시전쟁이 한창이었다. 어머니들은 아들을 공부시켜 집안을 일으킬 사람으로 만드는 데 심혈을 기울였다. 평균 6 대 1의 경쟁률을 뚫어야 중등학교에 들어갈 수 있었는데, 시험에 탈락했다는 이유로 자살하는 학생도 있었고 자해하는 학생도 있었다.

두자 아버지는 장수에게도 공부를 시켜야 한다고 할머니를 설득했다. 할머니는 장수를 품에서 내놓으려 하지 않았다. 왜놈이 땅도 뺏고 쌀도 뺏고 사람 목숨도 다 뺏어가는 세상인데, 귀한 손자를 바깥에 내놓았다가 그마저도 뺏기면 어쩔 것이냐는 게 할머니의 주장이었다. 글이 뭐가 중요하냐. 똑똑한 게 뭔 소용이냐. 그딴 것이 목숨 지켜준다냐. 글 배워 세상 깨치면 우리 장수 오래 못 산다. 세상이 내 손자 가만두지 않을 것이다. 우리 장수는 소리도 내지 말고 낯도 비추지 말고 깊이 숨어 오래오래 살아남아야 한다. 할머니의 의지는 강경했다. 아버지는 할머니를 붙잡고 앉아 통사정을 했다. 어무이도 글을 모르고 내도 글을 모르고 우리 집안사람들 아무도 모르는데, 장수까지 까막눈으로 살게 할 작정이요. 글쟁이들, 배운 놈들한테 평생 당하고 살게 냅둘 것이오. 우리가 언제까지 산 태워 먹고살겠소. 우리도 밭뙈기 하나, 소 한 마리는 품고 살아야지 않겠소. 장수는 그리 살아야지 않겠소. 글을 배워야 하오, 어무이. 계산을 할 줄 알아야 하오. 지 이름 석 자는 쓸 줄 알아야 한단 말이오. 아랫마을 소학교라도 보냅시다. 거기서 지 이름이라도 배우고. 그래요, 어무이. 어무이 이름도 배우고 내 이름도 배우고. 생각해보소. 장수가 나중에 어무이 이름 내 이름 딱 써서 제사상에 붙여놓으면 그보다 더 흐뭇한 일이 어디 있겠소. 안 그러요?

이름을 써서 제사상에 올려줄 거란 말에 할머니의 마음이 조금 흔들렸다. 그래, 그럼 글자만 배우게 하자고 할머니는 제 뜻을 조금 꺾었다. 글자만 배우면 그놈의 학교는 딱 끊어버릴 거라고 으름장도 놓았다. 아홉 살 되던 해부터 이십 리 넘어 있는 아랫마을 소학교에 다니게 된 장수는, 학교에서 배운 글자를 흙바닥에 써 보여 할머니를 기쁘게도 했다. 할머니는 장수가 태어났을 때처럼 동네방네 돌아다니며 집안에 학자가 났다고 자랑을 해댔다. 두자는 장수가 흙바닥에 써놓은 글자에 걸레 빤 물을 뿌렸다가 할머니에게 나가 죽으란 욕을 일주일 내내 들었다.
　언니들이 모두 시집간 후 두자는 오씨네 복순을 언니 삼아 어울렸다. 같이 내성천에서 빨래하고 물 긷고 앞뒤 산에서 버섯 캐며 세상과 어른과 소문에 대해 종알종알 떠들었다. 복순은 셋째 언니와 나이가 같았는데, 많이 먹지 않아도 볼살이 통통하니 귀여웠고 부끄럼 많은 성격에 말투도 차분해 동네 어른들이 무척 예뻐했다. 복순 엄마는 둘째 딸 화순이처럼 복순이도 먼 도시의 뼈대 있는 집안 며느리로 들일 거라며, 가까운 곳에서 들어오는 혼사는 모두 거절했다. 복순은 늙어 죽을 때까지 엄마, 아버지랑 같이 살고 싶지 시집 같은 건 가고 싶지 않다고 두자에게 털어놓았다. 두자는 시집도 가기 싫었지만 할머니, 아버지와 계속 살고 싶지도 않았다. 굳이 어딘가로 가야 한다면 언니들에게 가고 싶었다. 머리를 곱게 땋아주고 떠난 큰언니 가까운 곳으로 가고 싶었다. 가서 평생 산나물만 캐며 살아야 한대도 꼭 그러고 싶었다.

복순은 옛날이야기나 앞으로 어떻게 살고 싶은지에 대해 자주 말했다. 두자는 언니들에게 '나중에'라든가 '이다음에'로 시작되는 말을 별로 들어본 적이 없었다. 언니들은 늘 지금 해야 할 것, 내일 아침에 해야 할 것, 혹은 하지 말아야 할 것들에 대해서 이야기했다. 마루 좀 훔쳐라. 옥수수 좀 빻아라. 요강 좀 부셔라. 내일 새벽 일찍 산에 가야 해. 나물 삶은 건 절대 아버지 밥그릇에 담으면 안 돼. 장수 좀 업어라. 할머니 좀 모셔 와라. 두자는 언니들이 세상에서 제일 좋았지만, 좋아하는 마음 곳곳엔 원망과 미움도 숨어 있었다. 그런 감정이 도대체 왜 생기는지 알 수 없었지만, 언니들이 할머니처럼 무조건 아버지와 장수 것을 먼저 챙기는 것을 볼 때마다, 속 깊은 곳에서 눈물로 똘똘 뭉쳐진 잿더미가 울컥 올라와 목구멍을 꾹 누르는 것 같았다. 자기는 아무에게도 특별하지도 귀하지도 않다는 생각이 스스로를 볼품없이 만들곤 했는데, 그건 언니들 역시 마찬가지니까 그들을 원망하거나 미워하기도 싫었다. 그 때문인지 좋아하는 티 한 번 내지 못하고 살다가 언니들을 보내버렸다.
　나는 현모양처가 되어야 해. 복순이 얼굴을 붉히며 말했다. 자기 엄마가 아침마다 니는 꼭 현모양처가 되어야 한다고 말하기 때문이랬다. 자기 언니들도 결혼해서 모두들 현모양처가 되었다고 했다. 두자는 현모양처가 뭔지 몰랐다. 그저 결혼만 하면 저절로 되는 건가 보다 하고 짐작할 뿐이다. 그럼 우리 언니들도 모두 현모양처가 되었나? 두자가 혼잣말로 중얼거리자 복순이 입술을 삐

죽거리며 말했다. 그건 그렇게 쉬운 게 아냐. 일단 좋은 집에 시집을 가야 돼. 그리고 꼭 아들을 낳아야 돼. 안 먹어도 배부르고 마른 땅에서도 곡식을 뽑아낼 줄 알아야 해. 절대 큰소리를 내어선 안 돼. 울고 싶으면 부엌에서 불 피울 때나 혼자 몰래 울어야 돼. 세상이 망해도 가족들 밥상은 삼시 세끼 차려낼 줄 알아야 하고. 복순의 말이 끝나기도 전에 두자는 한숨을 푹 쉬며 말했다. 그게 어디 사람이냐. 무당을 불러내 때려잡아야 할 귀신이지. 우리 언니들은 절대 그거 되면 안 되겠다.

빈집

혹독한 더위는 그동안 고생 많았다는 듯 군데군데 먹을거리를 부려놓고 마을을 떠났다. 밤알 떨어지는 소리를 따라 복순과 두자는 자주 산속을 헤맸다. 복순은 정 많고 욕심 없어 제가 주운 밤알도 곧잘 두자 광주리에 넣어주곤 했다. 밤과 버섯으로 제법 묵직해진 광주리를 들고 산을 내려오며 복순은 자기도 곧 마을을 떠날 것 같다고 말했다. 아버지가 좋은 혼처를 알아두었다는 것이었다. 두자의 표정이 시무룩해졌다. 두둑한 광주리로 뿌듯했던 마음이 금세 그 무게만큼 무거워졌다. 복순이 두자의 손을 꼭 잡았다. 친하게 지내긴 했지만 손을 잡긴 처음이었다. 온기가 느껴졌다. 괜히 가슴이 뛰었다. 우리 내일도 밤 주우러 가자. 복순이 명랑하게 말했다. 내가 떠나는 날까지 우리 매일 밤 주우러 가자. 두자는 말 없이 고개만 주억거렸다. 서쪽 하늘 언저리에 깊게 여윈 달이 박혀 있었다. 영영 겨울이 오지 않으면 좋겠다. 아직 따뜻한 손을 수줍게 흔들면서 두자는 생각했다. 늘 가을이면 좋겠다. 계속. 계속. 매일. 매일. 아무도 떠나지 못하게 시간이 그만 멈춰버렸으면 좋겠다.

 사흘 후, 먼 곳으로 시집간 화순이 뭇국에 양잿물을 타서 남편을 죽이려 했다는 소문이 마을에 쫙 퍼졌다. 집안끼리 가약을 맺고 어린 아들딸을 미리 결혼시키는 일이 빈번하던 때였다. 신교육을 받은 남자들은 집에서 맺어준 아내에게 정을 주지 못하고 세련되고 똑똑한 신여성과 연애하기를 즐겼다. 사랑 없는 결혼을 운명으로 받아들이고 죽는 날까지 일부종사하는 여자들이 대다수였지만, 남편과 시집의 냉대와 학대를 견디다 못해 그들을 독살하는 경우도 있었다. 화순이 어째서 남편을 죽이려 했는지는 알 수 없었다. 마을 사람들은 그 이유 따위 궁금해하지 않았다. 어떻게 그럴 수 있느냐는 말만 주고받을 뿐이었다. 학식 있는 양반집에 딸을 보냈다는 자부심으로 의기양양했던 복순네 가족은, 소문이 마을을 한 바퀴 돌기도 전에 세간도 제대로 못 챙기고 도망치듯 마을을 떠났다. 산 어귀에서 복순을 기다리던 두자는 빈 광주리를 들고 마을로 내려오다 그 소문을 들었다. 두자는 어른들의 소문을 제대로 이해할 수 없었다. 다만 복순이 떠났구나, 간다더니 정말 갔구나 싶어 언니들이 떠나던 날만큼 쓸쓸하고 서러워졌다.

그날 밤, 두자는 아버지와 할머니가 잠들길 기다렸다가 몰래 집을 나섰다. 행여 누가 알아보고 할머니에게 허튼소리라도 전하면 어쩌나 조마조마한 마음에 숨도 참고 울음도 참으며 종종 걸었다. 복순이 진짜 마을을 떠났는지 제 눈으로 확인하고 싶었다. 길을 걸으며 시집간 언니들과 그들의 남편에 대해 생각했다. 두자는 그들이 어디에 사는지, 남편은 어떤 사람들인지 전혀 알지 못했다. 사는 동안 그들을 한 번이라도 다시 만날 수 있을까. 확신할 수 없었다. 내 나이 이제 겨우 열 살이고, 앞으로 십 년을 더 살지 이십 년을 더 살지 모르겠지만 영영 그들을 만나지 못하고 홀로 그 멀고 먼 시간을 견뎌야 한다면, 나도 양잿물을 먹고 죽어버리겠다, 두자는 이를 앙다물며 다짐했다. 내가 죽어도 언니들은 그 소식을 모를 테니 슬퍼하지도 않을 것이다. 아버지와 할머니는 장수가 최고니까 나 하나 죽는다고 슬퍼할 리 없을 것이다. 나는 죽어서도 서러워 구천을 떠돌 것이고 그때에야 내 맘대로 언니들을 만나러 갈 수 있겠지. 그때가 오면 미워하는 티도 좋아하는 티도 맘껏 내야지. 복순네 집으로 가는 길이 꼭 귀신이 되어 언니들을 만나러 가는 길 같았다. 깜깜한 밤에 적막한 흙길을 걷는 게 제 몸인지 영혼인지 헷갈려 두자는 손등을 꼭꼭 꼬집으며 걸었다.

복순네 집 사립문을 열고 마당에 들어섰다. 좁은 마당을 휘둘러 스산한 바람이 불었다. 방마다 문이 열려 있었다. 세간은 그대로였지만 복순네 가족은 단 한 사람도 보이지 않았다. 먼 데서 개 짖는 소리가 들렸다. 두자는 어쩔 줄 모르고 마당을 서성이다 담벼락 아래 주저앉았다. 집에 가면 할머니도 있고 아버지도 있고 새엄마도 있고 아직 이름 없는 어린 아가도 있는데, 그리고 참, 장수도 있는데, 그런데도 세상에 혼자 내던져진 느낌이었다. 두자는 걸레를, 썩은 감자를, 옥수수 껍질을 내던지듯 '내던져졌다'라는 말을 입 밖으로 끊임없이 내던졌다. 주물러진 발음이 꼭 자기인 것만 같았다. 춥고 배고팠다.

새엄마

열일곱 살 되던 해 장수는 일본군에 징집되어 마을을 떠났고, 일 년도 지나지 않아 재가 되어 돌아왔다. 할머니는 재가 담긴 상자를 품고 미쳐 날뛰다가 고꾸라지기를 반복했다. 허연 재를 들여다보며 이게 장수일 리 없다고, 우리 장수는 이렇게 생기지 않았다고 발악을 했다. 장수는 분명 살아 있다고, 웬 미친놈이 나무 태운 재를 갖고 와 멀쩡히 살아 있는 장수를 귀신 만들고 지랄이냐며 고래고래 소리를 질렀다. 이틀 동안 먹지도 자지도 않고 울기만 하던 할머니는 날이 밝기도 전에 상자를 들고 집을 나섰다. 용한 무당을 찾아가 재를 보여주면 장수가 아닌 게 밝혀질 거라고 굳게 믿었다. 늦도록 돌아오지 않는 할머니를 찾아 아버지와 새엄마는 산 너머 동네까지 샅샅이 뒤졌다. 할머니를 봤다는 사람도, 만났다는 사람도 찾을 수 없었다.

나흘 후, 산 중턱에서 버섯을 캐던 사람들이 할머니를 발견했다. 절벽에서 구른 듯 굳은 피딱지가 얼굴과 손발을 가득 덮었고 다리 한쪽은 부러진 채 뒤틀려 있었다. 산짐승에게 파헤쳐지지 않은 게 그나마 다행이었다. 할머니는 재가 담긴 상자를 품에 꼭 안고 있었는데, 굳은 시체 팔을 무리하게 폈다간 팔이 부러질 것만 같았다. 할머니는 장수를 꼭 안은 채 땅에 묻혔다. 귀한 손자를 자기 품에서 절대 내놓을 수 없다는 생전의 말을 죽으면서도 지킨 꼴이었다. 어머니와 아들을 동시에 잃은 아버지는 밤낮 술만 먹었다.

그날 이후 비 오는 날이면 등에 장정을 업은 할머니 귀신이 나타난다는 소문이 동네 가득 퍼졌다. 하얀 저고리를 풀어 헤친 할머니 가슴에선 시꺼먼 젖이 줄줄 흐른다고 했다. 장정을 업은 건 할머니가 아니라 젊은 여자라는 말도 돌았다. 젊은 여자의 아랫도리는 핏물로 흥건히 젖어 있어서 그 여자가 움직일 때마다 비릿한 피 냄새가 천지사방을 가득 메운다고들 했다. 급기야는 두 여자가 장정을 서로 업겠다고 머리채를 붙잡고 싸우더라는 소문까지 만들어졌다. 무당들이 두자네 집을 찾아와 굿을 해야 한다고, 집안에 한 맺힌 어미 귀신이 너무 많아 앞으로도 숱한 남자가 죽어나갈 거라고 으름장을 놓았다. 적어도 쌀 열 말은 내어야 귀신을 모두 내쫓을 수 있다고 했다.

이놈의 귀신들!

새엄마는 무당에게 소금을 뿌리며 소리 질렀다.

죽어서도 곡식 축내는 아귀들! 저년을 따라가든 내 피를 빨아먹든, 어디 맘대로 해봐라, 이 잡것들아!
 말없이 얌전하게 시키는 대로 일만 하던 새엄마는, 할머니가 죽은 후부터 드세고 겁 없는 여자로 옷을 바꿔 입었다. 이전까지는 새엄마를 집 안의 호미나 광주리 정도로만 인식하던 두자도 점점 새엄마 눈치를 보게 되었는데, 변해가는 새엄마 모습이 싫거나 무섭기만 한 건 아니었다. 성을 내고 호통을 치고 악착같이 곡식을 챙겨야 하는 사람이 집안에 한 명쯤은 꼭 있어야 했는데, 할머니가 맡아 하던 그 역할을 새엄마가 대신하는 것이라 여겨진 까닭도 있었고, 무엇보다 새엄마는 할머니처럼 무조건 아버지부터 챙기려들진 않았기 때문이었다. 새엄마는 오직 집안 살림에만 집중했다. 귀신이든, 남편이든, 자식이든, 집안을 쑥대밭으로 만들고 양식이나 축내는 존재는 절대 용납지 않으리란 결연한 작심이 새엄마의 야윈 몸뚱이를 철갑처럼 두르고 있었다.

엄마는 이름이 뭐요?

 바람 한 점 불지 않는, 무더운 여름의 절정이었다.
 막내야.
 산 아래 좁은 밭에서 김을 매던 새엄마가 나지막이 두자를 불렀다. 어떤 색깔도 감정도 느낄 수 없는 목소리였다. 새엄마는 시집 온 날부터 두자를 막내라고 불렀다. 두자는 대답 대신 엄마 쪽으로 고개를 돌렸다.
 니 동생들 이름 좀 맹글어봐라.
 장수가 징집되던 해 새엄마는 딸을 하나 더 낳았는데, 아버지도 할머니도 그 아이의 이름을 지어주지 않았다. 그 전에 낳은 딸도 이름 없기는 마찬가지였다.
 첫째는 내가 방금 맹글었는데.
 새엄마가 말을 이었다.
 선녀 어떻노.
 두자는 잠시 생각하다 고개를 저었다.
 선녀는 산 사람이 아니잖니껴.
 그래도 나는 개가 선녀처럼 살았음 좋겠어서.
 그럼 공주라고 해요.
 두자 말에 새엄마의 입가가 조금 움직였다. 까맣게 탄 얼굴에 깊은 주름이 잡혔다. 두자는 잡초를 멀리 던지며 말을 이었다.
 둘째는 꽃님이 어떻니껴. 장공주. 장꽃님.
 멍한 표정으로 두자의 말을 듣던 새엄마가 찬물을 뒤집어쓴 듯 고개를 흔들며 급히 말했다.
 아이다. 아이다. 이름이 고우면 팔자가 억세댔어. 그런 이름은 안 된다.
 새엄마의 말에 두자는 복순과 장수를 동시에 떠올렸다.
 근데.
 두자가 머릿수건을 고쳐 쓰며 물었다.

엄마는 이름이 뭐요?

새엄마는 오래전에 죽은 조상 이름 떠올리듯 기억의 사다리를 느릿느릿, 한참이나 올라갔다. 새엄마가 제 이름을 쫓아 입술만 달싹이는 걸 보고 두자는 작은 목소리로 중얼거렸다.

내 이름은 두잔디. 장두자.

12월 19일 a.m. 2:17

이불을 뒤집어쓴 채 핸드폰 폴더를 열어본다. 깜깜한 이불 속에 동그란 빛이 고인다. 12월 19일 a.m. 2:17. 빛을 품은 내 얼굴을 상상해본다. 겨울이면 난방이 시원찮아 이불 두어 채를 머리끝까지 뒤집어쓰고 어서 잠이 찾아오길 기다렸다. 이불 무게 때문에 숨이 막혀서, 잠들기 전까지는 몇 번이나 이불을 걷어 올리고 큰 숨을 들이쉬어야 했다. 그럴 때마다 나는 심해 속 해구에 사는, 눈도 귀도 없이 입만 커다란 기괴한 생물체를 상상했다. 이름은 블루 플라이. 까마득한 해구에는 위도 아래도 없지. 빛도 어둠도 없지. 친구도 적도 없지. 왜냐면, 나는 아무것도 볼 수 없으니까. 까만 콩 같은 이것은 눈이 아니야. 구멍. 막힌 구멍이야. 점이야. 쌍둥이 점이야. 심심해서 만든 흉터. 검은 별. 죽은 별이야. 빛을 삼키는 블랙홀. 삼키고 삼켜도 굶주린 내장이야. 삼킨 빛으로 만들어진 나는 배설된 오물이야. 삼만 초에 한 번 숨을 쉴 때마다 블루, 블루, 블루. 소화되지 않은 빛이 반짝, 반짝, 반짝. 숨을 쉬면 빛이 나고 빛이 나면 따뜻하고 그 온기가 그리워 나는 삼만 초에 한 번씩 아끼고 아낀 숨을 후웁. 후웁. 후웁. 하고 내쉬는데, 그때마다 입에선 군내가 났다. 군내는 내 주위를 맴맴 맴돌다가 이불이나 목도리나 축축하게 젖은 쉰내 나는 수건에 흡수되어 내 냄새를 형성했다. 한참 동안 블루 플라이를 상상하고 상상해도 기어이 잠이 안 올 때면, 어둠을 빤히 응시하며 곳곳에 새겨져 있는 글씨를 기억해내려 애쓰곤 했다. 의자에 널어놓은 분홍색 수건 끝자락에 촘촘히 박혀 있을 '박복자칠순기념'. 책상 어귀에 비스듬히 세워져 있을 '해커스토익실전1000제'. 스탠드 밑에 새겨져 있을 'MADE IN CHINA'. 탁상용 달력에 쓰여 있는 '당신의 오늘을 응원합니다' 라는 공허한 글자. 숫자 아래 드문드문 휘갈겨 쓴 한 달 일정. 5일 카드값. 대출 이자. 18일 토익시험. 20일 핸드폰 요금. 22일 엄마들 생일. 25일 페미리 월급. 30일 탐탐 월급. 31일 고시원비. 그래도 잠이 안 오면, 초침 소리에 정신을 집중하고 마음으로 60의 숫자를 정확한 속도로 세어보기도 했다. 60을 백 번 세도록 잠이 오지 않으면 나는 다시 심해의 생물체로 돌아가 후웁. 후웁. 후웁. 숨을 내쉰다. 몸 곳곳에서 터지는 수천수만의 푸른빛 알갱이. 오늘이나 내일 없이 어제의 빛으로만 가득 찬 기억의 발산. 삼선 슬리퍼 한쪽이 떨어져서 압정으로 꾹꾹 눌러 박아 신다가 그

압정에 발바닥을 찔렸던 열다섯 살 여름. 며칠 후 미영이 선물해 준 아디다스 슬리퍼. 언제나 딱 붙어 다니던 네 명의 친구들과 나는 똑같이 생긴 슬리퍼를 신고 수돗가에 나란히 서서 이를 닦곤 했다. 혓바닥까지 꼼꼼히 닦아내던 미영과 달리 나는 언제나 이를 닦는 시늉만 했다. 이를 다 닦고 난 후 우린 다디단 초콜릿을 또 나눠 먹었다. 중학교를 졸업하던 해엔 충치가 세 개나 생겼다. 치과 의사가 이를 덮어씌워야 한다고 했는데, 신경 치료만 받고 말았다. 그날 이후 충치가 없는 왼쪽 어금니로만 음식을 씹는 버릇이 생겼고, 덕분에 지금 내 얼굴은 티가 날 정도로 비대칭이 되었으며 왼쪽 어금니에도 충치가 생겼고, 역시나 신경 치료만 받은 상태다. 엄마들과 목욕탕에 갔을 때 나는 왼쪽 팔뚝에 있는 동전만 한 갈색 점을 엄마들에게 보여주며 이렇게 말했다. 잘 봐둬. 나는 여기에 점이 있어. 이게 바로 나의 특별한 점이지! 그리고 오른쪽 무릎의 지렁이 같은 흉터를 가리키며 말했다. 여기. 이 흉터로도 나를 구분할 수 있어. 거울을 보며 말했다. 얼굴은 비대칭이고. 입을 벌리며 말했다. 양쪽 어금니는 죄다 충치야. 엄마들 중 한 명이 그런 말은 왜 하느냐고 했다. 혹시 모르잖아. 얼굴이나 목소리 말고 다른 것으로 나를 찾아야 될 상황이 오면, 그럼 엄마들은 나의 이런 점들을 떠올려야만 해. 엄마들은 내 말을 대수롭잖게 들으며 열심히 때를 밀었다. 하지만 결국 내 얼굴이, 팔이, 무릎이 다 타버린 후에야 나를 찾으러 온다면, 엄마들이 기억해내야 하는 건 충치 먹은 어금니뿐일 것이다. 찾아낼 수 있을까? 기억할 수 있을까? 까맣게 탄 내 입을 벌리고 네 개의 충치를 찾아낸 후, 뒤늦게라도 엄마들은 내 이름을 불러줄까?

봄날

 해방 이듬해 세밑 무렵, 새엄마가 아들을 낳았다. 아들이 태어났을 때 아버지는 죽은 어머니 생각에 웃다가 울었다. 딸을 낳았을 땐 바로 자리를 털고 일어나던 새엄마도 맘 놓고 오랫동안 자리에 누워 있었다. 덕분에 두자는 밤낮 산으로 들로 뛰어다니며 먹을 것을 캐 나르는 동시에 집안일을 도맡으며 어린 동생들까지 건사해야 했다. 아버지도 정신을 추스르고 무엇이든 해보려고 노력했지만, 워낙 몸이 약한 데다 제대로 된 일을 해본 적이 없었던 터라 땔감 한 지게만 해 날라도 쉽게 지치고 몸이 상했다. 데면데면하던 아버지와 새엄마 사이도 조금 부드러워졌다. 아버지는 전에 없이 새엄마의 밥과 건강을 챙겼다. 새엄마는 불을 피우다가,

장을 푸다가, 밭일을 하다가도 혼자서 실실 웃었다. 장수와 할머니가 죽은 후 좀체 풀리지 않던 집안의 냉기가 조금씩 녹아내려 촉촉한 온기를 머금는 것 같았다. 아무도 싸우지 않고 화내지 않으니까 두자의 마음도 왠지 몽글몽글해졌다.

예쁘지도 귀엽지도 않았지만 부모의 사랑을 듬뿍 받던 아기는 열병을 앓다가 백일을 넘기지 못하고 죽어버렸다. 손자라면 끔찍하게 아끼던 할머니가 제 품에서 키우려고 기어이 저세상으로 데려간 게 분명하다고 동네 사람들은 수군거렸다. 굿을 하지 않으면 숱한 남자가 죽어나갈 거라던 무당의 악담을 기억해내는 사람도 있었다. 며느리가 한밤중에 시어미 묘를 찾아가 내 아들 내놓으라며 가슴을 쥐어뜯고 울더라는 소문이 떠돌았다. 바람을 타고 동네 곳곳을 떠돌던 소문은 아버지와 새엄마의 마음에 억센 뿌리를 내린 후 살기로 속을 채운 열매를 주렁주렁 토해냈다. 새엄마는 말린 옥수수 알을 헤아리며 울고, 이불을 빨다 화를 내고, 요강을 부시다가 통곡하곤 했다. 아버지는 새엄마를 볼 때마다 욕을 해댔다. 아기를 죽인 건 새엄마도 아버지도 아니었고, 다만 병을 앓다 죽었을 뿐인데도 두 사람은 서로를 살인자 취급하며 물고 뜯었다. 살인자니까 밥도 먹어선 안 되고 잠을 자서도 안 되고 두 발로 걸어도 안 되고, 살려고 숨을 쉬어도 안 되었다. 두자는 살기로 가득 찬 두 사람의 눈을 피해 죽은 아기처럼 핏기 없는 얼굴로 숨소리를 감추며 어린 동생들을 껴안았다.

산 아래에 불을 놓던 초봄이었다. 멀리서 비틀거리며 뛰어오는 아버지가 보였다. 부쩍 여윈 데다 썩은 감자처럼 검게 뒤틀려가는 그의 얼굴은 저승사자처럼 무섭고 끔찍했다. 헐떡거리며 뛰어오던 아버지가 새엄마의 머리채를 낚아채더니 개 패듯 마구 때리기 시작했다. 두자는 헛것을 본 것처럼 눈을 가늘게 떴다. 연기 너머로 울렁거리는 아버지와 새엄마의 모습은 가끔 꾸는 꿈처럼 아득하고도 흐릿했다.

이년! 이 귀신 붙은 년!

아버지의 목소리가 쩌렁쩌렁 울렸다.

내 엄마 내놔라. 이 죽일 년! 내 아들놈 내놔라. 이 버러지 같은 년아!

아버지가 새엄마의 배를 연신 짓밟았다. 새엄마는 소리도 못 지르고 입만 벌린 채 탁한 숨만 겨우 쉬어댔다. 두자는 검게 그을린 밭을 가로질러 두 사람에게 달려갔다. 맵고 탁한 연기가 몸의 모든 구멍을 턱턱 막아댔다. 아부지, 아부지요. 두자가 아버지의 다리를 붙잡으며 울었다. 아버지가 주먹으로 두자의 뺨따귀를 내려쳤다. 벌렁 나자빠진 두자는 벌벌 기어 새엄마 위에 누워버렸다. 두자의 가슴과 배로 발길질이 날아왔다. 두자 밑에서 꼼지락거리던 새엄마가 모난 돌로 아버지 발을 냅다 찍은 후, 두자를 밀쳐내고 일어나 무딘 괭이를 높이 쳐들었다. 등 뒤로 찬란한 봄 햇살이 쏟아졌다. 괭이가 허공에서 커다란 포물선을 그렸다. 바람 갈라지는 소리가 생생히 들렸다. 그 소리만 듣고도 아버지와 두자는 동시에 나자빠졌다. 두자는 바닥을 설설 기어 이번엔 새엄마의 다리를 붙잡았다. 새엄마는 괴성을 지르며 다짜고짜 괭이를 휘두르는 동시에, 어디에서도 들어보지 못한 지독한 저주를 폭포처럼 게워냈다. 아버지는 두 팔로 얼굴을 가리며 죽는 소리를 냈다. 검은 그림자로 뒤덮인 새엄마의 얼굴과 그 뒤로 타오르는 그을음이 두자의 온몸과 정신을 짓눌렀다. 귀신에 홀린 것 같은 새엄마의 모습이 무서웠지만, 한편으론 피가 거꾸로 치솟듯 흥분되었다. 두자는 떨리는 손으로 벌어지려는 입을 틀어막았다. 웃고 싶었다. 바닥에 너부러져 꿈쩍도 못하는 아버지를 내려다보며 통쾌하게 웃고 싶었다.

배 속에 든 똥까지 다 토해내듯 온갖 악다구니를 뿜아내던 새엄마가 종아리에 매달려 있던 두자를 밟고 잠시 비틀거렸다. 낮잠에서 깨어난 듯 멍한 눈으로 두자를 내려다보던 새엄마가 거친 숨을 내쉬며 흙과 재로 뒤범벅된 제 얼굴을 쓱쓱 문질러 닦았다. 타다 만 짚신처럼 더럽고 남루한 얼굴이었다.

거, 거 나자빠져 뭐 하노.

새엄마가 눈을 껌벅이며 짧게 말했다. 두자는 새엄마 눈치를 보며 자리에서 일어났다. 온몸이 후들거려 제대로 설 수조차 없었다. 아버지의 겨드랑이를 잡아 간신히 일으켰다. 아버지는 몇 번이나 바닥에 엉덩이를 찧다가 엎어져 토했다. 탁한 술 한 바가지와 짓이겨진 배춧잎이 아버지 앞섶을 흥하게 적셨다. 아랫도리에서 심한 지린내가 났다. 두자의 작은 손에 잡힌 그의 얇은 팔목이 마른 짚처럼 맥없이 꺾였다.

엄마는 좋소?

그날 이후에도 아버지는 술 먹고 행패 부리다가 새엄마에게 치도곤당하길 반복했다. 집안엔 서서히 예전의 불균등한 평온이 배어들었다. 부지런한 데다 강단 있는 새엄마는 콩 한 알도 그냥 버리지 않고 싹싹 긁어모아 십 리 너머 있는 장터에 가져다 팔았다. 시간은 하루가 아니라 계절 단위로 흘러갔다. 두자가 스무 살 되던 해, 결혼 얘기가 흘러나왔다. 장터의 뚜쟁이가 소개해준, 두자보다 여섯 살 많은 남자가 두자의 신랑감이었다. 두자는 화난 사람처럼 며칠 동안 말도 않고 밥도 안 먹으며 죽도록 일만 했다.

시원한 바람이 불어오던 초여름 저물녘, 새엄마 옆에서 일을 거들던 두자가 머뭇거리다 입을 열었다.

……우리 큰언니 어디로 시집갔는지 알아요?

새엄마는 한 손으로 무거운 맷돌을 슬근슬근 돌려대며 무심히 대꾸했다.

저짜 아주 먼 데로 갔어. 석포리라고 니가 아나?

거가 어디요? 마이 멀어요?

백 리도 넘게 가야 안 되나 싶은디.

어찌 그리 멀리 보냈소!

저도 모르게 언성을 높였다. 새엄마는 맷돌질을 멈추고 두자를 멀뚱히 쳐다봤다.

와 그라노?

두자 눈에서 눈물이 뚝뚝 흘렀다.
큰아 보고 싶나?
두자는 콩물 묻은 손을 들어 거칠게 눈물을 닦아냈다.
큰아는.
새엄마가 다시 맷돌을 돌리며 말했다.
내가 보낸 기 아이다. 니 할매가 보냈지. 내도 그때 그랬다. 어린아를 어앨라고 그리 먼 데로 보내느냐고. 니 할매 말이, 어차피 남의 년 되는 거 머나 가차우나 다를 게 뭐 있나 하면서. 그 집 조건이 그래도 젤 낫다 그캐서 글로 보낸다카드라. 가믄 여처럼 쎄 빠지게는 일 안 해도 될 끼라고. 니 할매도 골라골라 보낸 거이니 원망 마라. 니보담은 훨씬 잘 살고 있을 것잉게.
……그럼 나도 그리 가믄 안 돼요?
두자가 꽉 잠긴 목소리로 물었다.
자리가 있어야 가제.
자리 날 때까정 기다리면 되잖어요.
기다리면 무조건 자리가 나는 중 아나? 내가 알아본 집이 젤로 나웅께 글로 가. 니가 첫째한테 가봤자 짐만 되고 좋을 거도 읍따.
원망스러울 만큼 심드렁한 목소리였다. 두자는 괜히 새엄마가 미워졌다. 모든 게 새엄마 탓인 것 같았다. 큰언니가 사는 마을에 자기를 시집보낼 수도 있으면서 일부러 안 보내주는 것만 같았다.
내는 언니 있는 데 아니믄 아무 데도 안 갈거요!
두자가 신경질적으로 소리 질렀다. 태어나서 처음으로 내본 큰

소리였다. 스스로도 놀라 얼굴이 빨개지고 손이 덜덜 떨렸다.
 니, 봐라.
 새엄마가 맷돌에서 손을 떼며 단호하게 말했다.
 니가 시집도 안 가고 여서 계속 살믄 내도 좋아. 니가 일을 좀 잘하나? 니 가고 나믄 모다 내가 해야 돼. 내도 니 보내기 싫다.
 새엄마의 둥그런 눈이 잠시 흔들렸다.
 근데 니는, 니는 이래 계속 살고 잡나? 서방도 자식도 없이 동생들 뒤치다꺼리나 하믄서, 남자가 뭔지도 모르고 평생 그리 살고 싶나 이 말이다.
 미끌미끌한 콩 껍질을 손가락으로 비비며 콧물만 들이키던 두자가 불쑥 말했다.
 남자가 뭔지 내가 왜 모르것소?
 입속으로 여러 말을 굴리던 새엄마가 맷돌 손잡이를 다시 잡으며 퉁을 줬다.
 잔말 말고 가랄 때 가라, 고마.
 새엄마는 다시 맷돌을 돌리고 두자는 콩을 퍼 맷돌에 넣길 한참, 동백꽃잎을 흩뿌린 듯 빨간 점이 찍힌 하늘을 쳐다보던 두자가 머뭇거리다 물었다.
 ……그럼 엄마는 좋소?
 뭔 말이고.
 서방 있고 자식 있고 남자 아는 엄마는 좋으나 이 말이오.
 어데 좋아 사나.

새엄마가 두자의 말을 딱 자르며 대답했다.
그럼 여로 시집오기 전이 좋았소?
야야, 니는.
새엄마의 눈도 산 너머 노을로 향했다.
니는 지금이 좋은갑제.
술 취한 아버지가 사립문을 열고 비틀거리며 들어왔다. 새엄마가 거세게 맷돌을 돌리며 씹어뱉듯 말했다.
내는 단 한 번도 좋아 산 적이 읎다.

새 인생

그해 가을, 추석을 보름 앞둔 날 두자는 언니들이 그랬듯 보통이 하나만 들고 집을 나섰다. 해도 뜨기 전이라 하늘은 어슴푸레하고 길은 차가웠다. 어여 가라. 문지방 너머의 아버지는 두자와 눈도 마주치지 않은 채 한 마디만 했다. 마을 어귀까지는 새엄마가 따라 나왔다. 길을 걷다 새벽잠 없는 노인 몇몇을 만났다. 노인들은 두자의 손을 잡고 손등과 얼굴을 한참이나 쓰다듬었다. 그 나이쯤 시집간 제 딸을 기억해내는 듯했다. 노인들의 손길에 잠시 걸음을 멈춘 두자는 그곳에서 보낸 이십여 년 세월을 마음의 자루에 꼭꼭 담아 묶었다.

두자와 나란히 걷던 새엄마가 말을 꺼냈다.

잔치도 못하고 이래 보내가 미안타.

두자는 말없이 고개만 젓다가 겨우 대꾸했다.

집 떠나는 기 뭐 좋은 일이라고 잔치까정 한대요.

내 장날마다 듣기로는 세상이 마이 좋아졌다 안 카나.

새엄마는 괜스레 길가의 강아지풀을 뽑아 손가락으로 돌돌 말며 말했다.

앞으론 더 좋아진단다. 뭣이냐. 일본 놈들도 다 지들 나라로 갔다카고. 인자 남의 나라에 쌀 뺏기고 땅 뺏기고 숟가락 뺏길 일은 없겠지만서도, 우리가 어데 뺏길 거시기나 갖고 살았어야 말이제……. 큰 도시에 나가믄 여자들도 공부 마이 하고 신식 옷도 입고 다닌다카드라. 니도 들어봤제?

내는 그런 거 몰라요.

두자는 보퉁이를 꼭 끌어안으며 대답했다.

니를 도시에 내보내믄 어떨까 생각도 해봤다만.

두자의 두 눈이 동그래졌다.

옷 만드는 공장 들어가 돈 마이 벌믄 좋지 않겠나, 이 말이다. 안 그러나?

공장 가믄 돈 마이 번대요?

니는 세상을 너무 모린다. 암것도 모리고 내처 일만 해가.

새엄마가 강아지풀 줄기를 뚝뚝 끊으며 한숨 내뱉듯 말을 이었다.

죽어라 부려먹다 나이 차니까 후딱 치와뿐다고 니가 날 원망해도, 내는 할 말이 없다. 그치만 니를 계속 델고 있어봐라. 동네 사람들이 욕하제. 지 딸 아이라고 시집도 안 보내고 일만 부린다고 다들 욕할 기거든. 니를 도시로 보낸다케도 마찬가지다. 지 딸 아이니까 아무 데로나 막 돌린다고 또 욕할 게 분명하제. 내도 욕 안 먹고 니도 편히 살라믄 제때 니를 괘안은 데 시집보내는 수밖에 없드라. 내 말 알겠나?

두자는 말없이 제 발만 보고 걸었다. 마을 어귀에 도착한 두 사람은 느티나무 아래 쪼그려 앉아 두자를 데리러 올 신랑을 기다렸다.

내 궁금한 게 있는데.

두자가 입을 열었다. 목소리엔 여전히 기운이 없었다.

엄마는 또 아를 낳을 거요?

새엄마가 피식 웃었다.

그건 와 묻는데?

아를 또 낳게 되믄 내한테도 소식을 좀 주면 좋겠는데.

일없다.

새엄마의 목소리에서 단단한 결의가 느껴졌다.

와요? 안 나을 거요?

내는 더는 아를 낳기도 싫고 잃기도 싫고.

새엄마가 머뭇거리다 마저 말했다.

누구 좋으라고 또 아를 낳겠노. 딸 낳으면 천덕꾸러기 될 기 뻔하고. 아들 낳으면 니 할매가 또 잡아갈 기 뻔한디.

가슴속에 감춰놓은 칼날 두어 개가 번뜩이는 것 같았다. 섬뜩하면서도 아픈 말이었다.

니 아부지가 그랬는디.

새엄마가 목을 쭉 뽑으며 말했다.

니가 니 엄마를 젤 마이 닮았다 그랬다. 니 언니들보다 니가. 내사 보질 못해 모르겠다만. 니는 그거 알았나? 알고 살았나?

두자는 고개를 설레설레 흔들었다.

내도 엄마 얼굴은 모르니깐요.

새엄마가 낮게 혀를 찼다.

내는 엄마를 내 엄마라 생각하고 살았니더. 우리가 닮은 구석은 하나 없다케도.

가끔 친엄마의 목소리나 생김새가 궁금한 적도 있었다. 하지만 닥치는 대로 일을 하다 보면 그런 궁금증도 금세 사라졌다. 떠올려봤자 더 기억해낼 구멍도 없고 괜히 서글퍼지고 말 것, 엄마가 살아 있었더라도 자기 인생은 별로 다를 것 없으리란 게 두자 생각이었다.

저 오는갑네.

새엄마가 자리에서 일어나며 말했다. 멀리서 하얀 옷을 차려입은 남자가 걸어왔다. 키는 작았지만 떡 벌어진 어깨에 얼굴이 커다란 남자였다. 두자는 저도 모르게 가슴에 손을 얹고 숨을 꾹 참았다. 남자는 성큼성큼 걸어와 새엄마를 보고 넙죽 인사를 했다. 아니, 여서 기다리고 계셨소. 목소리가 걸걸했다. 눈은 찢어지고 코는 커다랬다. 남자는 곁눈질로 두자를 흘금 훔쳐보며 말을 이었다.

즈이 어머님 말씀이 댁에 가서 아버님께 절도 하고······.

괘안애요.

새엄마가 남자의 말을 낚아채며 말했다.

어여 데려가소. 갈 길이 먼데.

새엄마의 눈이 두자의 움츠러든 어깨에 가닿았다.

어여 따라가그라. 죙일 걸어야 해.

발이 떨어지지 않았다. 치마 속 다리가 부들부들 떨렸다. 실감치 못했던 무서움과 설움이 한꺼번에 복받쳐 올랐다. 이 남자와 한평생을 살아야 하나. 두자는 고개를 숙인 채 남자의 넓적한 발만 쳐다보며 생각했다. 싫다. 싫다. 싫다는 말이 목구멍까지 올라왔다. 이 남자 목소리도 싫고 생긴 것도 싫고 걸음걸이도 싫고, 다 싫다. 도둑놈같이 생겨서 술이나 처먹고 노름질이나 할 것 같다. 나를 데려가서 죽도록 일만 시키고 구박만 해대다가 맘에 안 들면 때려죽일 것 같다. 엄마는 뭘 믿고 이 사내에게 날 맡기나. 난 이제 뭘 믿고 살아야 되나. 두자는 원망스러운 눈으로 새엄마를 쳐다보며 울먹거렸다. 두자의 등을 쓰다듬던 새엄마가 맘을 내려놓듯 두자를 살짝 떠밀었다.

안 가고 뭐 하노. 어여 가라.

새엄마의 목소리가 조금 떨렸다. 깊고 시꺼먼 낭떠러지로 떠밀리는 것만 같은데, 한 번 떨어진 발은 제 뜻과 상관없이 한 걸음, 두 걸음, 저절로 움직여 남자 뒤를 따르고 있었다. 살면서 새엄마와 가장 많은 말을 나누었다는 생각이 번뜩 들었다. 같이 밥하고 나물 캐고 바느질하고 밭 일구면서, 별 의미 없는 대화라도, 두자와 새엄마는 세상에서 가장 많은 마음을 나누었다. 그 사소한 말들의 무게가 두자의 어깨를 짓누르고 발목을 붙잡았다.

두자야.

새엄마가 낮은 소리로 두자를 불렀다. 또박또박, 두자라고 불렀다. 뒤를 돌아봤다.

잘 가래이. 가서 새 인생 살래이.

새엄마가 두 손을 꼭 잡은 채 고개를 주억거리며 말했다. 그 말을 듣자, 다시는 엄마를 못 볼 것만 같아 가슴이 덜컥 내려앉았다. 엄마에게 무슨 말이라도 남기고 싶었지만 아무 말도 떠오르지 않고 비죽비죽, 지저분한 울음만 새어나왔다.

12월 19일 a.m. 2:18

 심해의 블루 플라이는 눈과 귀가 없는 대신 커다란 입과 아름다운 지느러미를 가졌다. 입은 너무 커서 입처럼 보이지 않고, 입으로 빨아들이는 건 보이지도 씹히지도 않는 빛의 향기뿐이라서 그걸 입이라고 불러도 될지 모르겠다. 차라리 여백. 밖도 안도 아닌 여백이라고 부르자. 아름다운 지느러미는 멀리서 보면 한 덩어리로 보이나 조금만 가까이서 보면 각각의 결을 가진 수천수만 개의 날개다. 결은 각자의 속도와 리듬에 따라 제각기 움직이는데, 그것들의 움직임이 하나로 모이는 찰나에야 블루 플라이는 덩실, 춤을 춘다. 빛을 먹고 빛을 싸는 생물이라 내부는 투명하고 맑다. 숫자보다 먼저 태어났고 숫자가 소멸한 후에도 살아남을 블루 플라이는 생일도 없고 내일도 없고 기억도 없고 희망도 없다. 파동은 있으나 소리는 없고 빛은 있어도 불은 없다. 불이 없으므로 뜨겁지도 않고 뜨거움을 모르니 추위도 모른다. 말을 하려고 입을 벌리면 새하얗게 튼 입술 언저리가 쩍쩍 갈라질 만큼 추운 날이었다. 첫사랑에게 줄 선물을 사려고 시내를 돌고 돌았다. 이어폰을 귀에 꽂고 라디오를 듣고 있었는데, 내 마음과 꼭 어울리는 노래가 흘러나왔다. 나는 허름한 건물 입구에 들어가 어깨를 웅크리고 앉은 채 잔잔한 노래가 끝나기만을 기다렸다. 노래가 끝나자 디제이가 노래 제목과 가수를 알려주었다. 전람회의 〈첫사랑〉이었습니다. 레코드점으로 달려가 전람회의 앨범을 찾았다. 발매된 지 십년 가까이 된 앨범이었다. 두 장을 사서 한 장은 포장해달라고 하고 한 장은 비닐을 벗겨내 시디플레이어에 넣었다. 그 앨범을 들으며 오랫동안 시내버스를 기다렸다. 밤하늘이 다홍빛이었다. 눈이 오겠네. 혼자 중얼거렸다. 버스를 타고 어중간한 자리에 앉았다. 앨범의 다섯 곡이 다 끝나고 다시 첫 곡이 시작되었다. 집 근처에 도착해 버스에서 내렸을 땐 다시 첫 노래가 흘러나오고 있었다. 어떻게 전해주지? 오거리에서 내려 교회 앞을 지나고 세탁소 앞을 지나고, 어두운 골목을 걸으며 생각했다. 그 애는 꼭, 크리스마스이브에 내리는 함박눈 같고 나는 꼭, 12월 28일쯤의 질척하고 거무튀튀한, 녹다 만 눈 같다는 생각이 들었다. 무작정 슬퍼졌다.

그해 여름, 그 애가 동네 초등학교에서 친구들이랑 농구하는 모습을 보고 홀딱 반했다. 키가 크지도 않고 잘생긴 것도 아니고, 목소리가 멋진 아이도 아니었다. 하늘 한 귀퉁이가 노랗게 변하는 것만 봐도 마음이 울렁거리던 때였고, 누군가를 마음에 들여놓지 않고는 못 견딜 만큼 마음이 날로 자라나던 때였다. 당장 마주치는 떠돌이 개라도 사랑하고야 말겠다는 작정이 온 마음을 가득 지배하던 그때, 그 애가 마침 내 앞에서 드리블을 하고 있었다. 몸을 잠시 굽혔다 쭉 뻗어 슛 자세를 취했고, 철렁, 그물 속으로 공이 들어갔다. 그물이 흔들리는 속도로 내 마음도 떨렸다. 아이들과 돌아가며 손바닥을 맞부딪히는 그 애를 나는 즉시 사랑하게 되었다.

서너 달 후엔 졸업이었고, 졸업 후 친구들은 전국으로 뿔뿔이 흩어질 것이었다. 나는 그 애가 어느 지역의 어느 대학으로 가는지 몰랐다. 대학에 가면 예쁜 여자애들 많이 만나겠지. 어떻게 하면 좋아하는 티 내지 않고 선물을 줄 수 있을까. 대학 가서 살 좀 빼고, 대학 가서도 그 애가 계속 생각나면, 그래, 내년 이맘때도 내가 그 앨 좋아하고 있으면, 그럼 그때 줄까? 이런저런 고민으로 머리가 딱딱 아팠는데……. 그 애를 잊고 살았다.

편의점 아르바이트를 하다가 그 애와 꼭 닮은 손님에게 말보로 레드와 콘돔을 판 적이 있다. 계산하기 전에 신분증을 보여달라고 했다. 손님은 거리낌 없이 지갑에서 신분증을 꺼냈다. 신분증에 박힌 이름을 확인하는 순간에야, 첫사랑의 이름을 잊고 말았다는 사실을 깨달았다. 김태성이었던가. 김태훈이었던가. 아니, 김대성이었나? 김대훈? 김씨가 맞긴 맞나? 어떻게 그런 걸 까먹을 수 있지? 손님은 끊임없이 밀려들어왔고, 수십 종의 담배와 술과 삼각김밥과 컵라면과 생수를 파는 동안 나는 내가 첫사랑의 이름을 잊었다는 사실마저 잊고 말았다. 가늘고 긴 손가락. 철렁, 하던 그물. 하늘에 구멍이 뚫린 듯 골대 위를 제외한 모든 하늘이 찬란하게 붉었던 그 여름의 저녁. 책상 밑 누런 박스 안에 포장된 그대로 들어 있을 전람회 앨범 역시, 머지않아 형체 없는 재가 되고 말 것이다. 숨이 막힌다. 삼만 초에 한 번 숨을 쉬는 블루 플라이처럼. 후읍. 후읍. 후읍. 그 애는 잘 살고 있을까? 군대는 다녀왔을까? 나를 기억할까? 내 이름을, 알고나 있을까?

새 인생?

내는 태철이다. 김태철이.

남편이 뒤도 돌아보지 않고 말했다. 두자는 태철에게서 대여섯 발자국 정도 떨어진 채로 내성천을 따라 팔십 리 길을 걸었다. 늦은 밤에야 도착한 태철의 마을은 두릉골보다 집도 많고 길도 잘 정비되어 있었다. 시댁에 들어서자마자 두자는 시부모에게 절을 했다. 어서 오너라, 하고 말하는 시아버지와 달리 시어머니는 아무 말 없이 두자를 꼼꼼히 살펴보기만 했다. 늦었으니 어서 건너가 자라고 시아버지가 말했다. 시어머니의 눈이 뾰족해졌다. 시동생 세 명이 두자를 따라 작은방까지 들어왔다. 남자 하나에 여자 둘이었다. 남동생과 큰 여동생은 두자와 비슷한 또래로 보였고,

나머지 하나는 열서너 살 정도로 보였다. 여동생들은 두자를 세워 놓고 자기들끼리 키득대며 웃었다. 태철은 세 동생 틈에 끼여 곧장 곯아떨어졌다.

두자는 벽 모서리에 기대앉아 태철과 시동생들을 물끄러미 쳐다보며 종일 걸어온 먼 길을 마음으로 되짚었다. 두릉골을 떠나기도 처음이고 그토록 많이 걸어보기도 처음이었다. 두릉골은 앞에도 산, 뒤에도 산. 보이는 것이라곤 높고 낮은 산뿐이었다. 그 산 너머로 기차도 다니고 자동차도 다니고, 신식 옷을 입은 사람들이 흙이 아닌 돌 위를 걸어 다닌다는 소문은 종종 들었지만, 그것들을 직접 보긴 처음이었다. 태철의 동네에 다다랐을 땐 산 아래를 가로지르는 기다란 철길 위로 기차가 다니는 것도 보았다. 커다랗고 무거운 철 덩어리 여러 개가 철길 위를 쏜살같이 달려가는 그 세계를, 생전 처음 맞닥뜨린 속도와 문명의 세계를 두자는 쉽게 이해할 수 없었다. 그 무겁고 큰 것이 어찌 그리 빨리 움직일 수 있을까. 황소 백 마리가 있어도 못 끌 것인데.

두릉골이 전부인 줄 알았다. 죽는 날까지 그 이상의 세계는 없을 거라 생각했는데. 낯선 세상에 고아처럼 내던져진 것만 같았다. 무섭고 막막했다. 문틈으로 들어온 밤바람에 호롱불이 일렁였다. 잠든 시누이가 차올린 이불에서 가을 햇살 냄새가 났다. 냄새에서 바삭바삭 소리가 날 것만 같았다. 이불은 다섯 사람이 덮기엔 너무 작았다. 두자는 잠시 망설이다 호롱불을 끄고 맨바닥에 고부리고 누웠다.

자냐.

바닥에 머리를 대자마자 시어머니 소리가 들렸다. 벌떡 일어나 문을 열고 나갔다. 시어머니는 뒷짐을 진 채 말없이 두자를 쭉 훑어봤다. 얼떨떨해진 두자가 댓돌 위에 가만히 서 있자 시어머니는 큼, 헛기침을 하더니 한마디 했다.

우리 장남은 나물 무침에 마늘 넣는 거 아주 질색을 한다.

뜬금없는 말에 두자는 바로 대답을 못하고 고개만 푹 숙였다. 시어머니는 못마땅하다는 듯 혀를 세게 차며 안방으로 들어가버렸다. 두자는 댓돌 위에 선 채 이러지도 저러지도 못하고 시어머니가 들어간 안방 문만 힐금힐금 쳐다보았다. 하늘 한가운데 배부른 반달이 떠 있었다. 마당 구석의 잘 닦인 항아리가 달빛을 매끄럽게 튕겨 올렸다. 마당 가운데에는 나무 뚜껑으로 덮인 동그란 우물이 있었고, 담 아래 구석구석엔 잡초가 총총히 돋아 있었다. 생전 처음 본 남자를 따라 낯선 길을 걸어 낯선 집으로 왔다. 아무도 자기를 반기지 않는 것 같고, 특히 시어머니는 자기를 괘씸한 도둑놈 보듯 본다.

여기서 평생을 살아야 할 텐데.

댓돌에 쪼그려 앉아 무릎에 얼굴을 묻었다. 어서 시간이 흐르면 좋겠다. 그럼 이 집에도 내 자리가 생기겠지. 저 닭장만큼은. 저 항아리만큼은. 저 잡초만큼은. 부엌을 들락거리는 쥐새끼만큼은. 방에 들어가 누울 용기가 안 생겼다. 방으로 들어가면 시어머니가 냉큼 나와 다시 또 큼, 헛기침을 할 것만 같았다. 두자는 댓돌에 앉은 채로 꾸벅꾸벅 졸다가 새벽을 맞았다.

　태철의 동네는 인삼과 사과 농사로 유명했다. 태철은 소학교를 마친 후 남의 집 농사도 돕고 집도 짓고 길도 닦으며 돈을 벌었다. 동네 앞을 가로지르는 철길도 태철이 놓은 것이라고, 어릴 때부터 힘이 세고 끈기가 있어 금세 공사장 간부들의 신뢰를 얻었다며 시어머니는 허공을 향해 말했다. 시어머니는 절대 두자를 바로 보고 말하지 않았다. 두자가 바로 앞에 있어도 언제나 시선을 조금 비껴 허공에 대고 말했다. 두자는 허공을 짚고 돌아오는 시어머니의 말을 통해 집안의 내력과 시아버지의 성품과 그날 해야 할 일을 익혔다. 시어머니는 남편 받들기를 하늘 우러르듯 했다. 곡식은 물론이거니와 집안의 숟가락까지 빼앗긴 일정 때도 어떻게든 남편 밥그릇만은 이밥으로 채워냈다고 했다. 자기는 몇 날 며칠 굶더라도 두 아들 먹을거리는 꼬박꼬박 챙겼으며 어려운 살림에도 자식 모두에게 글을 가르쳤는데, 아들딸 가리지 않고 자식을 모두 학교에 보낸 집안은 그 동네를 통틀어 다섯 손가락 안에 꼽을 수 있다고 했다. 태철은 공부에 뜻도 없고 동생들을 보살펴야 하기에 학업을 일찍 마쳤지만, 시동생 수철은 머리가 아주 명석하여 장래에 판검사를 만들 참이라고 했다. 두자는 그 모든 말을 허공을 통해 들었다.
　시어머니는 매일 저녁마다 깔끔한 반찬을 갈무리하여 아들과 남편의 술안주를 만들어냈다. 자기들은 쌀 섞인 보리밥을 먹으면서 두자 밥그릇엔 삶은 나물을 가득 담고 그 위에 보리밥을 얇게 깔아주었다. 남들에겐 며느리 구박 않고 잘 먹이는, 인심 후덕한 시어머니로 보이고 싶었던 것이다. 돈은 모두 시어머니가 관리했다. 두자는 집안의 돈이 얼마나 되는지 알지 못했다. 다만 쌀과 반찬이 떨어지진 않으니 먹고살기 힘든 집안은 아닌가 보다 짐작만 했을 뿐이다.

 두자는 시부모를 따라다니며 남의 집 농사를 돕고 집안일을 맡아 했다. 일이라면 어릴 때부터 해오던 것이라 금세 배우고 곧잘 해냈지만, 시어머니 눈에 두자는 천지 분간 못하는 얼치기에 불과했다. 겉절이에 소금을 그렇게 많이 치면 아까워서 어쩌느냐고 야단치다가도, 소금을 아끼면 오래 두고 못 먹는다고 또 야단이었다. 낫을 갈아놓지 않았다고 구박하다가도 너무 많이 갈면 금방 닳는다고 잔소리였다. 무청으로 시래기를 만들라기에 시키는 대로 했더니 무청을 뽑지 않고 꼭지를 너무 많이 베었다고, 쓸 만한 무청도 안 엮고 버렸다고, 여자가 저리 헤퍼서 살림을 어찌 살겠느냐고, 우리 집안 다 말아먹을 년이 들어왔다고 두고두고 욕을 했다. 김장을 하려고 배추를 다듬을 때도 버릴 잎 먹을 잎 분간 못하고 다 솎아낸다고 지청구를 먹이기에, 시든 잎이라도 모두 모아 갈무리해두었더니 이딴 허섭스레기를 니 아비, 니 서방 먹일 작정이냐고 흙바닥에 내던지며 화를 냈다. 흡사 죽은 할머니가 시어머니의 몸에 들어가 사는 것 같았다.

 시집간 지 일 년이 넘어가도록 첫날밤을 치르지 못했다. 시동생들과 방을 같이 썼기 때문이었다. 시어머니는 작은방의 불이 꺼지기가 무섭게, 자냐, 하고 두자를 불러낸 후 뚱딴지같은 소리를 해대며 시답잖은 듯 쯧쯧 혀를 찼다. 한번은 한밤중에 오줌을 누고 들어왔더니, 태철이 두자의 치마 속으로 손을 쑥 집어넣으며 두자를 꽉 끌어안은 적도 있었다. 깜짝 놀란 두자가 꽥 소리를 질렀다. 태철이 급히 두자의 입을 막았다. 다음 날 큰시누이가 제 엄마에게 무슨 말을 어떻게 전했는지, 일하느라 힘든 제 아들을 밤중에 잠도 못 자게 들볶는다고, 어디서 배워 온 여시 짓이냐고 한참 꾸중을 들었다. 동네 사람들이 부지런하고 얌전한 새댁이라고 두자를 잠시라도 칭찬할라 치면 시어머니는, 애가 은근히 사납고 드세고 헤픈 주제에 몸도 변변찮은지 애가 들어설 생각을 안 한다고, 제대로 하는 게 하나도 없어 맘에 드는 구석도 없다고, 그리 예뻐 보이면 당신이 데려가 한번 살아보라고 입술 가장자리가 하얘지도록 두자 흉을 봤다.

　두자는 변소 뒤에 쭈그려 앉아 날마다 질질 울었다. 시어머니의 심보를 도무지 이해할 수 없었다. 나는 두릉골에서 그랬듯 일만 열심히 했다. 시어머니는 두릉골의 엄마들처럼 제 아들과 남편만 떠받들고 며느리는 도둑놈 취급이다. 시집오는 날, 엄마는 나더러 세상이 많이 좋아졌다고 했다. 새 인생을 살라고 했다. 좋아진 세상도 없고 새 인생 따위도 없다. 좀 덜 힘든 날과 좀 더 힘든 날이 있을 뿐이다. 딸도, 며느리도, 엄마도 되어본 엄마가 그걸 모를 리 없을 텐데, 왜 내게 그런 말을 했을까. 괜히 더 서럽게. 정말 그런

게 있을지도 모른다고 헛된 기대만 잔뜩 하게.

꿈처럼

겨울이 왔다.
남쪽 끝 섬사람들을 군인과 경찰이 닥치는 대로 죽인다는 소문이 바다를 건너고 산을 넘어 느리게 느리게 두자 귀에까지 들어왔다. 동시에 나라를 반으로 뚝 잘라 반 토막 나라를 세웠다는 소리도 들렸다. 먼 곳의 소식은 항상 뒤늦게, 사람들의 입맛에 맞는 모양으로 부풀려지거나 쪼그라든 채 전해졌다. 산동네 곳곳에 공비가 출몰한다는 소문도 떠돌았다. 공비는 산에서 내려와 사람을 죽이고 곡식을 훔치고 집에 불을 지른다고 했다. 공비는 빨갱이고 빨갱이는 도깨비보다 더 흉측하고 무서운 존재라고 어른들은 말했다. 두자는 공비나 빨갱이가 무슨 뜻인지 몰랐다. 사람 이름이라기엔 너무 웃기니까 족제비나 살쾡이 같은 짐승 이름 아닌가, 생각했다. 하지만 총과 칼을 들고 다닌다니 짐승은 아니겠지. 그럼 산적 같은 건가? 먹고살기 힘든 사람들이 패거리를 지어 산적질을 많이 한다고 들었다. 복순이가 해준 옛날 얘기에도 산적이나 도깨비 이야기가 많았다. 두자는 공비나 빨갱이에 대해 오래 생각하지 않았다. 그 사람들이 먹고살기 힘든 만큼 나 역시 그렇다. 안 그런 시절이 어디 하루라도 있었나. 두자의 생각은 거기서 끝났다. 먼 곳에서 들려오는 이야기는 모두 거짓말 같고 지어낸 이야기 같았다. 가장 두렵고도 간절한 건 언제나 눈앞에 떨어진 오늘이었다. 오늘은 얼마나 일을 해야 되나. 또 치도곤을 먹지 않을까. 저 많은 빨래를 어찌 다 하나. 땔감이 또 떨어졌구나. 시어머니는 감자 한 알, 옥수수 한 톨, 김장독의 배추 한 포기, 무 하나까지 다 세고 사는 것 같았다. 도끼눈을 하고 두자를 감시하다가, 두자가 광에서 나오면 쪼르르 달려가 모든 것이 제자리에 그대로 있는지 확인했다. 자기가 기억하는 것과 솥단지 속의 감자 개수가 반 조각이라도 차이 나면 두자를 잡아먹을 듯 족쳤다. 그런 와중에 본 적도 없고 소문으로만 겨우 들어본 공비를 무서워하고 걱정할 여유는 없었다. 총칼을 들고 사람을 해치는 공비가 천지 사방에 깔려 있다 하더라도 시어머니만큼 무섭진 않았다.

처음엔 두자를 점잖게 대해주던 시아버지도 계속 홀몸인 며느리를 마뜩찮게 여겼다. 조금만 심사가 뒤틀려도 숭늉 대접을 마당에 획 내던지며 네 집으로 가버리라고 고함을 질렀다. 보다 못한 태철이 허름한 헛간이라도 방을 따로 내달라고 청했다가 또 두자만 욕을 먹었다. 뒤에서 남편을 살살 꼬드겨 저 좋은 것만 하려는 짓거리라고.

입춘을 며칠 앞둔 밤, 할머니 꿈을 꾸었다. 시어머니를 만난 것만 같아 부리나케 도망쳤다. 고무신이 벗겨진 줄도 모르고 강을 따라 냅다 달리고 달려도 할머니는 계속 눈앞에 나타났다. 야야.

와 그라노. 할머니가 두자의 허리춤을 붙들며 물었다. 내는 엄마가 무섭소. 엄마 소리 붙은 것들은 다 무섭소. 바들바들 떨며 말했다. 엄마들은 다 마귀요. 지 새끼만 귀한 줄 아는 귀신이요. 아들 잡아먹는 도깨비요. 할머니의 얼굴이 도깨비로 변했다. 흉측하게 찢어진 눈을 부릅뜨며 두자의 입을 갈기갈기 쥐어뜯고 손발을 짓이겼다. 할머니는 벌건 손을 더러운 치마에 비벼대며 서럽게 울었다. 두자는 울지 않았다. 꿈이라 아픈 줄도 몰랐다. 우는 할머니를 등에 업고 달랬다. 할머니는 장수가 되었다. 작은 아가였다가 총 맞아 죽은 시체가 되었다. 엄마 없이 자란 년 불쌍하기도 하지. 도깨비도 할머니도 장수도 시체도 아닌, 청량한 목소리가 애달프게 말했다. 내가 왜 엄마가 없소. 내를 키운 건 그럼 뭐란 말이오. 온 세상을 통째로 등에 진 듯 무겁고 괴로웠다. 새엄마가 나타나 제 아들 살려놓으라고 울며불며 두자에게 덤벼들었다. 두자는 어느새 할머니로 변해 있었다. 우는 것도 지겹고 아들 타령도 지겹고 악다구니도 지겹고, 엄마 이름 붙은 건 더 지긋지긋했다. 도망치려고 악을 쓰다가 꿈에서 깼다. 옆자리엔 큰시누이가 곤히 잠들어 있었다. 까만 밤, 차디찬 공기를 씹어 삼키며 두자는 시어머니의 자식들을 하나하나 눈여겨봤다. 뭇국에 양잿물을 타서 남편을 죽이려 했다는 화순의 얘기가 떠올랐다. 괭이를 높이 들어 아버지를 내려치려던 새엄마의 무서운 표정도 떠올랐다.

두자는 마당을 뱅뱅 맴돌며 마음 가득 들어찬 분노를 삭였다. 누굴 미워해야 하는지, 무엇을 원망해야 할지 알 수 없어서 제 가

숨을 내려쳤다. 당장에라도 시어머니가 나와서 또 쯧쯧 혀를 찬다면, 그를 정말 죽일 수도 있겠다는 생각이 들었다. 찬바람에 온몸이 금세 꽝꽝 얼었다. 그래도 방으로 들어가고 싶은 마음은 들지 않았다. 댓돌에 주저앉았다. 몸이 발발 떨렸다. 정신을 차려보니 한 손엔 괭이를, 다른 손엔 잡초 한 움큼을 쥐고 있었다. 언제, 어떻게, 왜 손에 쥐었는지도 알 수 없는 물건이었다. 목이 콱 메었다.

문이 벌컥 열렸다. 댓돌 위에 앉았던 두자가 흙바닥으로 고꾸라졌다. 잠이 덜 깬 태철이 놀란 얼굴로 소리도 못 지르고 입만 크게 벌렸다가, 두자를 알아보곤 끙. 낮게 숨을 토해냈다. 바지춤을 붙잡고 있는 걸 보니 오줌이 마려워 일어난 듯했다. 오밤중에 뭐 하는 짓이냐고 작은 소리로 물으려다, 두자의 손에 들린 괭이와 잡초를 보고는 알 만하다는 듯 더 묻지 않았다. 마당 구석, 기다랗게 만들어놓은 텃밭에다 오줌을 누고 돌아선 태철이 제 턱을 쓱쓱 쓰다듬으며 물었다.

잠이 안 오나?

두자는 대답 없이 괭이를 마루 아래로 쑤셔 넣었다. 달도 뜨지 않은 까만 밤, 사방은 무섭도록 조용했다. 닫힌 공간도 아닌 마당이었지만, 아무도 없는 곳에 둘만 있긴 처음이었다. 그 누구의 방해도 없이 두 사람의 목소리와 숨소리만 오가는 순간 역시 처음이었다. 어색하고 낯설어 급히 방으로 들어가려는 두자의 허리를 태철이 얼른 낚아챘다. 두자의 작은 몸이 태철의 단단한 등 위로 엎어졌다.

태철은 두자를 업고 골목을 달렸다. 두자는 떨어지지 않으려고 태철의 목을 꼭 그러안았다. 동네 개 몇 마리만 놀라 짖을 뿐, 사람이라곤 코빼기도 찾아볼 수 없었다. 살을 에는 바람에도 태철의 얼굴은 뜨끈하게 달아올랐다. 생애 가장 짜릿하고 신나는 순간이라고, 태철은 생각했다. 소리라도 지르고 싶었다. 이 순간 동네 사람 모두 귀가 멀고 눈이 멀었으면. 아무도 우리를 방해하지 않았으면. 연분홍 철쭉 한 송이를 업고 달리듯 가볍고 황홀했다. 발을 구르면 날 수도 있을 것 같았다. 내가 왜 이 생각을 못 했지? 바보. 등신. 태철은 실실 웃으며 저를 욕했다. 욕하면서도 웃었다.

추워.

등에 업힌 철쭉이 사람 소리를 냈다. 태철의 뜀박질이 잦아들었다. 고개를 돌려 등 뒤의 철쭉으로 코를 내밀었다.

춥다고.

철쭉이 바들바들 떨며 소곤거렸다.

사방을 둘러보던 태철이 남의 집 인삼밭으로 발길을 돌렸다. 두자를 바닥에 내려놓은 후 대를 세워 볏짚을 얹어놓은 해가림 막 속으로 다짜고짜 기어 들어가 두자의 손을 잡아끌었다. 시근덕거리며 앞으로 돌진하던 태철이 더는 참을 수 없다는 듯 뒤로 홱 돌아 두자를 자빠뜨렸다. 밭 중간쯤이었다. 볏짚이 찬바람을 막아주었다. 언 땅에 온몸을 쓸리면서도 태철은 이리저리 나뒹굴며 한 송이 철쭉을 씹고 빨았다. 두자는 입을 꽉 다물고 소리를 내지 않으려 애쓰다 더는 참을 수 없어 꽥! 비명을 질렀다.

그토록 큰 소리를, 정체도 의미도 불분명한, 아무 호소도 원망도 담기지 않은 날것의 소리를 입 밖으로 내보기는 처음이었다. 속이 탁 트였다. 알 수 없는 기운이 몸 곳곳에서 튀어나왔다. 태철이 억센 손으로 두자의 입을 막았다. 두자는 태철의 손가락을 입에 물고 다시 소리 질렀다. 죽어 있던 감각이 경쾌한 소리를 내며 강렬한 숨을 내뱉었다. 비린 살 냄새가 코를 파고들었다. 마른 볏짚 냄새와 괴괴한 밤공기가 두 사람을 감싸 안았다. 모든 것이 죽어 없어진 대지 위에 두 사람만 살아 숨 쉬는 느낌이었다. 바보. 등신. 태철은 숨을 헐떡이며 입속으로 중얼거렸다. 내가 어찌 이 생각을 못 했을까. 이 좋은 걸 모르고도 어찌 여태 살았을까.

그날 이후 태철은 밤마다 두자를 업고 밭으로, 과수원으로, 남의 집 헛간으로, 개울가로 뛰어다녔다. 피곤한 날엔 자기 집 부뚜막에 두자를 앉히기도 했다. 어머니가 나타나 부엌문을 두드리며 이 상놈의 새끼들! 하고 경을 칠까 봐 불안하고 무서웠지만, 그럴수록 더 짜릿한 쾌감이 태철의 마음을 사납게 흔들었다. 두자의 젖가슴을 쪽쪽 빨고 허벅다리를 잘근잘근 씹을 때마다 몰랑몰랑하고 부드러운, 이전에는 맛보지 못한 꽃잎과 과실로 주린 배를 채우는 느낌이었다. 두자 역시 그랬다. 태철과 몸을 섞을 때마다 평생 느껴보지 못한 야릇한 자신감이 온몸을 흠뻑 적셨다. 때로 아프긴 했어도 고통스럽진 않았다. 부끄러움 따위, 애당초 없었다. 주눅 들 필요도 없었다. 눈치 보지 않아도 되었다. 그 순간만큼은 스스로 느끼고 움직이고 생각하는 유일한 생명일 수 있었다.

두 사람을 수상히 여긴 시누이가 시어머니에게 고자질도 했지만 시어머니라고 밤새 마당을 서성이며 두 사람을 감시할 순 없는 노릇이었다. 시어머니가 구박을 심하게 한 날이면 두자는 더 적극적으로 태철을 받아들였다. 태철과 몸을 섞는 게 꼭, 시어머니를 욕보이고 골려먹는 것 같았으니까.

봄밤

 벚꽃이 지던 봄밤, 태철이 두자를 업고 산 아래를 타박타박 걸었다. 하얀 벚꽃이 바람에 흩날리다 태철의 어깨 위에 떨어졌다. 두자는 꽃잎을 입에 넣고 자근자근 씹어 먹었다. 봄을 삼킨 느낌이었다. 바람이 두자의 치마를 살짝살짝 들추었다. 두자의 엉덩이를 스멀스멀 만지던 태철이 목련 나무 아래 두자를 내려놓았다. 두자는 갈색으로 짓이겨진 목련 꽃잎 위에 누워, 태철의 어깨 너머로 돋아난 하얀 별들을 오랫동안 쳐다봤다. 더는 춥지도 아프지도 않았다.
 향기 없는 꽃 이제 다 지고 수수꽃다리 피겠네.
 시든 꽃잎을 손끝으로 어루만지며 생각했다.
 오랜만에 봄을 느낀다.
 아니 처음 느낀다.
 지난날의 봄은 그저 불 놓고 흙 갈고 씨 뿌리는 계절에 지나지 않았는데.

12월 19일 a.m. 2:19

 위도 아래도 없는 공중에 붕 떠 있는 블루 플라이가 몸 기댈 곳을 찾아 해구사면 쪽으로 이동한다. 부서진 계단처럼 높낮이가 다른 절벽의 좁은 틈새에 몸을 기대고 지느러미를 움직여 암흑을 더듬는다. 언젠가 한번, 딱딱한 돌이나 부드러운 물이 아닌, 물컹한 어떤 것에 지느러미를 스친 적이 있다. 생명이다! 블루 플라이는 그때의 감촉을 되도록 오랫동안 기억하기 위해 틈날 때마다 상상에 빠진다. 어떤 생명이었을까. 나와 같은 것이었을까? 나와 같은 것이 무엇이지? 나는 나를 모른다. 본 적도 없고, 내 냄새를 맡아본 적도 없고, 나를 만져본 적도 없다. 아름다운 것이길. 위험하지도 흉하지도 않고, 끔찍하지도 징그럽지도 않고 나는 다만 아름다운 것이길. 그때 겁이 나서, 놀라우면서도 너무 두려워서, 지느러미를 움츠리고 돌처럼 딱딱해졌던 스스로가 밉다. 나를 스친 생명도 나를 생명이라 여겼을까? 그 생명은 나와 달리 볼 수도 들을 수도 있어서, 내가 어떤 생물인지 보고 듣지 않았을까? 나에게도 소리가 있나? 지느러미를 아무리 움직여도 블루 플라이 귀엔 아무것도 안 들린다. 커다란 입. 아니, 여백을 한껏 벌려본다. 몸이 빳빳하게 굳는다. 내가 생명인가? 한 번도 가져보지 않은 의문. 생명이라 생각하는 나는 진짜 생명일까? 의문에 답하기 위해 나는, 의문으로 가득 찬 블루 플라이의 상상보다 더 열심히 상상한다. 블루 플라이를 생명으로 만들기 위해. 생명이면 응당 가져야 할 숨, 감각, 본능, 사고, 동작과 수면과 꿈과 어제와 오늘과 내일. 그런 것들을 꾸며내기 위해. 후웁. 후웁. 후웁. 나는 물속의 오징어처럼 몸을 하나로 모으고 심해까지 내려가기 위해 머리와 등뼈와 허벅지와 발목을 부지런히 움직인다. 가서 안아줘야 해. 블루 플라이는 보지도 듣지도 못하고 오직 느낄 수만 있으니까, 내가 안아줘야 해. 그럼 내 몸을, 온기를 느끼고 자기를 생명으로 이해하겠지. 깊고 깊은 바다로 끊임없이 내려가는 동안, 그에게 선물할 어제와 오늘과 내일을 열심히 상상한다. 어릴 때 너는 지금보다 훨씬 작고 아담했어. 매끈하고 물렁물렁했어. 아주 귀여워서 너무 아까웠어. 누구나 탐낼 만큼 아름다워서 생명이 드문 곳을 찾아 여기까지 온 거야. 그게 바로 본능이야. 시간을 먹고 자랐어. 너는 더 커질 거야. 해구에서 나와야 해. 아님 더 넓은 해구를 찾아 더 깊이 들어가야 해. 죽음이 뭔지 까먹을 만큼 오래오래 살아야 해.

불이야!

불!

불이야!

불이 뭐지? 블루 플라이가 물었다. 환하고 뜨겁고 귀하고 무서운 거야. 네가 아무리 오래 살아도 만날 수 없는 거야. 하지만 존재하는 거야. 그러니까 상상을 해. 넌 상상만으로 살아야 해. 널 살릴 수 있는 건 상상뿐이야. 불은, 불은 말이야.

소문

그해 겨울, 멀리 떨어진 석달마을에서 백 명 가까운 사람들이 떼죽음을 당했다는 소문이 두자네 동네까지 찾아들었다. 총과 불을 든 짐승들이 마을 사람들을 모아놓고 수류탄을 터트리고 총을 쏘아대고 집에 불을 질렀다고 했다. 시체 위에 시체가 넘어지길 몇 십 겹. 시체 밑에 깔려 있던 사람 몇 명만 겨우 살아남았다고 했다. 애먼 사람에게 총을 쏘고 불을 질렀으니 분명 공비 짓임에 틀림없다는 소문은 서쪽에서 불어왔다. 하지만 공비가 그랬다면 음식을 훔쳐갔을 텐데 약탈은 없었다고들 했다. 국방군이 그들을 죽였다는 소문은 남쪽에서 불어왔다. 국군을 반기지 않았다고 홧김에 마을 사람들을 모두 빨갱이로 몰아 죽였다는 것이었다. 하지만 그런 말을 대놓고 하면 빨갱이로 신고돼 잡혀갈 수도 있었다. 사람들은 소문 퍼트리길 멈추고 공비 욕만 해댔다. 두자는 국군도 공비도 경찰도 반갑지 않았다. 국군과 경찰은 자기들이 왕이라도 되는 줄 알았다. 계급이 높을수록 사람들을 제 하인처럼 부렸다. 밥 내놓으라, 술 내놓으라. 그들이 내놓으라 하는 건 도둑질을 해서라도 갖다 바쳐야 했다. 제 부모뻘에게 행패를 부리고 욕하고 때리기도 부지기수였지만, 그들의 부모는 제 아들이 힘센 경찰이고 군인이라고 분명 자랑스러워할 거였다.

해방이 되어 일본군이 떠났다고 해서 사는 게 좋아진 건 아니었다. 그들이 일으킨 전쟁으로 많은 젊은이가 타지에서 죽었다. 해방 후엔 물건 값만 비싸지고 돈은 마르고 요령 좋은 모리배나 배를 불리고, 무슨 주의자들끼리 편을 갈라서 서로를 미워하고 죽이고 헐뜯기 바빴다. 밭 잘 일구고 곡식 잘 거두고, 그것들 제값에 팔고 가진 것 뺏기지 않고, 내 자식 내 부모 챙기듯 남의 자식 남의 부모 챙기면서 욕심 안 부리고 살면 남 미워할 일 뭐 있으며 편가를 일 어디 있나. 무슨 주의든 사람 무시하지 말고 때리지 말고, 빼앗지 말고 죽이지만 말았으면 좋겠다. 두자는 가끔 들려오는 소문을 들을 때마다 생각했다. 하지만 또 자기 시부모나 죽은 할머니를 떠올리면 그게 뜻대로 안 되기도 하겠구나, 하는 생각도 들었다. 그들은 제 자식이 너무 아깝고 소중해서, 제 자식 아닌 것들은 모두 도둑놈에 잡것에 막 대해도 되는 물건 취급했으니까. 무언가가 너무 소중하고 대단해 보이면 그 외 다른 것은 모두 하찮게 보이나 보다. 나도 아이가 생기면 그리 될까. 장마로 불어난 개울을 보며 두자는 생각했다. 내 자식이 태어나면 오직 그놈만을 위해 내 평생을 몽땅 바치고, 누군가에겐 무뢰한에 마귀가 되어버릴까.

전쟁

다시 벚꽃이 필 무렵, 두자는 팔삭둥이를 낳았다. 검은 피부에 팔다리가 긴 사내아이였다. 시아버지는 사흘 만에 만석이란 이름을 지어 왔다. 만석이의 백일을 한 달여 앞둔 어느 날, 서울 거리는 전쟁이 터졌다는 호외로 뒤덮였다. 새벽에 서울을 빠져나간 대통령은 마치 자기도 서울에 있는 것처럼, 곧 적을 물리칠 테니 안심하라는 내용의 녹음 방송을 내보냈다. 그리고 다음 날 새벽, 안심하라고 말하던 대통령에 의해 한강다리가 폭파되었다. 피난민 수백 명이 죽었다. 인민군이 서울을 점령했다. 두자는 전쟁이 났다는 사실을 모르고 살았다. 만석에게 젖 물리고 불 피우고 설거지하고, 청소하고 김매고 밥하고 바느질하고, 기저귀 빨고 널고 말리고 쪽잠을 자는 일상 자체가 전쟁이었으니까.

뒤늦게 전해진 전쟁 소식에 두자는 이를 박박 갈았다. 전쟁터에 끌려갔다가 재가 되어 돌아온 장수 생각을 안 할 수 없었다. 장수는 이기적이나 순진하고 아기 참새 하나 죽이지 못하는 겁쟁이였다. 그런 아이가 총을 들고 사람을 죽이다가 저도 죽었다. 누가 만든 싸움판인지, 전쟁이 왜 터졌는지, 누가 적군이고 아군인지도 알 수 없었다. 아무 주의자도 아니고, 밭 갈아먹고 사는 게 이념이자 신앙인 사람들이 영문도 모른 채 떼죽음을 당했다. 국가나 이념 따위, 보이지도 않고 만질 수도 없었다. 실체 없는 계절이라도 보이고 느껴지고 냄새가 다른데, 국가와 이념은 귀신과 똑같았다. 욕심 많고 원한 많고 부수기 좋아하는, 심보 고약한 애였다. 듣지도 보지도 못하면서 소리만 꽥꽥 질러대는 병신 도깨비 같은 거였다.

여름이 끝나기도 전에 남편과 시동생이 징집되어 마을을 떠났다. 금쪽같은 두 아들을 전장에 내보낸 시부모는 곡기를 끊고 앓아누웠다. 빽만 있으면 군대에 안 잡혀가도 된다던데, 우리는 빽도 없고 돈도 없고 배운 것도 없어서 두 아들을 다 잃게 생겼다며 시어머니는 난생 처음으로 남편에게 대들었다. 산 너머에서 폭탄이 터졌다. 비행기는 밤낮을 가리지 않고 굉음을 지르며 날아다녔다. 비행기 소리가 들릴 때마다 만석은 경기를 일으켰다. 벌거벗은 산을 뒤덮은 누런 흙먼지는 사그라질 줄 몰랐다. 옥수수 가루도 남지 않아 나물죽만 쑤어 먹었다. 몇 달 후 시동생이 죽었다는 통지가 날아왔다. 그 소식을 들은 시아버지가 사흘 밤낮을 거친 기침만 하다 죽었다. 만석이 홍역을 앓았다. 약도 밥도 없어 물만 먹였다. 결국 죽었다. 시어머니는 죽은 만석을 뺏어 안고 눈을 까뒤집은 채 세상을 향해 사나운 욕을 내뱉었다.

대통령은 전쟁 중에도 그놈의 대통령이란 걸 또 해먹겠다고 자기편을 들어줄 정당을 급히 만들었다. 계엄령을 내리고 국회의원을 감금하여 기어이 법을 바꾼 후, 경찰을 동원해 결국 다시 대통령이 되었다. 두릉골 사람이 전쟁을 피해 두자네 동네로 왔다. 큰 도시로 내려가는 중이라고 했다. 어렵게 아버지와 새엄마 소식을 물었다. 아버지는 죽은 게 분명한데, 새엄마 소식은 모르겠다는 대답을 들었다. 용케 살아남았다면, 그렇다면 그이도 분명 아래로 내려가지 않겠느냐고 두릉골 사람이 말했다. 두자는 만석의 몸이 다 썩기도 전에 시어머니의 강권으로 씨받이 면회를 갔다가 태철을 만나지도 못하고 돌아왔다.

두자의 삶을 통째로 뒤흔든 전쟁이 멈춘 후에도, 두자의 인생은 제자리를 찾지 못한 세간처럼 세상의 발에 함부로 채이며 여기저기 나뒹굴었다.

총만 있었으면!

휴전 후 반년이 지나도록 태철은 돌아오지 않았다. 죽었다는 소식도 없었다. 시어머니는 날만 밝으면 유명한 무당을 찾아다녔다. 태철을 기다리며 남들 다 피난 가던 때도 고향을 지킨 어머니였다. 남편도 잃고 손자도 잃고 아들도 하나 잃었다. 어머니 인생에 남은 희망이라곤 생사를 알 수 없는 장남, 태철뿐이었다. 무당들은 입을 모아 당신 아들 멀쩡히 살아 있다고 말했다. 어머니는 하루라도 그 말을 듣지 못하면 당장에라도 미쳐 죽을 듯 매일 무당 집을 드나들었다.

무당들 말대로 태철은 멀끔한 모양으로, 더 단단해진 팔다리를 흔들며 집으로 돌아왔다. 태철은 마당에 들어서자마자 어머니부터 찾았다. 깡마른 시어머니가 맨발로 뛰어나와 태철을 끌어안고 큰 소리로 울었다. 내가 어무이 생각하며 살았소. 시체 더미 속에서도 어무이 생각하며 살아남았소. 태철이 어머니를 끌어안고 눈물을 훔쳤다. 어무이 두고 먼저 갈 수 없다고 매일 밤 악을 썼소. 어무이 아니었음 나는 못 살았소. 어무이가 날 살렸소. 태철의 말에 시어머니가 태철의 등을 펑펑 때리며 더 큰 소리로 울었다. 동네 사람 모두 들으라는 듯 우렁차게 울었다.

태철은 전혀 다른 사람이 되어 있었다. 자기 손으로 엄청나게 많은 인민군을 죽였다며 만나는 사람마다 붙잡고 자랑을 늘어놓았다. 상대방이 자기를 추어올리지 않으면 대번에 돌변하여 노인이든 여자든 가리지 않고 함부로 욕하고 때렸으며, 마음에 안 드는 사람은 무조건 빨갱이로 몰아 신고했다. 무섬증에 밤중에는 혼자 변소에도 못 가면서, 날만 밝으면 세상 사람 전부 한 방에 때려 눕힐 수 있다는 듯 행동했다. 그리고 두자를 개돼지 잡듯 팼다. 두자가 아버지와 아들을 죽이기라도 한 것처럼. 자기가 총 들고 나라를 지키는 동안 너는 집구석에서 부모 자식도 못 지키고 뭘 했느냐고 몰아붙였다.

총이라도 있었으면!

두자는 악을 쓰다가 차마 다음 말을 잇지 못했다. 사람이라도 죽여 먹었을 거란 말이 목구멍까지 차올랐다. 인민군이고 국군이고 할 것 없이 다 쏴 죽여 내 자식도 살리고 니 부모도 살리고 주린 배도 채웠을 것이다. 총만 있었으면. 총만 있었으면! 두자는 아무도 들어주지 않는 울분을 변소에서나 토해냈다.

배부른 여자

어머니가 얼른 아이를 가지라고 닦달하자 태철은 그 말을 기다렸다는 듯 충청도에 다녀오겠다며 보름간 집을 비우더니, 두자보다 나이 많고 인상 고운 여자를 데려왔다. 전쟁 중에 만난 여잡니다. 야는 내 씨요. 태철이 여자의 볼록한 배를 어루만지며 어머니에게 말했다. 적어도 서너 달 후엔 출산을 할 것 같았다. 시어머니는 여자보다 여자의 둥그런 배에 더 집중했다. 태철은 여자를 데리고 작은방으로 들어갔다. 태철도, 시어머니도, 시누들도, 배부른 여자도 두자를 본체만체했다. 그들의 시선이 자기를 너무 자연스럽게 뚫고 지나가기에 두자는 급히 제 몸을 쓰다듬었다. 가죽만 남은 피부와 굵은 뼈마디가 똑똑히 만져졌다. 두자가 작은방 문을 벌컥 열었다. 방 안에서 배부른 여자를 달래던 태철이 두자의 머리를 냅다 갈겼다. 죽 안 쑤고 뭐 하노! 지켜보고 섰던 시어머니가 냉큼 소리를 질렀다. 시어머니 손엔 더러운 걸레가 들려 있었다.

만석의 기저귀로 쓰던 것이었다. 배부른 여자는 등을 돌리고 앉아 있었다. 두자가 아귀처럼 태철에게 달려들었다. 태철이 다시 두자를 팼다. 시어머니가 혀를 찼다. 시누들은, 글씨도 모르는 무식한 년이 집안 남자 다 거덜내더니 이젠 패악까지 부린다며 자기들끼리 종알거렸다. 배부른 여자가 끅끅 울기 시작했다. 두자는 울지 않았다. 저 안에 든 것이 계집이면 어쩔 것이오! 두자가 배부른 여자를 가리키며 소리 질렀다. 계집이면 내치고, 사내면 품을 작정 아니오!

태철이 두자의 머리채를 붙잡고 집 밖으로 끌고 나가 패대기쳤다.

두자를 업고 밤새 동네를 쏘다니며 민들레 한 송이라도 밟을까 발밑을 조심하던 태철은 죽고 없었다. 그 시절의 태철은 총에 맞아 죽어버렸다.

그날부터 시어머니와 태철은 두자를 노예처럼 부리기만 했다. 아무도 두자 편에 서주지 않았다. 동네 사람들은 참고 견디라고 했다. 그러다 보면 먼 훗날 다 보상받을 거라고 했다. 옛 어른들은 다들 그렇게 살았다고도 했다. 첩을 세 명, 네 명 들이는 게 예사였다고. 둘째 부인 보라는 듯 남편 더 잘 받들고 보듬으면 둘 사이에도 또 자식이 생기지 않겠느냐고, 자식이 생기면 남편 마음도 돌아올 거라고들 참견했다. 남편 사랑 받을 생각 말고, 시부모 잘 모시고 애들 잘 키우면 결국 인정받을 거라고 했다. 그게 여편네 인생이라고들 했다. 두자는 사랑이 뭔지도 모르고 누가 자기를 사랑한다고, 혹은 자기가 누군가를 사랑한다고 생각해본 적도 없었지만, 평생을 노예처럼 살다가 죽는 날에야 인정받고 칭송받는 삶 따위 절대 살고 싶지 않았다.

부뚜막에 기대 쪽잠을 자며 서너 달을 버텼다. 그 꼴을 안타깝게 여긴 동네 사람 하나가 두자에게 귀띔을 했다.

니들 혼인신고는 했나? 그거 했으믄 저 여자 내쫓을 수 있어.

결혼해서 같이 살면 당연히 부부가 되는 줄 알았다. 나라에 보고하고 도장을 받아야 부부로 인정받는다는 사실 따위 전혀 모르고 살았다. 태철과 살을 섞고 태철의 아이를 낳고 태철의 아내로 팔 년 넘게 살았지만, 결국 두자는 문서 없는 노예에 불과했다.

칼바람 부는 세밑 무렵, 배부른 여자는 아들을 낳았다. 시어머니가 피 묻은 이불을 두자에게 떠넘기며 깨끗하게 빨아 오라 일렀다. 두자는 그것을 두 여자에게 집어 던지고 집을 나왔다. 동구 앞 길바닥에서 술을 마시던 태철이 출산 소식을 듣고 휑한 골목을 경중경중 뛰어오고 있었다. 두자는 그에게 달려들어 다짜고짜 손을 물어뜯었다.

총을 들고 사람을 죽이고 시체를 묻던 손이었다.

낯선 여자를 어루만지고 토닥였을 손이었다.

그 여자의 손을 잡고 낡은 사립문을 열던 땀 맺힌 손이었다.

두자를 패고 내갈기던 손.

아득한 옛날, 두자를 업고 두자의 엉덩이를 만지며 차디찬 땅속으로 기어 들어가던 손.

두자를 하얀 꽃잎 위에 누이고 치마를 들추어 야위고 여린 허벅다리를 감싸던 손.

　맑고 찬 개울물을 두 손 가득 담아 와 두자의 아랫도리를 씻겨주던 손.

　등에 업힌 두자의 입에 수수꽃다리를 물려주던 손.

　잠이 안 오나?라고 말할 때, 어쩔 줄 몰라 거친 제 수염만 쓱쓱 쓰다듬던 손.

　휑한 들판. 벌거숭이산. 그을린 집터. 바짝 마른 도랑. 밑동만 남은 느티나무. 야윈 사람들. 살아남은 자들의 통곡이 몰고 온 겨울바람.

　그리고,

　실성한 개처럼 이를 드러내고 남편의 손을 물어뜯는 두자.

12월 19일 a.m. 2:20

 불이야!라는 소리가 무엇을 뜻하는지 파악하자마자 눈을 번쩍 떴다. 침대에서 일어나 문고리를 잡았다. 너무 뜨거워 급히 손을 뗐다. 의자에 걸린 마른 수건으로 손을 감싸고 다시 문고리를 잡아 돌렸다. 맞은편 방문이 훤히 열려 있었다. 매캐한 연기로 가득 찬 복도. 복도 안쪽 끝 방에서부터 시뻘건 불길이 치솟고 있었다. 수건으로 입을 틀어막고 현관을 향해 달렸다. 앞서 달려가던 여자가 현관에서 비명을 지르며 쓰러졌다. 그 뒤를 따라 달리던 여자가 그 자리에 멈추더니 몸을 틀어 내가 서 있는 곳으로 달려왔다. 왜. 왜! 여자는 나를 지나쳐 자기 방으로 들어갔다가, 다시 나와 현관으로 가는 복도 끝 모퉁이의 주방으로 몸을 날렸다. 현관 가까이로 다가가자 뒤엉킨 채 싸우는 두 남자가 보였다. 열기와 연기와 소음 속에서도 푹. 살 깊이 칼 꽂히는 소리가 똑똑히 들렸다. 남자 손에 들린 칼이 붉게 번뜩였다. 현관 바닥엔 이미 두어 명의 사람이 피를 흘리며 쓰러져 있었다. 후읍. 숨을 들이켰다. 칼이 다시 움직였다.

기억들

작은 보통이만 꾸려 집을 나왔다. 두자의 처지를 딱하게 여긴 동네 사람이 아랫동네로 내려가 베 짜는 일을 해보는 게 어떻겠느냐고 권했다. 전쟁 중 월남한 사람들이 이북에서 경영하던 직물공장을 그 동네에 많이 차렸는데, 공장에 들어가면 일도 할 수 있고 곁방도 얻을 수 있을 거라고 했다. 공장 옆 버려진 초가를 빌려 사는 대신 월급을 절반만 받기로 하고 그날부터 바로 일을 배우기 시작했다.

두자는 작은 건물에 틀어박혀 수직기 앞에 앉아 인견을 짰다. 평생 바깥바람, 따가운 볕, 추위와 더위에 맨살을 드러내놓고 밭 매고 나물 캐는 일만 해오던 두자였다. 방 안에 앉아 몸을 많이 움직이지 않고도 돈을 벌 수 있다는 사실이 두자를 설레게 했다. 일이 힘들지 않은 건 아니었다. 새벽에서 한밤중까지 수직기 앞에 앉아 있으면 무릎이 꺾이고 목이 굽고 어깨와 허리가 부서질 듯 아팠다. 하지만 할 일이 있다는 게, 혼자 앉아 아무 생각 없이 같은 행동만 반복하면 된다는 게, 아무도 만나지 않을 수 있고 번 돈이 고스란히 자기 손으로 떨어진다는 게 좋았다. 시어머니는 돈이 생기면 단지에 넣어 아무도 모르는 곳에 숨겨두었다. 남의 집에서 모를 심고 이삭을 털고 사과를 따준 후 돈을 받아 오는 것도 두자였고, 고추 따고 감자 캐서 돈과 바꿔 오는 것도 두자였지만, 두자는 그 돈을 단 한 번도 써보지 못했다. 전쟁이 끝나던 해, 나라에서는 돈 이름과 모양을 바꿨다. 그 사실을 뒤늦게 안 시어머니의 돈은 모두 휴지 조각이 되었다. 쓸모없어진 돈이 아깝기도 했지만 시어머니 꼴이 너무도 우스워서, 두자는 변소에 쪼그려 앉아 똥을 눌 때마다 낄낄낄낄 웃곤 했다.

 첫 월급을 받은 날 입술을 꽉 깨물며 얼마 안 되는 돈을 쓰다듬고 또 쓰다듬었다. 시어머니에게, 남편에게, 아버지나 할머니에게 주지 않아도 되는 내 돈. 오직 나만을 위해 쓰고 또 모을 수 있는 내 돈. 돈을 모아 금을 사고 땅을 사고 집을 사야지……. 하지만 어느 세월에. 쓴웃음이 치밀었다. 쥐꼬리만 한 월급으론 하루 먹고살기도 힘들었다. 인견을 짜는 틈틈이 공장 옆 담벼락 밑에 손바닥만 한 텃밭을 일궜다. 다만 감자 몇 알이라도 거두면 한 끼 식사는 되니까. 주인에게 받는 월급보다 땅에서 나는 작물이 더 직접적인 양식과 재산으로 느껴졌다. 한낱 종잇조각에 불과한 돈이 아니라 감자며 배추며 옥수수 같은 작물에 더 믿음이 갔다.

가끔 속 깊은 곳에서 단단한 주먹 수십 개가 불쑥불쑥 치솟는 듯 숨이 막힐 때도 있었다. 만석이를 생각하면. 태철이 떠오르면. 그 여자의 둥그런 배. 고운 인상. 피 묻은 이불을 떠안기던 시어머니가 자주 꿈에 보였다. 수천 번 곱씹어 지긋지긋한, 하지만 바로 코앞의 기억이었다. 혼자 사는 여자는 많았다. 혼자 자식을 키우며 살아가는 여자는 더 많았다. 먹고살기 위해 몸을 파는 여자도 있었다. 공장에서 일하거나 남의 집 식모로 들어가거나 면면촌촌 떠돌며 보따리 장사를 하는 여자도, 남의 밭 품팔이를 하는 여자도 많았다. 두자는 그들 중 하나에 불과했다. 내는 단 한 번도 좋아 산 적이 없다. 새엄마의 단호한 말이 수직기의 소음을 타고 귓전을 맴돌았다. 늘 고단하고 굶주렸던 새엄마는 두자에게 신경질도 많이 내고 사소한 실수에도 불같이 화를 냈다. 이유를 모른 채 욕을 듣기도 했고 짐작할 수 없는 일로 야단맞기도 부지기수였다. 그래도 그녀가 밉거나 싫지 않았다. 엄마여서, 어른이라서가 아니었다. 동기간 같았고, 제 앞날 같았다. 알 수 없는 동지애가 외롭고 남루한 두자의 마음을 어루만졌다. 새엄마와 함께 밭을 갈고 빨래를 할 때면 두 사람 가슴께로 동일한 통증이 넘실거렸다. 큰 도시로 피난 갔다는 말을 마지막으로 전해 들었다. 어디로 갔는지, 살아 있는지, 아무것도 알 수 없었다. 죽었을지도 모른다는 예감이 들 때마다 호소할 수 없는 무서움이 두자를 괴롭혔다.

늘 고단했지만, 자주 잠을 설쳤다. 차가운 방바닥을 거친 손으로 슥 훔치면, 손바닥의 주름 사이로 딱딱한 냉기가 파고들었다. 어둠 속에서 의식은 점점 더 또렷해졌다. 처박혀 있던 고통이 눈을 뜨면 그 자리에서 시간은 멈춰버렸다. 고집 센 아이처럼 제 자리에 버티고 선 기억들은 두자를 노려보며 한 발자국도 움직이지 않았다.

전쟁 중에도 마을을 떠나지 않은 건 오직 태철 때문이었다. 반드시 살아올 거라 굳게 믿었다. 두자의 바람대로 태철은 살아서 돌아왔지만, 태철은 두자가 죽어버렸길 바랐는지도 모른다. 아무도 자기의 생존을 기원하지 않았다는 사실. 그 사실 때문에 두자는 더 비참했다. 누군가를 위해 살아남아야 한다고 생각해본 적 없지만, 오직 자신만을 위해서 일하고 먹고 산다는 생각이 들 때마다 눈물이 났다. 태철에게 업힌 채 산과 들을 누비던 때가 자꾸 떠올랐다. 그리웠다. 씹어 먹어도 시원찮을 만큼 그가 미웠지만, 보고 싶었다. 함께 있고 싶었다. 그의 살을 만지고 그에게 만져지고 싶었다. 살 냄새를 맡고 싶었다. 몸을 비비고 껴안고 참고 참다가 비명을 지르고 싶었다. 입 밖으로 내본 적도, 들어본 적도 없는 외롭다는 말이 가슴과 머리를 가득 채웠다. 스스로 깨친 말이라 낯설지도 않았다. 그 감정이, 목덜미에 붙어 떨어지지 않는 도깨비바늘처럼 느껴졌다. 혹은 만석이. 만석이를 품에 안았을 때. 그 아이가 수없이 내뱉던 옹알이. 숨소리. 그 아이의 침과 똥과 오줌. 죽은 자식을 생각할 때마다 혀를 깨물고 죽고 싶었다. 시어머니가 그 아이를 밤낮 끼고 살았다. 제 배를 빌려 나온 시어머니 아들 같왔다. 시어머니처럼 유난스레 만석이를 예뻐하고 아끼진 못했지만, 마음만은 시어머니보다 더 애틋하고 뜨거웠다. 사랑을 표현하는 게 익숙지 않아 다만 먹여주고 재워주고 안아준 게 전부였지만, 바로 그게 자기가 할 수 있는 최고의 사랑 표현이었다. 우리 만석이는 그걸 알까. 알고나 갔을까.

분녀

적막한 초가에 사람 하나가 더 들어왔다. 두자보다 네 살 많은, 함께 베를 짜게 된 분녀라는 여자였다. 남편은 전쟁 중에 죽고 자식은 시댁에서 데려갔다고 했다. 근처 도시에서 식모 일을 하다가 의심만 받고 쫓겨난 후 공장을 찾아 백동으로 왔다고 했다.

참 예쁘게도 생겼네.

초가에 들어선 분녀가 두자에게 처음 건넨 말이었다. 예쁘다는 말을 처음 들어본 두자는 저한테 하는 말인 줄 모르고 제 뒤를 돌아봤다. 아가씨 말야. 분녀가 두자의 손을 잡으며 말했다. 아가씨란 말도 처음 들었다. 분녀는 얼굴이 희고 키가 컸다. 손도 고왔다. 전쟁 전에는 고생이라곤 모르고 산 사람 같았다. 말투에서도 귀티가 느껴졌다. 두자는 얼굴을 붉히며 분녀의 손에서 제 손을 빼냈다. 잘 부탁해, 아가씨. 분녀가 상냥하게 말했다. 큰 키에 서글서글한 인상과는 달리 제법 귀염성도 있어 보였다.

비가 오거나 서늘한 바람이 불 때면 분녀와 두자는 좁은 방이나 부엌에서 막걸리를 마시며 두런두런 옛날 얘기를 나눴다. 분녀는 술도 잘 마시고 말도 거침없이 하고 아무에게도 기죽지 않을 강단을 가진 데다 눈에 띄는 외모 때문에 사람들의 관심을 많이 받았다. 특히 남자들이 분녀를 좋아했다. 사장부터 그랬다. 분녀만 보면 지분거렸다. 공장 일꾼들도, 점방 주인도 마찬가지였다. 모두 아내가 있는 사람들이었으나, 아랑곳없이 분녀에게 달려들었다. 지분대도 통을 주지 않고, 정색하지 않고, 적당한 농으로 잘 받아 주니 어려울 것도 심각해질 일도 없다고들 생각했다. 분녀는 그들의 관심을 꺼리지 않았다. 내게 친절한데, 굳이 싫어할 이유 없잖아? 분녀는 대수롭지 않게 말했다. 밤 외출도 잦았다. 날개 달린 사람처럼 자유롭게 여기저기 쏘다녔다. 화통한 여자라고 분녀를 좋게 보던 동네 여자들이 금세 그녀를 멀리하기 시작했다. 화냥년이라고 손가락질했다.

밤이면 쉽게 잠들지 못하고 마당을 서성이는 두자를 보고 분녀가, 너도 외롭구나, 하고 말했을 때, 두자는 망측한 소리라도 들은 사람처럼 얼굴을 붉히며 얼른 방으로 들어섰다. 외로움은 부끄러운 것도, 숨길 것도 아니라고 분녀는 말했다. 애, 외로운 게 뭔 죄니? 요즘 세상에 안 외로운 인간 있으면 어디 나와보라 그래라. 분녀는 제 머리칼을 손가락으로 훑으며 심드렁히 말했다.

괜히 밤잠 설치지 말고 너도 차라리 남자를 만나. 만날 공장 아니면 방에 처박혀서. 갑갑하지도 않니. 사랑이나 하고 살아.

사랑이란 말에 두자의 얼굴이 일그러졌다. 나쁜 말은 아니지만 두자를 불편하게 만드는 말. 한 번도 해본 적 없고 앞으로도 해볼 것 같지 않지만, 왠지 태어나서 지금까지 그 말만 하고 살아온 것 같은 지긋지긋함.
　언니는 그거 때문에 남자 만나나?
　두자가 눈을 내리깔며 우물쭈물 물었다.
　그거 뭐. 사랑?
　분녀가 양말을 신으며 되물었다. 어쩌면 저 말을 저렇게 쉽게 할 수 있을까. 두자는 경이로운 눈으로 분녀를 쳐다봤다.
　그냥, 뭐, 재미지. 재미라도 있어야지 않겠니.
　자기 대답이 마음에 드는지 분녀는 고개를 끄덕이며 재미지, 재미야, 하고 중얼거렸다. 남자 없으면 내가 한 명 소개해줘? 분녀가 고무신을 꿰신으며 물었다. 두자는 말없이 이불을 덮어썼다. 분녀는 속이 빈 웃음만 부려놓고 집을 나섰다. 분녀가 남자를 만나 몸을 섞는 장면을 상상하자 아랫도리가 욱신거렸다. 잠시 망설이다 고쟁이 속에 손을 넣었다. 작고 연하고 촉촉한 살점을 어루만지며 태철을 떠올렸다. 아랫도리가 금세 흥건해졌다. 다리를 베베 꼬며 수수꽃다리 향을 찾아 코를 벌름거렸다. 봄밤. 고요하고 따뜻하던 그 밤. 아무 부끄러움도 욕심도 없이 그의 거칠고 단단한 몸만으로도 몸과 맘이 넘실대던 그 시절. 더없이 소중해서 차라리 잘라내고 싶은 생애 단 하나의 추억. 두자는 퀴퀴한 이불에 코를 박고 끅끅 울었다.

소문들

전쟁 전부터 대통령이었던 자는 전쟁 중에도 대통령을 하더니, 전쟁 후에도 대통령을 하겠다고 또 법을 바꿨다. 사사오입 개헌이라는 이상하고도 웃긴 짓을 한 것으로도 모자라 선거 때마다 온갖 못된 짓으로 경쟁자를 꼼짝 못하게 해놓고, 자기는 사실 대통령 할 생각이 없다며 발을 뺐다. 그럼 그를 추종하는 자들이 곧바로 출마를 종용하는 시위를 해댔고, 그는 기다렸다는 듯 대통령 후보에 제일 먼저 등록하는 속 보이는 짓을 자꾸 반복해댔다.

그는 자녀를 많이 낳는 여자에게 표창을 주겠다며 다산을 부추기기도 했다. 여섯, 일곱은 많은 축도 아니었다. 열은 넘어야 장한 어머니가 될 수 있었다. 두자네 동네에도 자식 열두 명을 낳아 표창을 받은 여자가 있었다. 딸 아홉에 아들이 셋이었는데, 아들 하나는 전쟁터에서 죽고 딸 셋은 굶어 죽거나 병들어 죽었다. 굶어 죽는 것도 결국은 다 제 운이라고, 생기는 대로 낳으면 결국 집안 재산이 될 거라고 사람들은 생각했다. 나라에선 전쟁으로 줄어든 국민 수를 다시 채우기 위해 적극적으로 다산을 종용했지만, 아이들의 먹을거리나 입을 거리엔 전혀 신경 쓰지 않았다. 그건 부모들이 알아서 하라는 식이었다. 열녀와 효부와 절부에 대한 칭송. 강요되는 희생과 인내. 어머니는 억척스럽고, 강하고, 안 먹어도 배부르고, 자식과 남편을 위해 무슨 짓이든 할 수 있으며, 자식은 많이 낳아야 하지만 성욕 따윈 몰라야 했다.

어떤 사람들은 두자 없는 데서 두자 흉보기를 즐겼다.

아니, 남편이 난리에서 멀쩡히 살아왔는데도 쫓겨났단 말이야? 쯧쯧. 여자가 얼마나 돼먹지 못했으면. 둘째 부인 들어왔다고 투기하고 시샘한 게 분명해. 그러니 쫓겨났지. 꾹 참고 살면 다 제 복으로 돌아올 것을, 그걸 못 참고. 자식이 없어 그랬나? 어떻게든 남편 맘 돌려 제 자식부터 낳고 볼 일이지. 시앗이 애 낳은 날 서방 손을 물어뜯었다지 않아. 제 살을 잘라 국을 끓여 내도 모자랄 판에 그게 무슨 흉악한 짓거리래.

모진 말들은 두자의 귀로 고스란히 전해졌다. 태철 가족 이야기도 들을 수 있었다. 고운 인상의 둘째 부인이 험한 일은 절대 하려고 하지 않아서 시어머니와 자주 싸운다는 소리. 태철보다 두어 살 연상인 데다 중등교육까지 받은 여자라더라. 싹싹하지도, 예의 바르지도 않지만 똑똑하고 똑 부러지는 성격이라 매사 틀린 말은 안 한다던데. 시어머니나 태철도 그 여자를 못 이겨낸다더라. 매사 배운 티를 내고 어디서나 아는 척이래. 동네 어른도 가르치려 든다더라. 가끔 점방에 모인 사람들한테 신문소설을 읽어주기도 한다던데, 그게 그렇게 재미나대. 여자들을 모아 계를 만들었대. 돈 굴리는 수완이 아주 기똥차서 사람들이 부러워 못 살아. 시어머니가 감춰놓은 돈까지 다 꺼내게 만들었다대. 애를 또 낳았대. 또 아들이래. 시어미 입이 아주 찢어졌다지? 아들만 잘 낳으면 뭐하나. 싸가지가 바가진데. 이 사람이 뭘 몰라. 여우하곤 살아도 곰하고는 못 산댔어. 전에 그 여자는 지 새끼도 못 지키고 곰처럼 둔

해빠져서. 그야 난리 중이니 별수 있었나. 그것도 다 팔자여. 순둥이 태철이가 그 난리 중에 새색시를 데려올 줄 누가 상상이나 했겠나. 새로 들어온 며느리가 기가 세고 깍쟁이여도 말이야, 아들도 잘 낳고 집안 재산도 불리는 거 보면 전 며느리보다 낫지 않아? 그렇게 집안 살림 펴는 거지 뭐. 그것도 다 팔자고 운이야, 운.

매미가 울 때도 벼 이삭을 털 때도, 첫 서리가 내리고 강물이 꽝꽝 얼 때도, 두자는 방 안에 틀어박혀 바깥 소리에 맘을 베며 베를 짰다. 미움과 원망과 후회와 한탄과 그리움을 씨실과 날실로 틈틈이 엮어서, 평평하고 흔해빠진 직물로 차곡차곡 뽑아냈다.

쌍둥이

이태가 흘렀다.

동짓날 밤. 방문을 벌컥 열고 맨발로 뛰쳐나온 분녀가 골목을 뛰어가 산파를 데려왔다. 산파가 방에 들어가고 얼마 안 있어 아기 울음소리가 들렸다.

잠시 후, 아기 울음소리가 또 터져 나왔다.

분녀는 똑같이 생긴 두 아기를 품에 안고 호탕하게 웃었다.

12월 19일 a.m. 2:21

　남자는 당장에라도 덤벼보라는 듯 허공을 향해 칼을 휘두르고 있었다. 고개를 돌려 창을 찾았다. 찾으면서도 어리석은 짓이란 걸 알았다. 뒤돌아봤다. 복도 끝에서 시작된 불이 작은 방들을 차례로 집어삼키고 있었다. 누군가가 내 등을 떠밀고 앞으로 달려갔다. 그를 잡기 위해 같이 뛰었다. 간신히 그의 팔을 잡자마자, 그가 팔을 뿌리쳤다. 말을 하려고 입을 뗐다. 숨이 막혔다. 다시 비명 소리가 들렸다. 무릎이 꺾였다. 벽을 잡고 간신히 주방까지 걸어갔다. 옆방 여자가 식탁을 밟고 올라가 조그마한 창을 열고 소리를 지르고 있었다. 창밖으로 손을 뻗고 소리 지르는 여자를 따라 나도 식탁 위로 올라갔다.
　너무 깜깜했다.

창 맞은편엔 탁 트인 공간이 아니라, 높고 커다란 건물의 막막한 옆면이 바투 서 있었다. 그대로 주저앉았다. 트레이닝복 주머니에서 뭔가가 툭, 떨어졌다. 핸드폰이었다. 식탁에 떨어진 핸드폰이 위이이잉 울리고 있었다. 액정화면에 '집'이라는 글자가 떴다. 폴더를 열었다.

하얀 놈, 검은 놈

쌍둥이는 무사히 백일도 넘기고 돌도 넘겼다. 열병에 걸려도 금세 낫고 젖이 적어도 보채지 않았다. 살이 오르진 않았지만 뼈마디가 굵어 야위어 보이진 않았다. 출산 후 얼마간, 두자는 집에서 쌍둥이를 돌보고 분녀는 공장에서 돈을 벌어 왔다. 사람들은 쌍둥이 아빠를 알아내기 위해 갖가지 소문을 만들어냈다. 첫 소문의 주인공으로 공장 사장이 떠올랐다. 딸만 다섯이라 시부모에게 기를 못 펴고 산다며 사장 부인이 자주 한탄을 늘어놓았던 탓이었다. 처음엔 분녀에게 지분대나가 만만찮으니까, 두자에게로 시선을 돌린 게 분명하다고 사람들은 입방아를 찧어댔다. 쌍둥이가 태어났을 때, 사장 부인이 흰 쌀 한 됫박에 말린 미역을 갖다준 것도 소문의 신빙성에 살을 더했다. 아들을 낳았다면 사장 부인이 절대 그 귀한 것을 갖다주지 않았을 텐데 딸을, 그것도 두 명을 동시에 낳았으니 아들이라도 나올까 조마조마하던 사장 부인도 한결 마음이 편해져서 인심인지 오지랖인지 모를 것을 부린 거라고. 동네 사람들은 밭에서, 과수원에서, 점방에서 틈만 나면 수군거렸다. 소문을 뒤늦게 전해 들은 사장 부인이 제일 만만한 여자 집에 찾아가 그 집 그릇을 몽땅 깨부수며 깽판 부린 것을 계기로 소문은 서서히 잦아들었다.

사장 말고도 아들 없는 집안의 남자는 죄다 쌍둥이 아버지로 지목되었다. 읍내에 첩을 두고 사는 김씨도, 전쟁 때 아내와 자식을 잃은 늙은이 전씨도, 여자라면 칠순 할머니도 좋아라 하는 또 다른 김씨도. 사람들이 아무리 소문을 퍼트리고 두자를 흉봐도 두자는 입을 꾹 다물고 가타부타 말을 하지 않았다. 급기야 사람들은 금계사 스님 중 하나가 쌍둥이 아버지라는 소문까지 만들어냈다.

그래, 이것들아. 우리 딸내미들 애비는 예수다. 우리 두자 남편은 부처다! 죽어서 삼악도에 떨어질 작정이면 그 입들 계속 짓까불어!

분녀가 온 동네를 휘저으며 한바탕 난리를 친 후에야 사람들은 쌍둥이 아버지 찾기를 포기했다. 쌍둥이는 어떤 특징을 잡아 두 아이를 구분할 수도 없을 만큼 똑같이 생겨서, 두자와 분녀를 곤란하게 했다. 솔직히 누가 첫째인지, 둘째인지도 제대로 가늠할 수 없어 어제는 첫째였던 아이가 오늘은 둘째가 되고, 다음 날 그 순서가 뒤바뀌길 반복했다. 쌍둥이는 울 때도 똑같이 울고 웃을 때도 똑같이 웃었다. 마치 한 아이 앞에 거울을 갖다 놓고 보쇼, 이건 쌍둥이요, 하고 말하는 것만 같았다. 첫째 팔목에는 검은 헝겊을, 둘째 팔목에는 하얀 헝겊을 묶어놓고 하얀 놈, 검은 놈으로 구분하여 부르기로 했지만, 출산 후 건망증이 심해진 탓에 검은 헝겊이 첫째였던가, 하얀 헝겊이 첫째였던가도 헷갈려 곧 구분하길 포기해버렸다.

쌍둥이를 낳고 두 달 후부터 두자는 쌍둥이를 데리고 공장에 나갔다. 쌍둥이를 수직기 옆에 뉘어놓고 종종 젖을 주고 기저귀를 갈며 베를 짰다. 쌍둥이는 먼지 날리는 공장 안에서 둘만 알아들을 수 있는 옹알이와 눈빛을 주고받으며 세상의 공기를 익혀갔다.

봄마다 활짝 피어나라고

두 여자가 똑같이 생긴 두 아기를 나눠 업고 논두렁을 걸어가자, 머리에 수건을 싸매고 논을 뒤엎던 늙은 여자가 큰 소리로 말했다.

어디서 굴러먹던 계집들인지. 점잖은 동네에 아주 분탕질을 하고 자빠졌어! 저거, 저게 뭐 자랑이라고 훤한 내낮에 그것들을 데리고 나오나, 나오길! 혀 깨물고 죽어도 시원찮은 판에 원, 남부끄러워서.

아기 엉덩이를 툭툭 다독이며 제 발끝만 보고 걷는 두자와 달리, 분녀는 늙은 여자에게 다가가 새침한 표정으로 말했다.

할머니! 이 애 좀 봐요. 자세히 좀 봐요.

분녀가 등에 업힌 아기를 들이대자 늙은 여자가 얼굴을 찌푸렸다.

예쁘죠? 눈 큰 것 좀 봐요. 애 얼굴 절반이 다 눈이야, 눈. 애 눈 좀 봐요. 할머니!

늙은 여자가 마지못해 아기 쪽으로 시선을 돌리자 분녀가 냉큼 말을 이었다.

누구 생각 안 나요? 누구 닮은 것 같지 않아?

늙은 여자가 아기의 커다란 두 눈을 빤히 쳐다봤다. 입술을 움찔거리던 아기가 울음을 터트리려고 앵앵거리기 시작했다.

할머니 닮았잖아! 애 눈 좀 봐. 할머니랑 똑같아!

늙은 여자가 두 눈을 부릅떴다. 분녀가 은근한 목소리로 말을 이었다.

할머니 아들도 눈이 이만하잖아.

분녀가 손가락을 둥글게 말아 두 눈에 대고 이기죽거렸다. 늙은 여자가 욕을 쏟아내려고 입을 벌린 채 이이, 이이, 하는 사이 분녀가 다시 새침한 표정을 지으며 톡 쏘았다.

할머니 아들, 물건은 새끼손가락만 하면서 눈은 할머니 입보다 크잖아. 아니야?

앵앵거리던 아기가 우렁차게 울어댔다. 분녀는 눈을 아래로 내리깔며 비아냥거렸다.

아드님이 내 엉덩이 한번 만져보겠다고 얼마나 공을 들였는지 알아요?

늙은 여자가 분녀의 옷깃을 낚아채더니 쌍욕을 해댔다. 아, 이것 좀 놔봐. 놓고 얘기해. 내가 없는 말 하나? 가서 물어봐. 아드님한테 물어보라니까? 그다음에 나를 죽이든 살리든 알아서 하라고. 늙은 여자 손에 잡혀 휘청거리면서도 분녀는 이죽대길 멈추지 않았다. 두자가 쫓아와 늙은 여자와 분녀 사이를 겨우 떼어냈다. 두 아기가 동시에 울어대자 밭두렁 틈틈이 맺혀 있던 잔돌이 퐁퐁 튀어나오고 어린 벼 이삭이 떼 지어 박수를 쳐댔다. 논두렁 너머로 올라가려다 무른 흙을 밟고 미끄러지길 반복하면서도 늙은 여자는, 걸레 같은 년, 니가 어디 감히, 벼락 맞아 죽을 년, 니 년 밑구멍을 내가 갈기갈기, 하며 고래고래 소리를 질러댔다. 분녀를 끌고 헐레벌떡 논두렁을 빠져나오던 두자가 눈물을 훔쳤다.

야, 애 낳은 게 죄냐? 울지 마. 울지 말고 애나 달래.

분녀가 두자의 팔뚝을 내려치며 말했다. 두자가 옷소매로 콧물을 닦으며 중얼거렸다.

내는 야들 키울 자신이 없다, 언니.

자신도 없다면서 낳긴 왜 낳았니?

낳고 싶어 낳았나? 별짓을 다 해도 안 떨어지잖애.

두자의 울음이 통곡으로 변했다.

시끄러, 야. 태어나기로 작정한 애들을 니가 무슨 수로 없애니?

차라리 확 죽어버릴걸……. 내 혼자 두 놈이나 어찌 키우노.

애들은 지들이 알아서 크는 거야. 어디 주제넘게 키우고 말고 야. 그딴 걱정할 시간 있음 애들 이름이나 생각해.

분녀는 늙은 여자에 대한 화가 식지 않은 듯 연신 씩씩거리며 뒤를 돌아봤다. 두자는 울다 한숨 쉬다 훌쩍이길 반복하며 분녀를 따라 걸었다. 문득 제 인생이 간장 종지에 담긴 까만 간장처럼 여겨졌다. 좁은 세상에 갇혀 그 바깥은 꿈도 꾸지 못하고, 짜고 어둡고 독한 맛이 세상 전부인 줄 알고 살아야만 하는, 아무것도 예상할 수 없고 감히 어떤 다짐을 내세울 수도 없는 존재. 남자와 처음 몸을 섞던 밤이 떠올랐다. 공장 창고 안에서였다. 어딘가에서 귀뚜라미가 울어댔다. 추위에 잔털이 와륵, 돋아났다. 청개구리 울던 밤도 있었다. 끈적끈적한 살갗 너머로 남자의 심장 소리가 전해졌다. 꽃이 지던 날도, 있었다. 그땐 남자를 안고 태철을 생각했다. 남자를 사랑한 건 아니고, 사랑이 무엇인지도 모르겠고……. 가슴 뛰는 게 사랑이라면, 몸을 섞을 때마다 그 남자를 사랑했다고 말할 수도 있겠다. 노랗고 커다란 달이 뜨거나, 어느 집에선가 잔치가 벌어지는 날이면 유독 외로웠다. 사람들이 왁자지껄 웃고 즐기는 밤. 어디에도 포함되지 못한 채 몸 주위에 동그란 막이 둘러쳐지던 그런 날들.

선녀 어떠냐. 첫째는 선녀, 둘째는 후녀.

분녀가 두 아이를 번갈아 달래며 말을 꺼냈다. 간지럽던 그날 밤이 떠올라 가슴이 콩닥거리면서도, 덩달아 방망이질 치는 후회와 원망 때문에 질질 울던 두자가 눈을 가늘게 떴다. 어디선가 어린 동생들 이름을 지어달라던 새엄마 목소리가 들리는 듯했다.

아니다. 나중에 둘째한테 원망 듣기 딱 좋겠네.

분녀가 도리질하며 입술을 오물거리다가, 저 혼자 묻고 대답하길 반복했다. 선자, 후자로 할까? 아니다. 아니야. 선숙이, 후숙이? 아, 둘째 이름이 문제네. 선화, 후화? 두자는 제 아이들 이름 지을 생각은 않고 엄마가 낳은 어린 동생들만 떠올렸다. 그 아이들은 어찌 살고 있을까. 난리 통에 나처럼, 살긴 살았을까. 엄마. 엄마는 어디 있나. 내 생각은 할까. 엄마도 날 그리워할까. 입을 다문 채 하늘과 땅과 산과 거리를 무심히 쳐다보던 분녀가 명쾌하게 소리쳤다.

수선이, 봉선이. 좋다!

두자가 옷소매에 코를 풀며 분녀를 쳐다봤다.

꽃처럼 살라고. 아무한테도 미움받지 말라고. 봄마다 활짝 피어나라고!

분녀가 신난 듯 아기 엉덩이를 톡톡 두드리며, 네 놈이 수선이다, 하고 덧붙였다. 두자는 방금 지어진 두 아기의 이름을 가만히 읊어봤다. 입속 가득 어렴풋한 꽃향기가 피어나는 것도 같았다.

양식만 준다면

분녀는 쌍둥이가 세 살 되던 해 뜨내기 남자를 따라 마을을 떠났다. 돈도 없고 생김새도 볼품없었으나 노래를 아주 잘 부르는 남자였다. 커다란 가방 하나만 들고 두자네 마을에 들어선 남자는, 점방에 달린 초라한 여인숙에 묵으며 서너 달을 보냈다. 남자가 무슨 일을 하는지는 아무도 알지 못했는데, 그런 일엔 늘 그렇듯 짐작하기 좋아하는 사람들이 적당한 소문을 지어내 퍼트렸다. 미군 부대에서 일하던 사람이라는 소문이 지배적이었고, 댄스홀을 떠돌며 여자들을 후리던 남자라는 소문도 있었다. 마침 이태 전, 박인수라는 자가 공무원을 사칭하며 일흔 명의 여자와 육체적 관계를 맺다가 재판정에 섰는데, 일흔 명 중 처녀는 단 한 명뿐이었다는 발언으로 세상을 발칵 뒤집어놓은 일이 있었다. 정체 모를 뜨내기 남자를 보는 사람들의 시선이 고울 리가 없었다. 사람들은 거짓말로 여자들을 농락한 박인수를 비난하기보다, 그와 잠자리를 가진 일흔 명의 여자들을 더 비난했다. 여자들의 정조 관념이 똥통에 빠졌다는 거였다. 정조를 지켜야 하는 건 여자뿐이었고, 남자들은 제 성기만 잘 지켜 집안 대만 안 끊어놓으면 그만이었으니까.

　남자는 저녁 어스름 무렵이면 점방 앞 미루나무 아래에 앉아 색소폰을 불거나 낮은 소리로 노래를 불렀다. 노을빛을 받은 금빛 색소폰은 밤하늘의 별처럼 찬란했고, 그 소리는 민망할 정도로 구슬펐다. 남자는 영어를 잘했다. 아니, 영어 노래를 잘했다. 뜻도 의미도 모를 남자의 노래를 들을 때마다 가슴 한구석이 저려와 남들 모르게 허둥거리는 여자들이 많았다. 사람들은 남자가 내는 온갖 소리에 정신을 뺏겼다가도, 집안의 과년한 딸이나 젊은 부인 단속하기에 바빴다. 우연히 남자의 노래를 들은 다음 날부터 분녀는, 해질녘 손바닥만 한 창문으로 보이는 감빛 하늘을 망연히 쳐다보며 넋을 놓곤 했다.

분녀와 남자가 함께 사라지자, 여자들은 여자들대로, 남자들은 남자들대로 안심하면서도 못내 섭섭해했다. 제 남편, 제 아내 단속할 일이 사라진 만큼 자기 재미 역시 사라져버렸으니까. 마을을 떠난 후 분녀는 종종 두자에게 편지를 보냈다. 종이 위에는 글씨가 아니라 그림이 그려져 있었다. 땅바닥의 낙서처럼 단순하고 두서없는 그림이었다. 두자는 그것들을 자주 꺼내 물끄러미 쳐다보곤 했다. 커다란 네모. 고양이인지 호랑이인지 모를 짐승. 숫자 10. 동그란 대야. 밥그릇. 숟가락. 봉우리가 세 개인 산과 그 너머의 해. 삐쩍 마른 나무. 사과인지 배인지 모를 과일이 삐뚤빼뚤 그려진 분녀의 편지.

쌍둥이는 언니 동생 구분 없이 서로의 이름을 뒤바꿔 부르며 무럭무럭 자랐다.

분녀가 마을을 떠난 날부터 두자는 쌍둥이와 집안일과 공장 일에 치여 어느 것 하나 제대로 해내지 못했다. 쌍둥이는 공장 근처를 싸돌아다니면서 저지레를 하고 아무 데나 오줌을 흘리고 사람들의 일을 방해했다. 둘 중 하나가 아프거나, 알 수 없는 이유로 칭얼거리기라도 하면 두자는 쌍둥이를 앞뒤로 업고 안은 채 수직기 앞을 지켜야 했다. 쌍둥이만 초가에 두고 공장에 갈 순 없었다. 두어 번 그래봤더니 둘이서 무슨 짓을 하는지, 걸핏하면 다치고 깨지고 울다 지쳐 너부러졌다.

나는 혼자서도 잘 큰 것 같은데.

콧물로 범벅이 된 쌍둥이의 얼굴을 번갈아 닦아주며 두자는 생각했다. 어릴 때부터 밥도 혼자 챙겨 먹고 똥오줌도 잘 가리고, 아프지도 않고 말썽 한 번 안 부리고, 태어나자마자 어른이었던 것 같은데. 나는 누가 키웠을까. 누가 내 똥오줌을 치우고 내 입에 밥을 떠 넣어줬나. 나를 업어주고 달래주었나. 언니들이 키웠겠지. 할머니도 한 번쯤은…… 내 콧물을 닦아줬겠지. 똥 묻은 내 엉덩이를 물로 씻겨줬겠지. 내 기저귀를 빨고 내 입에 밥을 떠 넣고, 깨진 내 무르팍에 된장을 발라줬겠지. 할머니도, 한 번쯤은.

쌍둥이를 돌보느라 예전만큼 일을 못 해내자 사장은 두자에게 일을 관두고 적당한 자리에 후처로나 들어가라고 했다. 두자가 쌍둥이를 낳았을 때 사장네도 좋지 않은 구설수에 시달렸지만, 이후에도 사장이나 사장 부인은 두자를 야박하게 대하지 않았다. 오히려 동네 사람들보다 두자의 사정을 이해하고 챙겨주는 편이었다. 하지만 두자를 위한답시고 공장에 손해 가는 일을 그냥 두고 볼 수만은 없는 노릇이었다.

사장 아내가 개떡 한 그릇을 들고 두자네 초가를 찾아왔다. 두자는 찬물에 자꾸 곱아드는 손가락을 호호 불어가며 빨래를 하고 있었고 쌍둥이는 방 안에서 저들끼리 거울을 보며 네 쌍둥이 여섯 쌍둥이 놀이를 하고 있었다.

쌍둥이네.

사장 아내가 개떡을 부엌 시렁에 올려놓으며 말을 꺼냈다.

언제까지 이렇게 살 작정인가? 분녀도 없는데 애 둘 키우면서 살기 힘들잖어. 우리 집 양반이 안 좋은 소리 하게 됐다던데. 들었는가?

두자는 대야에 담긴 홑청을 맥없이 치댔다. 사장 아내가 부엌 댓돌에 앉으며 은근한 목소리로 말을 이었다.

저, 창락 쪽에서 애 낳아줄 사람을 찾는다던데. 잘사는 집은 아니어도 땅뙈기는 웬만큼 갖고 있는가 봐. 거 가서 아들 하나만 낳아주지. 쌍둥이네 나이가 좀 많긴 해도 아들도 낳고 딸도 낳아봤으니…….

사장 아내는 말을 마저 맺지 못하고 두자 눈치를 흘금 봤다. 난리 중에 죽은 아들 이야기를 괜히 꺼냈나 싶어 입술만 질근질근 깨물다가 급히 말을 돌렸다.

그 집 여자가 육 년째 애를 못 낳고 있는데, 자기는 꼭 아들을 가져야겠다고, 남자보다 여자가 그렇게 난리래. 다른 여자 배에서 나온 아들이라도 있어야겠다고. 그 집 시부모도 마찬가지고.

사장 아내가 한숨을 쉬며 혼잣말처럼 덧붙였다.

그 심정이야 내가 잘 알지……. 나는 그래도 내 배에서 나온 아들 아니면……. 자네야 몸 건실하고 사지 멀쩡한데 나이가 뭔 흠

이겠는가. 막말로 서너 살 정도 깎는다고 누가 뭐라겠어. 자네만 입 다물면 그만이지. 안 그런가?

두자가 대야에서 홑청을 끄집어내며 신경질적으로 말을 뱉었다.

그놈의 아들 타령. 진짜 지긋지긋해 죽겠네.

사장 아내가 피식 웃었다.

그래봤자 별수 있나. 그리로 가. 가서 애만 낳아줘. 방도 따로 내줄 거래. 여기보다 고생도 덜할 거야. 쌍둥이네 먹을 양식은 그 집에서 대줄 것이고. 몇 년 있음 애들 학교도 보내야 할 것 아닌가. 혹시 아는가. 아들 낳아주면 본처 자리 못지않게…….

제 말에 제 마음 상한 듯 사장 아내는 미간을 찌푸리며 말끝을 흐렸다.

못 낳으면 어찌 된대요?

두자가 홑청 끝을 붙잡고 물을 꾹꾹 짜내며 심드렁한 목소리로 물었다. 사장 아내도 댓돌에서 내려와 이불 한쪽을 비틀어 짰다.

아들 못 낳으면 쫓겨나는 거래요?

낳으면 되잖어. 낳으면.

그게 맘대로 되니꺼?

그래도 살다 보면 정 쌓일 것이고, 정 쌓이면 아들 낳고 못 낳고가 뭐 중요하겠어. 아들이든 딸이든, 자식 낳고 가족 만들어 정붙이려고 가는 거지. 솔직히 쌍둥이네가 달리 갈 곳이 있는 것도 아니잖어.

갈 데도 없고 가고 싶은 데도 없고요. 이것저것 다 없으니 내는 내일이라도 저것들 데리고 확 죽어버릴 작정이요.

뭔 말을 그렇게 해. 무섭게스리.

산다고 뭐가 달라질 것이며 죽는다고 뭐가 달라지것소? 쟤들도 내랑 똑같이 살지 않겠소? 저것들 들어섰을 때 확 죽었어야 했는디. 뭐가 아쉽다고 죽지도 못했는가 몰라.

괜히 어깃장 놓지 말고……

걱정 붙들어 매소. 가라면 갑니다. 가라는 데가 불구덩이라도 내는 간다고요. 가서 아들 못 낳는다고 구박질이면 그놈의 구박 꾸역꾸역 다 받아먹을 거고요. 못 견딜 거 같으면 확 뒈져버리면 그만이지. 어려울 것도 꺼릴 것도 없니더. 양식만 준다면 내는 몸이라도 팔 작정잉께.

아니, 쌍둥이네. 말을 왜 그렇게 해.

결국은 몸 팔러 가는 거지. 안 그요? 그쪽이 내를 좋아해서 오라 그런대요? 내가 아들을 한 번이라도 낳아봤으니 그거 믿고 오라는 거 아니요. 우리 엄마부터 그랬니더. 여자는 태어나서 죽을 때까지 일하고 애 낳는 기계지. 우리 외할머니는 또 안 그랬겠소?

두자가 방 안의 쌍둥이를 눈짓으로 가리키며 말을 이었다.

저것들이라고 또 안 그럴 거란 보장 있소? 아들 낳으면 전쟁 나가 죽고. 딸 낳으면 굶어 죽고, 애 낳다 죽고, 애 키우다 죽고. 내 자식도 내 동생도 내 엄마도…….

신경질적으로 말을 내뱉던 두자가 말끝을 흐리며 먼 하늘을 멍청히 쳐다봤다. 구름 한 점 없이 눈부신 겨울 하늘. 입술만 들썩이던 두자가 혼잣말로 중얼거렸다.
 우리 엄마는…….
 사장 아내의 눈도 두자를 따라 먼 하늘에 가닿았다.
 어디서 새 인생…….

12월 19일 a.m. 2:24

엄마.
야야. 내가 방금 흉한 꿈을 꿔가. 니 괘안나?
엄마.
니 자는 걸 깨왔나?
엄마. 어떡해. 엄마.
니, 우나? 뭔데? 뭔 일인데!
불이. 엄마. 불이 났는데 칼을 든 사람이 현관에서 사람들을.
먹먹한 느낌에 핸드폰 액정을 쳐다봤다. 까만 화면만 보였다. 전원 버튼을 아무리 눌러도 켜지지 않았다.
엄마. 엄마.
아무리 불러도, 아무 대답도 들리지 않았다.

고맙다는 말

강 위에 살얼음이 덮이던 날, 두자는 쌍둥이에게 여러 벌의 옷을 입히고 짐을 꾸렸다. 창락골로 떠나려던 참이었다. 사장 아내가 아침부터 찾아와 짐 싸는 것을 도왔다. 짐이라야 많지도 않았다. 그릇과 숟가락, 옷가지가 전부였다. 짐을 다 꾸린 후에도 사장 아내는 방을 닦고 마당을 쓸며 두자에게 계속 말을 붙였다.

애들도 다 두고 돈만 들고 갔대. 그 동네 지금 난리도 아닌가 봐. 동네가 통째로 사기당했다고. 경찰까지 들락거리면서 거의 초상집 분위기래. 애들 학교 보낼 돈이며, 밭 판 돈, 집 지을 돈, 하다 못해 혼자 사는 할매들 쌈짓돈까지 다 들고 갔나 봐.

태철의 둘째 부인이 곗돈을 들고 야반도주했다는 소문이었다.

그 집에서 쫓겨나 결국 남의 집 후처로 들어가게 된 두자를 위로해주려는 심사인지, 사장 아내는 세세한 사연까지 지나치다 싶을 만큼 열성적으로 쏟아냈다. 마당에서 저들끼리 웃고 짓까부는 쌍둥이를 심드렁히 쳐다보며 두자가 되물었다.

애들을 두고 갔대요?

응. 자기 혼자 쏙 빠져나갔대. 하루가 다 가도록 집안 사람 아무도 몰랐나 봐. 워낙 몸만 빠져나가서.

쌍둥이 중 하나가 언 땅에 넘어져 코를 박고 울자 다른 하나도 덩달아 울음을 터트렸다.

아들 손자 다 두고 돈만 들고 빠져나간 거면 뭐……. 그 집 어무이는 아들만 있음 됐니더.

두자 말에 사장 아내가 펄쩍 뛰었다.

아무리 그래도, 동네 돈을 몽땅 들고 튀었다니까. 그 집에서 다 물어줘야 할 판이라던데? 똑 부러진 며느리가 무너진 집안 다 일으켰다고 여기저기 떠벌리던 양반이, 이제 아주 죽게 생겼지 뭐. 그 많은 돈을 어찌 대신 갚아줄 거야. 혼자 남은 아들은 어쩔 거고, 어미 없는 손자들은 또 어찌 키울 거야. 벌 받은 거지, 뭐. 벌 받은 거야. 자네 내쳐서 벌 받은 거라고.

두자가 콧방귀를 뀌며 대꾸했다.

그 집 어무이는 아들만 있음 된다니까요. 아들만 옆에 있음 절대 안 죽어. 벼락 맞고도 살아남을 거라고. 내가 장담하니더.

꽁꽁 싸맨 꾸러미를 머리 위에 얹고 한 손엔 낡은 보따리를 든 두자가 집을 나섰다. 사장 아내는 두자 손에서 보따리를 뺏어 들고 쌍둥이를 챙기며 큰길까지 따라 나왔다.
 저기, 분녀 언니한테 편지가 올지도 모르는디.
 주저하던 두자가 말을 꺼냈다.
 편지 오면 내 사는 데로 전해주면······.
 사장 아내가 흔쾌히 고개를 끄덕였다.
 사람 통해서 전해줄게. 아님 내가 시간 날 때 쌍둥이네 보러 종종 가든가.
 신작로에 다다라 두자는 사장 아내가 들었던 짐을 받으려고 손을 내밀었다. 사장 아내는 짐을 내주는 대신 목을 길게 뽑아 신작로 끝을 쳐다보며 말했다.
 잠깐 기다려봐. 내가 택시 불렀어. 그거 타고 가.
 두자가 기겁하며 손을 내저었다.
 내는 그런 거 필요 없어요. 반나절만 걸으면 되는데 돈 아깝게 무신······.
 내가 섭섭해서 그래. 자기가 우리 집에서 일한 세월이 얼만데 어떻게 그냥 보내나. 내가 돈 내줄 테니까 택시 타고 가.
 신작로 끝에서 흙먼지를 일으키며 택시 한 대가 서서히 다가왔다.
 내는 저런 거 탈 줄도 모르는디.
 두자가 얼굴을 붉히며 중얼거렸다.
 그냥 타. 날도 추운데. 타고 가면 편해.
 사장 아내가 쌍둥이를 먼저 택시에 태우고 두자의 등을 억지로 떠밀었다.

　가서 잘 살아. 괜히 나 원망 말고.

　사장 아내가 두자 손을 꼭 잡으며 말했다. 두자는 입술만 움찔거릴 뿐 얼른 대답을 못했다. 택시가 서서히 움직였다. 두자는 투명한 유리에 손바닥을 대고 뒤창으로 점점 멀어지는 그녀를 멍청히 바라봤다. 뿌연 먼지 너머로 손을 흔드는 그녀가 얼핏얼핏, 오랫동안 보였다. 고맙다는 말도 못 했는데……. 눈을 비비며 중얼거렸다. 창락골에 이르러서야, 사장 아내가 들어준 작은 보따리 속에 신문지로 겹겹이 쌓인 꾸러미가 끼워져 있는 걸 발견했다. 보따리를 풀고 얌전하게 포개어진 신문지를 한 겹 한 겹 벗겨냈다. 하얀 설탕 두 봉지가 들어 있었다.

누울 자리

　두 번째 남편은 쉰이 다 되어가는 나이에 야위고 검고 과묵한 사람이었다. 아침부터 해질녘까지 밭일하는 것 외에는 별다른 여유도 재미도 없는 데다 말도 별로 없었다. 두자는 그들의 밭에 딸린 작은 움막에서 쌍둥이와 함께 살았다. 남자는 일주일에 한 번쯤 밭일을 끝내고 움막에 들어와 두자와 몸을 섞었다. 남자의 벗은 몸에선 비릿한 두엄 냄새가 났다. 두자는 남자를 아저씨라고 불렀고 남자의 본처를 형님이라고 불렀다. 두자는 그들과 함께 밭

일을 하면서 요령껏 작물을 빼두었다가 장날이면 아랫마을 장사꾼에게 적당한 값을 주고 팔았다. 공장 일을 할 때보다 시간을 여유 있게 쓸 수 있는 점은 좋았으나, 아무 애정도 관심도 없이 두자의 배가 부를 날만을 기다리는 그들의 눈치를 견디긴 힘들었다.

아저씨가 가끔 움막에서 낮잠을 잘 때면 그의 옷을 몰래 벗겨 빨아놓았는데, 잠에서 깬 그가 밭 언저리에 널려 있는 젖은 바지를 보고 난감해하면 그게 그렇게 고소하고 재밌을 수가 없었다. 볕이 좋을 땐 서너 시간만 지나도 옷이 말라 저녁밥 먹으러 본가에 갈 수 있었지만, 조금이라도 날이 꿈꿈하면 꼼짝없이 두자네 움막에서 밥을 먹고 가야 했다. 그런 날이 서너 번 반복되자 형님은 움막에 남편 옷을 몇 벌 가져다 놓고, 애들 아빠 밥만큼은 집에서 먹게 하라고 두자에게 일렀다.

혼자 먹기가 적적해서 그래요.

두자가 머릿수건을 제 무릎에 탁탁 치며 변명하듯 꿍얼거렸다.

자식이 둘이나 있으면서 뭐가 적적하다고.

저것들은 아직 말도 제대로 못하고. 똑같이 생긴 놈들이라고 세상에 지들 둘만 있는 모양으로 지들끼리만 어베베 그러는디…….

근데 자들 애비는 누군가? 사람들 말로는 동네 홀아비 자식이라던데, 맞는가?

홀아비가 어디 한둘이었나.

그럼 뜨내기 자식이야?

스님 자식이라곤 안 하디껴?

어데, 그런 벌 받을 말을.

내 혼자 만들어 낳았니더.

이 사람아. 부처님도 그렇게는 안 나셨네.

하도 서럽고 적적하면요.

나란히 앉아 손가락으로 장난을 치는 쌍둥이를 쳐다보며 두자가 말을 이었다.

그렇게도 됩디다.

자들도 크면 지들 애비 찾아내라고 하지 않겠나. 자네가 아들만 낳으면 저것들도 우리 호적에 올려줄 기라.

못 낳으면요?

불쑥 내뱉는 두자의 물음엔 무디고 맥없는 가시 몇 개가 겨우 박혀 있었다. 형님 표정이 일순 굳더니 손자를 혼내는 할머니처럼 단호해졌다.

자네가 뭣 땜에 이 집에 들어왔는데!

그럼 아저씨가 우리 집서 저녁 좀 먹고 가도 모른 척 해주소. 몸만 섞는다고 애가 들어서나. 정도 같이 섞여야 여서 내가 살아도 되겠구나 싶어 애도 들어서지 않겠소.

두자 말에 형님 표정이 와락 굳었다.

우린 아들 보자고 자넬 들인 거지 가족 되자고 들인 게 아니여. 알 만한 사람이 어쩨 그라노. 괜한 욕심냈다간 자네만 욕본다는 걸 늘 명심하고 또 명심해. 누울 자릴 보고 다리를 뻗어도 뻗으란 말이라. 알긋나?

형님의 언성이 높아지자 쌍둥이가 울음을 터트렸다. 두자는 가타부타 말없이 머릿수건을 다시 고쳐 쓰고 호미를 챙겨 들었다. 형님은 앉은 자리에서 한참이나 꿍얼거리다가 패씸하다는 표정으로 움막을 나섰다.

누울 자릴 보고 다리를 뻗으라고!

호미를 들고 마당을 잠시 서성이던 두자가 누구라도 들으라는 듯, 앙앙거리는 쌍둥이에게 냅다 소리를 질렀다.

허기

창락골에 들어온 지 일 년이 다 되도록 애는 들어서지 않았다. 두자가 들어오면 바로 아들을 가질 수 있을 거라 기대했던 큰집 사람들은 두자의 야윈 배를 마주할 때마다 세상이 무너지듯 한숨만 쉬어댔다. 기다리다 못한 시부모가 애 잘 들어서는 약이라도 해 먹이겠다며 어린 소를 팔아버려 아들네와 큰 싸움이 나기도 했다. 그런 약을 먹일 거면 내를 줘야지! 내를! 버젓이 내가 있는데! 내는 그런 약 한 번 안 먹고도 딸 여섯을 낳았어! 큰며느리가 길길이 날뛰며 울었다. 시부모가 어렵게 구해 온 약은 결국 큰며느리 차지가 되었.

전국 곳곳에 제 사진과 동상을 걸고 사람들이 가장 탐하고 증오

하는 돈에까지 제 얼굴을 넣었던, 지긋지긋하도록 오랫동안 대통령 자리에 있던 사람이 그 자리를 계속 꿰차겠다고 저지른 부정선거 때문에 난리가 났다는 소식이 들려왔다. 최루탄을 맞고 죽은 학생의 시체가 바다에 떠오른 걸 보고 수만 명의 사람들이 경찰서와 시청을 뒤집어놓았는데, 대통령은 그 모든 게 빨갱이의 주동 때문이라고 말했다. 두자는 장날 시장에 갔다가 라디오를 통해 그의 목소리를 처음 들었다. 목소리는 생각 이상으로 늙고 쭈글쭈글했다. 이 작자는 아마 죽을 때까지 대통령을 하고 싶은가 보다, 하고 두자는 생각했다. 조선시대 왕처럼. 대놓고 왕 노릇을 하려니 사람들이 너무 욕하니까 딴에는 자존심 상해서, 별 거지 같은 짓거리를 해서라도 왕으로 인정받겠다고 용을 쓰는가 보다. 세상이 바뀌어 이제 왕도 양반도 상놈도 없고 모두가 공평하다고들 말하지만 두자는 그 말을 믿지 않았다. 돈이 많으면 양반이고 없으면 상놈이었다. 윗사람들은 조금만 불리하다 싶으면 북한이 쳐들어온다고 겁이나 주는데, 두자는 북한이 쳐들어오는 것보다 물건 값이 턱없이 비싸지고 흉년이 들고 썩은 감자가 튀어나오고 쌀보리가 동나는 게 더 무서웠다. 전쟁 때도, 총에 맞아 죽는 것보다 길바닥에서 굶어 죽을까 봐 더 무서웠다. 가난은 전쟁 전에도, 중에도, 후에도 언제나 본격적이었다.

  살아 있는 게 반갑지는 않았지만 그렇다고 죽고 싶지도 않았다. 사는 것도 죽는 것도 원치 않는 상태. 오늘도 살았으니 내일도 살겠지. 눈뜨면 일할 것이고 배고프면 먹겠지. 숨소리처럼 떨어지지 않는 허기가 두자를 계속 살게 했다. 쌍둥이는 삶의 이유가 되지 못했다. 끔찍하게 귀하지도, 사랑스럽지도, 목숨 같지도 않았다. 사는 게 너무 원망스러울 땐 쌍둥이를 때리며 소리 질렀다. 내가 니들 가졌을 때 확 죽었어야 했어! 니들 품고 못 죽은 게 천추의 한이다, 한! 쌍둥이는 두자의 말을 다 알아듣는 것처럼 숨넘어가게 울면서 고개를 마구 흔들었다. 자기들은 절대 죽기 싫다는 듯. 자기들을 죽이지 말라는 듯. 기분이 괜찮을 땐 쌍둥이를 안아도 주고 씻겨도 주고 가만히 앉아 그 생김새와 목소리를 보고 듣다가, 많이도 컸네, 하고 한두 마디쯤 던지기도 했다. 그때마다 쌍둥이는 서로를 쳐다보며 싱긋 웃었다. 인생살이 어떤 건지, 굳이 안 살아봐도 다 알 만하다는 표정으로.

4월 19일이 지났다. 시위를 진압하려는 경찰의 발포로 어린 학생들과 가난한 노동자들이 많이 죽었다. 대통령은 물러나고 부통령은 자살했다. 전쟁의 끝이 가난의 끝은 아니었듯, 대통령이 바뀌었다고 해서 새로운 세상이 온 건 아니었다.

12월 19일 a.m. 2:26

물에 적신 수건으로 입과 코를 틀어막았다. 옆방 여자에게도 물에 적신 행주를 건넸다. 머리와 옷을 허겁지겁 적신 후 하수구 구멍을 막고 수도를 틀어놓은 채로 주방 밖을 훔쳐봤다. 칼을 든 채 현관 앞을 지키고 선 남자는 살겠다고 뛰쳐나오는 사람들을 푹푹 찔러댔고, 불길은 좁은 방과 얇은 벽을 차례로 집어삼키며 더 넓은 곳을 찾아 무섭게 돌진하고 있었다.

여기, 여기!

옆방 여자가 식탁에 선 채로 다급히 나를 불렀다.

좀 엎드려요. 엎드려봐요!

멍청한 눈으로 여자를 쳐다보다가, 여기 5층이에요, 하고 간신히 말했다. 여자가 불안한 눈으로 주방 입구를 쳐다봤다. 검은 연기와 뜨거운 열기가 가득 밀려들어왔다. 여자가 식탁에서 내려와 낡은 의자를 식탁 위로 올렸다.
 5층이라니까요! 떨어지면 죽어요!
 여기 있음, 안 죽어?
 여자가 소리 지르며 나를 밀쳐냈다. 의자 위로 올라선 여자가 창밖으로 고개를 내뺐다. 팔을 뻗으면 옆 건물의 벽면이 만져질 만큼 비좁은 바깥. 여자는 작은 창으로 얼굴만 겨우 내민 채 까만 허공을 빤히 쳐다봤다.
 올라와요. 올라와봐.
 여자가 나를 내려다보며 말했다. 식탁 위로 올라서자 여자가 의자 한 귀퉁이를 내줬다. 의자에 선 채로 창밖으로 코를 들이밀었다. 멀리서 사이렌 소리가 들리는 것 같았다.
 들려요?
 내가 물었다.
 소방차 소리. 들려요?
 여자가 고개를 흔들었다.

꽃씨

모내기가 시작되었다. 두자는 틈틈이 남의 집 논일을 다니며 큰집 일까지 하느라 하루 종일 흙 속에서 살았다. 밤이 되면 다른 일은 돌아볼 여력도 없이 곯아떨어졌다. 아저씨가 움막을 찾아오는 횟수도 서서히 줄어들었다. 너나 할 것 없이 모두 바쁘던 5월의 밤. 깊이 잠들었던 두자가 움막 밖에서 들리는 인기척에 눈을 떴다. 쌍둥이는 서로 마주 보고 누운 채 침을 흘리며 잠들어 있었다. 아저씨인가? 밤중엔 절대 내려오지 않던 양반이 웬일이래. 두자는 눈을 가늘게 뜨고 어둠 속을 유심히 살폈다. 끼그덕 소리와 함께 어깨가 떡 벌어지고 머리가 큰 남자가 움막 문을 열었다. 두자는 본능적으로 쌍둥이를 제 가슴 쪽으로 끌어당겼다.

두. 두자야.

남자가 낮은 소리로 두자를 불렀다. 그 소리를 듣자 경직되었던 몸이 맥없이 풀렸다.

여긴 뭐한다고 왔소.

벌떡 일어나 반쯤 열린 문을 꼭 붙잡고 선 채 앙다문 입술 사이로 겨우 말했다. 태철이 두 팔을 버둥거리다가 어둠에 묻힌 두자를 껴안았다. 두자는 몸을 비틀어 매몰차게 태철을 밀쳐냈다. 쌍둥이 중 하나가 앙앙거렸다. 두자의 두 팔을 태철이 꽉 붙들어 잡았다.

니 볼라고 왔어.

지랄하고 자빠졌네.

니가 자꾸 생각나서.

내 참.

야, 두자야.

태철은 매일 만나 노는 동네 친구 부르듯 두자 이름을 불러댔다. 두자는 태철을 문밖으로 끌어내며 소리 죽여 말했다.

뭘 어쩌자고 여까지 찾아와 헛소리나 씨부리고 사람 속을 뒤집어놓는데.

끌려 나가던 태철이 두자를 덥석 안았다.

니도 내가 싫으면 소리를 질러라.

태철이 두자를 안고 씨근덕거렸다. 소리를 질렀다가 누구라도 듣게 된다면 분명 안 좋은 소문이 돌 것이고, 그 소문을 들은 큰집 사람들이 가만있을 리 없었다. 두자는 팔다리를 버둥거리다가 태철의 팔뚝을 물어뜯었다. 태철은 낮게 신음을 흘리면서 두자를 덥석 걸머졌다.

난리통에 내가 뭣에 씌었는지 모르겠어도……. 니도 알제. 내는 니가 처음이여. 야, 두자야.

두자를 걸머지고 움막 뒤 후미진 곳으로 가며 태철이 사정하듯 말했다.

내가 진짜 죽겄어. 사는 게 사는 게 아니라고. 니를 볼라고 여를 몇 번이나 찾아왔는 중 아나. 니는 모를 거여. 니가 내 속을 어찌 알것노.

태철은 두자의 엉덩이를 억세게 잡고 울먹거리듯 말을 뱉어냈다. 얼굴은 땀으로 번들거리고 입에선 시큼한 술 냄새가 났다. 태철의 등은 그전보다 훨씬 단단해져 있었다. 옛날엔 하늘땅보다 그의 등판이 더 넓게 느껴졌는데, 지금은 그곳에 깊은 골짜기만 수십 개 생겨 조금만 정신을 놓아도 까마득한 낭떠러지로 떨어질 것처럼 무섭고 불안했다.

당신 속을 왜 모르것소?

몸을 마구 비틀고 발버둥을 쳐서 태철의 등에서 겨우 내려온 두자가 눈을 크게 치뜨며 말을 되받았다. 여자가 필요해서 날 찾아온 거 아니요? 이 말이 목구멍까지 치솟았다. 밤마다 그 짓거리 할 여편네가 도망갔으니 술 처먹고 나를 찾아온 것 아니냐고 쏘아붙이고 싶었으나, 그 말만큼은 하고 싶지 않았다. 어쨌든 예전의 남편이고, 죽은 자식이긴 하지만 만석이의 아버지였다. 한때는 손끝만 닿아도 몸이 달아올랐고, 그의 등에 업혀 걷는 길은 늘 설레고 향기로웠다. 아저씨는 아들을 갖겠다는 목적만으로 두자를 안았다. 그 느낌이 좋을 리 없었다. 아무 목적 없이, 다만 원하기 때문에 서로를 안고 싶었다. 가까워지고 싶었고 낮은 소리로 일상을 나누고 싶었다. 한때나마 그런 사이였던 태철에게, 그 짓거리 하고 싶어서 나를 찾아온 게 아니냐고 말하고 싶진 않았다. 그런 말 자체가 수치스러웠다. 태철과 몸을 섞는 것보다 더 수치스러웠다. 태철은 두자의 치마를 들치고 그 속에 얼굴을 파묻으며 웅웅, 웅웅, 알아들을 수 없는 말을 계속 내뱉었다. 잊고 있던 감각이, 한 마리 피라미처럼 몸속을 빠르게 훑고 지나갔다. 아저씨와 몸을 섞을 땐 전혀 느낄 수 없던 감각이었다.

두자의 몸을 헤집으며 지렁이처럼 흙 위를 나뒹굴던 태철이 긴 숨을 토하며 떨어져 나갔다.

……이봐.

십여 년 전 목소리였다. 동생들 깰까 봐 조용조용, 두자의 어깨를 매만지며 밤 나들이를 재촉하던 목소리. 괜히 눈물이 났다. 스스로 우습고 가소로워 괜히 코를 푸는 척했다.

자들, 누구 씨여?

아무 뜻 없이, 두자를 비난할 어떤 의도도 없이 정말 궁금해서 물어보는 것 같았다. 혹은, 밥은 먹었나?라는 말처럼. 그저 할 말이 없어서, 하지만 무슨 말이든 하고 싶어서, 별 의미 없고 아무 색깔 없지만 가장 진한 농도를 갖는 평범한 물음들처럼.

꽃씨요.

두자가 옷에 묻은 흙을 툭툭 털어내며 대꾸했다.

들에서 젤로 예쁜 꽃만 따다가 씨 털어 먹고 맹근 애들이요.

두자의 말엔 웃음도 농담도 묻어 있지 않았다.

……이름은 뭐로?

그따위 알아 뭐할라고 그런데.

있긴 있나?

애저녁에 지어줬으니 상관 마소.

……내가 이제 와 이런 말 하믄 두자 니는 콧방귀도 안 뀌겠지만.

태철이 몸을 일으키며 중얼거렸다.

니가 그년보담 백배 천배는 낫다. 다 지났으니 하는 말이라.

두자는 태철을 쏘아보며 화를 내려다 잠시 숨을 고르고 남 얘기하듯 무심히 대꾸했다.

나도 당신이 제일 낫지 싶소.

태철이 어린애처럼 헤벌쭉하게 웃으며 두자를 쳐다봤다.

맞나? 그렇나? 니도 그렇제?

좋아 죽겠다는 목소리였다.

딴 건 모르겠고, 그거 하나는 당신이 제일 잘허니께.

웃던 태철이 멍청한 표정을 지었다. 뭘 잘한다는 말인가, 생각하는 표정이었다. 두자가 고갯짓으로 태철의 아랫도리를 슬쩍 가리키며 말했다.

 그거 말이요. 그거 빼믄 뭐, 맹탕이지.

 싸늘한 표정으로 자리에서 일어난 두자는 잘 가라는 말도 없이 들어가 문고리를 걸어 잠갔다.

여우비

 태철은 이후에도 여러 번 두자를 찾아왔다. 둘은 한 쌍의 토끼처럼 오래 구애하고 짧은 시간 몸을 섞은 후 시시껄렁한 농담을 주고받았다. 편하게 몸과 농담을 주고받을 대상이 있어서인지, 힘들고 지루한 일상도 가끔은 오선지를 벗어난 고음처럼 곱고 경쾌한 소리를 냈다. 사장 아내는 종종 분녀의 편지를 들고 두자를 찾아왔다가, 야윈 두자의 배를 보고 한가득 걱정을 부려놓았다. 몽땅한 모가 쑥쑥 자라 새파란 군무를 추던 한여름, 사장 아내가 가져온 분녀의 편지엔 배가 동그랗게 부풀어오른 여자 그림이 그려져 있었다. 두자는 편지를 뚫어져라 쳐다보며 담배를 피워 물었다. 움막 근처에서 주운 담배였는데, 태철의 바지에서 빠져나온 것 같았다. 장독 근처에 쑤셔 넣어놓고 깜빡 잊었다가, 소나기가 내리던 날이던가, 다시 발견한 담배에 아무 생각 없이 불을 붙였다. 하늘은 새파랗고 햇살은 쨍쨍한데 빗줄기는 굵었다. 거짓말처럼 쏟아지는 빗줄기 따라 형체를 가진 모든 것이 통쾌하다는 비명을 질러댔다. 그 모습과 소리가 꼭 태철과 몸을 섞을 때 자기 같았다. 담배를 입에 물고 서툴게 한 모금 빨아들였다. 숨이 턱 막혔다. 탁한 연기는 빽빽한 빗줄기를 요령 좋게 비켜갔다. 담배를 피우면 죽을 줄 알았다. 왜 그런 생각을 했는지 모르겠지만, 아무튼 그런 생각을 하고 살았다. 근데 죽지 않았다. 장난치듯 여러 번 연기를 내뿜었다. 재미있었다. 두자는 입술을 오므리고 낄낄 웃었다. 그이에게 담배를 사달라고 해야지. 두자는 담뱃갑을 주머니에 쑤셔 넣으며 생각했다. 누군가에게 뭔가를 사달라고 해본 적 없다. 그런 생각도 해본 적 없다. 어서 그 말을 하고 싶어서 태철이 오기만을 기다렸다. 그를 기다리기 시작하자 시간은 원망스러울 만큼 느리게 흘러갔다.

쌍둥이는 잘 자랐다. 빗을, 걸레를, 메뚜기나 돌멩이를 가지고 잘 놀았다. 쌍둥이가 머리를 맞대고 앉아 나뭇잎이나 개구리나 개미에게 제법 긴 말을 거는 걸 봤을 땐, 마음이 덜컹 내려앉았다.

벌써 말을 하는구나.

쌍둥이가 어아, 머아, 멈마, 맘마, 마 그러다가 결국 엄마라는 말을 하게 된 건 제법 오래전인데, 그때도 두자는 그것을 말이라고 받아들이지 않았다. 그저 자기를 부르는 소리라고만 생각했다. 나뭇잎과 무슨 말을 할까. 메뚜기는 무슨 대답을 하나. 두자는 쌍둥이가 말을 익히는 게 두려웠다. 저것들이 더 커서 아빠나 가족이나 집이나 세상에 대해서 또박또박 물어 오면 나는 뭐라고 대답해야 하나. 배운 것도 아는 것도 가진 것도, 아무것도 없는 나는.

당신 얼굴

 귀한 벼를 거두고 밤하늘 가득 둥그런 달이 뜨고 사람들이 떡과 술과 부침을 나눠 먹던 날, 두자는 큰집에 올라가 음식 장만을 돕고 약간의 송편과 빈대떡을 받아 왔다. 아무도 두자에게 밥 먹고 가라거나 자고 가라는 말 한마디 해주지 않았다. 아들을 낳아주면 대접이 좀 달라질까. 날이 추워지고 땅이 얼어붙으면 아저씨도 두자를 자주 찾을 것이었다. 그럼 아이 하나쯤은 들어서겠지만, 아들이 들어서든 딸이 들어서든 두자의 입장과 처지가 크게 달라질 거란 보장은 없었다. 태철이 데려온 여자가 아들을 낳았다는 이유만으로 두자가 쫓겨났던 건 아니었다. 태철이 그녀보다 두자를 더 원했다면, 두자는 자기 자리를 지킬 수 있었을 것이다. 지키며 아들도 낳고 딸도 낳았을 것이다. 아저씨는 두자에게 털끝만큼의 애정도 주지 않았다. 두자는 철저히 후처이자 식모이자 씨받이였다. 아무도 그 이상의 자리를 허락하지 않았다.
 쌍둥이는 송편과 빈대떡을 허겁지겁 먹어치웠다. 서로 더 많이 먹겠다고 싸우지도 않았다. 둘이 사이좋게 지내는 걸 보면 기분이 좋아졌다. 대견하기도 했다. 부모 복도 남편 복도 자식 복도 없는, 지지리도 박복한 년이라고 스스로를 깔봤지만, 쌍둥이를 가만히 보다 보면 자식 복 없는 건 좀 더 두고 보자는 생각도 들었다. 쌍둥이 중 하나가 송편 하나를 집어 두자 입에 넣어주었다. 어디서 이런 걸 배웠노. 두자는 떡을 받아먹으며 중얼거렸다. 두자는 어릴 때부터 음식을 집어 자기 입으로만 넣었다. 아버지와 장수와 시부모와 남편을 위해 수없이 많은 음식을 해댔지만, 그들의 입에 음식을 직접 넣어준 적은 없었다. 그럴 기회도 없었다. 겸상 한 번 한 적 없으니까. 그들은 언제나 두자보다 먼저 먹는 존재였고, 두자는 늘 남은 밥을 먹는 존재였다. 쌍둥이와 함께 밥을 먹을 때도 마찬가지였다. 두자는 그들이 무엇을 어떻게, 얼마나 먹는지 관심 갖지 않았다. 숟가락질을 잘 못해 음식을 흘리면 야단이나 치고 그랬다. 그런데 얘들은, 어디서 이런 걸 배웠을까. 두자의 입에 떡을 넣어준 아이가 자기 동기의 입에도 떡을 넣어주었다. 쌍둥이는 서로의 입에 음식 넣어주는 놀이를 하며 놀았다. 음식은 금방 바닥났다. 두자는 아이들의 놀이를 더 보고 싶은 마음에 말린 옥수수 두어 개를 급히 쪘다. 쌍둥이는 뜨거운 옥수수를 호호 불며 낱알을 하나씩 떼어 서로의 입에 넣어주었다. 그 놀이에 끼고 싶어 두자도 입을 벌렸다. 두 아이가 동시에 낱알을 두자의 입에 넣었다. 입을 벌린 모습이 꼭 웃는 모습 같았다.

 다음 날 태철이 담배 한 갑을 사 들고 찾아왔다. 자정도 지난 한밤중이었다. 태철이 찾아와 낡은 문을 톡톡 두드리는 소리에 잠이 깰 때면, 오래전 달뜬 얼굴로 자기 어깨를 흔들어 깨우던 태철이 떠올랐다. 그 기억에서 벗어날 수가 없었다. 자기도 모르게 태철을 기다리고, 기다려도 오지 않으면 부아가 치밀고, 그러다 느닷없이 그가 찾아오면 마음보다 몸이 먼저 움직이고, 약 올리듯 그 일을 반복하는 그가 밉고 짜증나고 괘씸하다가도 또 그를 기다리고, 피울 일 없는 담배를 차곡차곡 쌓아놓고, 그가 잊지 않고 사오는 담배가 꼭 그의 마음 같고, 그랬다.

나오다가 어무이한테 딱 잡혔어.

움막 뒤에서 일을 치른 후 주섬주섬 옷을 입던 태철이 말했다.

귀신한테 홀린 줄 아시데. 홀려서 밤새 산을 막 헤집고 다니는 중 아셔. 내 옷에 흙 묻어 있고 그러니까. 하나 남은 아들까지 잃겠다고 굿을 하네 마네 그러는 걸 겨우 말렸데이.

두자는 묵묵히 태철의 말을 들었다.

그래 내가 여 오면서 한참을 생각했는데, 내가 왜 이러고 있나 싶어가. 그냥 합치면 되는디. 안 그릉가? 우리가 뭐 남남도 아이고. 니는 그런 생각 안 해봤나?

태철이 담배를 입에 물며 말을 이었다.

니 여 살림 싹 접고 고마 우리 집으로 들어와뿔래?

가을바람을 타고 매캐한 담배 연기가 넘실넘실 춤을 추었다.

당신 어무이도 그리 생각한대요?

두자가 물었다. 태철은 대답 없이 담배만 뻑뻑 피웠다.

나는 당신 어무이 밑으로 다신 안 드가요. 굶어 죽어도 그르케는 안 해.

저것들 때문이여?

태철이 방 쪽으로 눈을 주며 물었다.

우리 어무이가 저것들 안 받아줄까 봐?

자들 받아줄 리도 없지만, 받아준대도 내는 싫소.

받아줄 거여.

자신 없는 태철의 목소리에 두자는 코웃음을 쳤다.

하이고야. 개가 쟁기 메고 밭 갈길 기다리는 게 낫것네.

내 혼자 늙어 죽는 것보담은 낫다고 생각하실 거여.

귀가 먹었소? 내는 싫다고.

자들도 받아달라고 내가 말을 잘하겠다니까.

이봐요.

두자가 태철을 똑바로 쳐다보며 말했다.

내 딸들 때문이 아니라고. 당신 어무이가 내는 싫다고. 생각만 해도 끔찍하다고!

태철이 눈을 부릅뜨더니 두자의 머리를 냅다 내려쳤다.

야! 내가 어떤 사람인 중 알어? 내가 빨갱이를 몇이나 잡아 죽였는지 아느냐 이거여!

어이구. 사람 죽인 거 대단한 자랑이요.

두자도 지지 않고 되받아쳤다.

내가 어떤 맴으로 그 지옥에서 살아왔는지 아느냐 이 말이여!

어무이 생각하믄서 그랬겄지. 내가 그 소릴 한두 번 들었나.

그걸 알믄서 그딴 소리여?

그러니께 당신은 어무이랑 살라 이거요. 어무이랑 한평생 살면 될 것을 내는 왜 찾소? 내를 왜 또 그 집에 끌어들이려는 거요? 딴 계집 생기면 다시 내칠라고? 밥하라고? 제사상 차리라고? 아들도 둘이나 있다매. 뭐가 아쉬워 나를 그리로 잡아끄냐 이 말이오!

야. 이 답답한 년아.

벌겋게 달아오른 얼굴로 태철이 말과 울분을 동시에 토해냈다.

니랑 같이 살고 싶어 이카는 거 아녀.

두자는 잠시 할 말을 잊고 태철의 두 눈을 똑바로 쳐다봤다. 헝클어지고 야위고 거친 태철의 얼굴이 꼭 자기 얼굴 같았다.

내는 싫소.

두자가 느리게 고개를 저으며 말했다.

다신 그렇게 살고 싶지가 않어.

뭐가 문젠디. 뭣이 그리 복잡하냐고. 니도 내가 싫진 않잖어. 싫지 않응께 이래…… 응? 이래, 내가 와도 응? 이카는 거 아녀.

싫진 않어도.

두자의 고개가 군홧발에 짓이겨진 노란 민들레처럼 푹 꺾였다.

믿을 수가 없응께.

귀뚜라미가 울었다. 검게 탄 팔에 소름이 와륵 돋았다. 두자는 몸을 떨며 고개를 흔들었다. 벗어나고 싶었다. 탁하고 더러운 연못에서 벗어나 깨끗한 물에 몸을 씻고 싶었다. 찬란한 햇살에 몸과 맘을 모두 말리고, 맑고 밝은 오솔길 따라 휘적휘적 끝없이, 걸어가고 싶었다.

12월 19일 a.m. 2:27

   304호지? 이름이 뭐예요? 학생? 나는 지혜. 김지혜. 재작년에 졸업했어. 84년생이고.
   몸의 균형을 잡지 못하고 잠시 흔들리던 지혜가 먼지 가득 쌓인 창틀을 그러잡았다. 오 년 전, 교통사고로 죽은 친구 이름도 지혜였다. 지혜의 영정사진이 떠올라 눈을 꼭 감았다. 후웁. 후웁. 후웁. 숨을 크게 들이마셨다. 눈을 떴다. 눈앞엔 깜깜한 절벽이 버티고 서 있었고, 절벽 끝으로 깜빡이는 네온사인의 푸른빛이 간신히 보였다.
   집은 목포고.
   지혜가 말했다.
   또…….

지혜가 입술을 오물거리며 다음 말을 찾았다.

또…….

다음 말을 찾지 못한 지혜가 울먹이기 시작했다.

살 수 있어.

울음 섞인 목소리로 지혜가 중얼거렸다. 주방 벽과 입구로 화륵, 불길이 쏟아졌다. 비명 소리가 들렸다.

상극

 겨울은 길었다. 태철은 한 달에 두어 번씩 두자를 찾아왔다. 종종 같이 살자는 말을 했는데, 자기 화를 못 이겨 내지르는 말이었다. 어머니의 반대를 꺾을 수 없음을 스스로도 잘 아는 듯했고, 그래서 두자를 더 들볶는 것 같았다.
 약발이 들었는지, 형님이 아이를 가졌다. 귀한 아이를 품었다며 형님은 모든 살림과 농사에서 손을 뗐다. 날이 풀리면서 두자는 형님이 하던 일까지 도맡아 했다. 밭을 갈아엎느라 한창 바쁘던 초봄, 두자의 달걸이도 끊겼다. 고된 노동과 부실한 끼니 때문에 끊겼을 수도 있고, 임신일 수도 있었다. 두어 달만 더 두고 보자 생각했다. 망태기에 흙을 지고 나르다 실신하기도 하고, 큰집 장독을 닦다가 손에 힘이 빠져 장독을 깨먹기도 했다. 아랫배가 자주 땅겼다. 입에선 군내가 나고 매일 코피를 흘렸다. 호미를 못 쥘 정도로 손발이 떨렸다. 큰집 광에서 고구마 한 광주리를 들어 올리다가 넘어졌다. 밑으로 벌건 핏덩이가 쑥 빠졌다. 눈 코 입도 생기지 않은, 덩어리에 지나지 않은 태아였다. 배를 잡고 피를 쏟으며 광 바닥을 데굴데굴 굴렀다. 마당에서 솥단지를 닦던 시어머니가 그 꼴을 보고 달려왔다. 두자는 축 늘어진 몸을 가누지 못하고 식은땀만 흘리다 실신해버렸다.

시어머니는 임신한 큰며느리한테 좋지 않을 거라며 두자가 유산한 일을 아무에게도 말하지 않았다. 그놈이 사내였으면 어쩌나. 어쩌면 좋으냐. 시어머니는 오직 그것만 아쉬워했다. 네 처지가 딱하긴 하지만 안 좋은 기운을 옮길지도 모르니까 당분간은 이 집에 얼씬도 말거라. 시어머니는 엄하지도 애달프지도 않은 목소리로 명령했다. 두자 역시 그곳에 가고 싶지 않았다. 핏덩이를 쏟아낸 그곳에 다시 발을 들였다간 미쳐버릴 것 같았다.

우린 아무래도 안 맞는 짝인갑다.

움막에 누워 생각했다. 아이의 아버지는 태철일 가능성이 컸다. 만석이. 우리 만석이. 눈물이 났다. 만석이도 죽고, 눈 코 입도 못 가진 아도 죽어 나오고. 우린 아마도 상극인갑다. 만나지 말아야 할 사이인갑다.

총선이 있던 날이었다. 투표를 꼭 해야 한다고 시어머니가 하도 우겨서, 산기를 무시하고 투표하러 읍내까지 내려갔던 형님이 길

바닥에 주저앉아버렸다. 달구지에 실려 집에 겨우 도착한 형님은 으악 소리 다섯 번 만에 건강한 아들을 낳았다. 자유당을 찍고 돌아온 시어머니는 손자가 태어났다는 소리에 춤을 추며 마을을 한 바퀴 돌았다. 이젠 내가 죽어도 여한이 없네. 이젠 내가 죽어도 여한이 없어. 주름이 자글자글한 얼굴로 시어머니는 지치지 않고 노래를 불렀다. 두자는 큰집 부엌에 틀어박혀 미역국을 끓였다. 광 쪽으로는 눈도 주지 않았다. 시어머니가 떡을 해서 돌려야겠다며 쌀 한 말을 사 왔다. 두자는 그것을 절구에 넣고 쿵, 쿵, 쿵, 쿵 찧었다. 슬프지도 서럽지도 않고 그저 힘들 뿐이었다. 쌀을 조금 빼돌려 그날 밤 쌍둥이와 나눠 먹었다.

 두자의 자리는 점점 좁아졌다. 큰며느리가 아들을 낳았으니 두자가 그 집에 더 있을 이유가 없다는 쪽으로 큰집 사람들의 의견이 좁혀졌다. 그렇다고 매몰차게 내쫓기도 어려웠다. 동네 사람들이 흉볼 게 뻔했다. 사장 아내가 찾아와 과장된 걱정을 오랫동안 늘어놓다가, 쫓겨나게 되더라도 걱정 말라고, 공장에 자리 하나 만들어줄 수 있다고 두자를 안심시켰다. 분녀의 편지엔 우는 여자 그림이 그려져 있었다. 그것을 보자 울컥 눈물이 났다. 아주 오랜만에 소리 내어 울었다. 쌍둥이가 두자 눈치를 보다가 따라 울었다. 둘 중 하나가 말했다. 엄마 울지 마. 엄마 잘못했어. 엄마 울지 마. 한 명이 그 말을 하자 다른 아이도 따라했다. 가르치지 않아도 말을 하고, 돌보지 않아도 자꾸만 자라는 그 아이들이 무섭고 버거워 두자는 더 큰 소리로 울었다.

떡갈나무

창락골 형님이 아들을 낳은 다음 해, 살얼음 깔린 골목에서 자빠진 후 보름 동안 운신을 못하고 헛소리만 해대던 태철 어머니가 자는 듯 죽어버렸다. 장례를 치른 후 고주망태가 되어 창락골로 찾아온 태철이 큰집 문을 두드리며 두자를 내놓으라고 행패를 부렸다. 자기 아들 낳으라고 데려다놓은 여자가 다른 남자와 몸을 섞고 살았다는 것이 워낙 충격적이고 괘씸해서, 큰집 사람들은 두자를 두들겨 패고 똥물을 퍼부으며 일 년 열두 달 발정 난 개 같은 년이라고 쌍욕을 했다. 동네 사람 모두가 구경 나와 손가락질을 하며 같이 욕했다. 두자는 똥물을 뒤집어쓰고 엉엉 울었다. 일을 저지른 태철도 원망스러웠지만, 이제 와서 자기를 화냥년 취급하는 큰집 사람들은 죽이고 싶을 만큼 미웠다. 정 한 번 주지 않고, 외딴 움막에 처박아놓고, 삯 없는 종처럼 부려놓고, 단 한 번이라도 며느리 취급, 마누라 취급 해준 적 있느냐, 내가 도둑질을 했느냐, 사람을 죽였느냐. 별의별 말이 다 튀어나왔다. 우세스러운 줄도 모르고 뚫린 입이라고 지껄이는 꼴 좀 보라며 사람들이 수군거렸다. 언성을 높여 두자를 나무라는 이도 있었다. 저것이 저러다 애라도 낳았어 봐. 누구 씨인지도 모를 애를 저 집 자손이라고 깜빡 속였을 거 아니야. 에구. 무서라, 무서.

태철이 두자를 진짜 데려가기 위해 행패를 부렸다고 생각하는 사람은 아무도 없었다. 어미 잃은 울화를 그런 식으로 푸는 것일 뿐, 남의 집 후처로 살던 여자를, 아무리 조강지처였다 하더라도, 저렇게 똥물까지 뒤집어쓴 여자를 뭐가 아쉬워 거두겠느냐고 입방아를 찧어댔다.

개울에서 똥물을 씻어내며 두자는 몸을 벌벌 떨었다. 자기는 그저 살았을 뿐인데, 흔한 욕심 한 번 못 부리고 하루하루를 평생처럼 살아냈을 뿐인데, 잊을 만하면 닥쳐오는 욕지기 솟는 불행들. 똥물보다 더 더러운 말들. 사람들. 감정들. 지긋지긋한 인생. 차디찬 개울물에 코를 박고 고개를 세차게 흔들면서, 죽자, 죽자고 두자는 생각했다. 쌍둥이랑 같이 죽어버리자. 어차피 삼악도에 떨어질 거, 뭐 아쉽다고 그년들만 똥통 같은 세상에 두고 가겠나. 고요한 밤, 끔찍한 암흑 속에서 커다란 돌을 뽑아 깊은 물에 텀벙텀벙 던져대며 죽자, 죽어버리자고 발악을 해댔다. 맑은 물로 아무리 씻어내도 내장 깊은 곳까지 배어버린 똥 냄새는 사라지지 않았다.

양잿물을 먹을까, 목을 매달까, 집에 불을 지를까 고민했다. 아무도 거둬주지 않을 시체만 남는 게 싫어서 불에 타 죽자고 마음먹었다. 밭에 나가 건초를 뽑고 아무 데나 나뒹구는 나뭇가지를 한 아름 거둬 와 방바닥 여기저기 흩뿌렸다.

다음 생에는 진짜 꽃으로 나라. 아무도 못 꺾고 못 밟게 깊고 깊은 산속 꽃으로 나라.

성냥을 만지작거리며 중얼거렸다.

나는 니들 옆 떡갈나무로 날 것잉께. 커다란 나무로 나서…….

건초에 불을 붙였다. 가볍게 일렁이던 불꽃이 단숨에 마른 것들을 집어삼키며 몸집을 불려나갔다. 죽겠다고 벼르던 마음이 진짜 죽을 지경이 되자, 이대로 죽을 순 없다며 몸을 뚫고 튀어나왔다. 잠에서 깬 쌍둥이가 몸을 뒤채며 울어댔다. 정신이 번쩍 들었다. 부리나케 문을 열자 불꽃이 와락 번졌다. 이불을 밖으로 내던지고 그 위로 쌍둥이도 던졌다. 술에서 깬 후 두자를 찾아 창락골로 달려온 태철이 움막에 피어나는 불꽃을 보고 비명을 질러댔다. 문 앞에 너부러진 쌍둥이를 마당으로 끌어내고 두자를 향해 몸을 뻗었다. 태철의 손을 잡으려던 두자가 멍한 표정으로 뒤를 돌아봤다.

꽃처럼 활짝 피어난 시뻘건 불길 가장 깊은 곳에 만석이 있었다.

만석아.

흐느끼며 만석을 불렀다.

니가 왜 거기 있냐. 니가 왜 거기 있어.

태철이 손을 뻗어 두자의 머리칼을 잡아끌었다. 질질 끌려 나가면서도 두자는 만석을 애타게 불렀다. 그 소리를 태철도 들었다. 듣고 울었다. 울며 소리 질렀다. 쌍놈의 새끼. 쌍놈의 새끼.

가족

두자와 쌍둥이가 결국 태철의 집으로 들어가게 되자, 사람들은 진짜 염치없고 무서운 년이라고 두자를 욕했다. 자식 죽이고 자기만 살아서 결국 남자 집으로 들어가려던 수작이었다고 말을 지어냈다. 두자는 아무 대꾸도 하지 않았다. 구르고 구르던 소문이 모래알처럼 닳아 스스로 사라질 때까지, 두자는 묵묵히 흙을 파고 씨앗을 심고 잡초를 뽑았다. 쌍둥이에겐 더 모질게 굴고 태철의 두 아들은 시동생 돌보듯 키웠다. 팔 년 후, 아들을 낳았다. 만석이를 꼭 닮은 아이였다. 아이의 이름을 형석이라 지어놓고도, 두자는 종종 그 아이를 만석이라 불렀다. 그때마다 태철에게 얻어맞았다. 그 꼴을 보고 쌍둥이가 태철에게 덤벼들기라도 할라 치면, 두자는 쌍둥이의 등짝과 머리통을 거세게 후려쳤다. 시간은 저수지의 썩은 물처럼 고여들었다. 엄마의 마음을 짐작만 하다가, 결국 짐작조차 거부하고픈 날들이 덕지덕지 겹쳐졌다. 고인 시간이 녹슬어 뚝뚝 떨어트리는 녹물을 받아먹으며, 쌍둥이는 아무도 모르게, 죄를 감추듯 조금씩, 아주 조금씩만 자라려고 애썼다.

12월 19일 a.m. 2:29

창밖으로 뛰어내리려고 의자 위에서 껑충껑충 뛰어오르던 지혜가 식탁 아래로 떨어져 잠시 정신을 잃었다. 나는 반쯤 미쳐서 지혜의 뺨을 사정없이 내려쳤다. 눈을 뜬 지혜가 나를 빤히 쳐다봤다. 방금 전까지 무슨 일이 있었는지 기억하지 못하겠다는 눈빛이었다. 그 눈빛이 너무 맑고 순진해서 차라리, 불이 뭔지, 죽는 게 뭔지, 칼이 뭔지, 사는 게 뭔지 아무것도 모르는 바보가 되길 바랐다. 지혜가 얼굴을 일그러뜨리더니 누운 채로 구토를 했다. 그리고 울었다. 잠시 망각했던 모든 것이 되살아났다는 듯. 지혜의 몸을 반쯤 일으켜 물이 줄줄 흐르는 싱크대에 기대앉혔다.

살 수 있어. 살아야 돼.

지혜의 몸을 물로 적시고 뺨을 때리며, 지혜가 하려는 말을 대신 했다. 수도꼭지로 줄줄 흘러나오던 물이 뚝, 끊겼다.

(2부)
⋮

너와
내가
한 소절씩
나눠 부르던

사춘기

　1969년, 국민학교를 졸업한 수선과 봉선은 중학교에 가는 대신 공장에 나가 일을 배웠다. 인견 사업이 해가 갈수록 성황을 이뤄 가건물에 수직기 몇 대를 집어넣은 공장이 한 집 건너 하나씩 들어서던 때였다. 쌍둥이를 공장으로 보내며 두자는 장담하듯 말했다. 여자애가 공부 많이 해봤자 써먹을 데도 없으니 일찍부터 돈 버는 재주나 익히는 게 평생을 위해 바람직한 일이라고. 글씨랑 숫자는 배웠으니 그것만으로도 충분하다고. 수선은 두자가 시키는 대로 고분고분 공장엘 다녔지만 봉선은 공장에 다니기 싫다며 대들었다. 그럴 때마다 두자는 봉선의 밥그릇을 땅에 파묻고 밥을 안 줬다. 밥을 굶고 이불을 뒤집어쓴 채 우는 봉선에게 수선은 제

몫의 찐 감자를 건네주곤 했지만, 그 이상의 위로나 참견은 하지 않았다. 엄마가 시키는 일에 당당히 '하기 싫다'고 대거리하는 봉선의 배포가 부럽긴 했어도, 저러다 무슨 사달이나 나지 않을까 싶어 무서운 마음이 더 컸다.

  첫 월급을 타던 날 수선은 두자에게 월급봉투를 내밀며 다른 건 다 필요 없으니 작은 라디오 하나만 사달라고 했다. 무언가를 해달라고 말하는 것 자체가 죄를 짓는 것 같아서 부러 퉁명스럽게 말했다. 마을에 전기는 들어왔지만 전기세가 무서워 호롱불을 켜놓고 살던 때였다. 두자는 수선의 청을 단박에 묵살했다. 전기 쓰는 기계는 곧 돈 먹는 기계라는 게 두자 생각이었다. 라디오 따위 없다고 못 사는 것도 아닌데, 뭣하러 돈 들여 돈 먹는 기계를 사들이냐고 지청구를 먹였다. 예상했던 반응이기에 수선은 두 번 조르지 않았다. 섭섭하고 속상했으나 대들 자신은 없었다. 울고 싶었으나 눈물도 나지 않았다. 부엌에 차려진 밥상 앞에 서서 보리밥 묻은 찐 감자를 숟가락으로 꾹꾹 짓이기며 입술만 삐죽거리는 게 다였다. 봉선이 혼잣말로 구시렁거렸다. 이그, 등신. 바보 멍청이. 나라면 그 돈 절대 엄마 안 줬다.

  말은 그렇게 해도 봉선 역시 월급을 받는 대로 두자에게 갖다줘야 했다. 월급날이 언제인지, 얼마나 받는지 두자가 빠삭하게 알고 있기 때문이었다. 월급을 제대로 갖다주지 않으면 온 동네가 쩌렁쩌렁 울릴 만큼 크고 모진 소리를 들어야 했다.

  태철의 두 아들은 쌍둥이와 달리 중학교에 입학했고, 실력만 된다면 당연히 고등학교도 다닐 거였다. 태철은 가끔 남의 집 밭일을 해주고 양식이나 푼돈을 받아 왔다. 두자는 형석을 돌보고 두 아들 뒷바라지를 하고 집안 살림을 하느라 공장 일을 할 수 없었다. 정기적으로 돈을 벌어들일 이들은 쌍둥이뿐이었다. 쌍둥이가 일을 시작하자 태철은 겨우 해나가던 막일도 하려 들지 않았다. 다른 집 남자들과 어울려 소싸움터에 몰려다니며 푼돈을 걸고 술 마시길 즐겼다. 뜬금없이 땅을 보러 다닌다고 설레발을 치기도 했다. 돌밭을 사서 돌을 솎아내고 몇 년 관리만 잘하면 근사한 과수원 부지로 되팔아 몇 십 배 이익을 볼 수 있다는 소문을 듣고 잔뜩 들떠서, 돈을 좀 융통해보라고 두자를 들볶기도 했다. 근처 시멘트 공장에서 돈을 긁어오겠다고 큰소리 떵떵 치고 집을 나갔다가, 사흘도 못 지나 자리에 드러누운 채 죽는 소리를 냈다.

돈을 불릴 줄은 모르고 생기는 대로 정직하게 쓸 줄 밖에 모르는 두자가 답답하고 맘에 안 들어 태철은 종종, 예전 마누라는 돈을 어찌나 잘 굴렸는지, 하고 운을 떼기도 했다. 태철이 그런 말을 꺼내면 두자는 도끼눈을 뜨고 바락바락 소리를 질러댔는데, 두자가 태철에게 대놓고 성질을 내는 순간은 오직 그런 때뿐이었다. 태철 스스로도 제 심보가 고약하고 가소롭다는 생각은 했다. 그 여자 때문에 모았던 재산 다 잃고 빚더미에 오르고 두 아들도 어미 없는 자식이 될 뻔했는데. 하지만 두자가 워낙 답답하게 돈을 아끼고, 그런데도 집안 살림은 불어날 줄 모르고, 그 꼴을 보고 있으면 절로 그 여자 생각이 났다. 두자에게 미안한 마음이 없는 것도 아니었지만, 미안한 티를 조금이라도 내면 행여 잡혀 살게 될까 겁나서 그 여자를 추켜세우고 두자를 얕잡아보는 말을 부러 했다.

 영영 떵떵거리다가 자기랑 한날한시에 죽을 것만 같았던 어머니가 맥없이 죽는 걸 본 후, 태철은 마치 갓난애가 엄마 품속만 고집하듯 두자에게만 매달렸다. 돈 내놓아라, 밥 내놓아라, 몸 내놓아라, 말만 하면 구시렁거리면서도 결국엔 척척 내놓는 여자는 세상에 두자밖에 없는 것 같았다. 쌍둥이는 두자를 옭아매기에 아주 좋은 구실이었다. 두자가 조금이라도 자기 심사를 뒤틀리게 하면 저것들 애비는 대체 누구냐고, 어떤 놈이랑 붙어먹었더냐고, 걸레 같은 년, 똥통에 빠진 고쟁이 같은 년, 하고 더럽게 입을 놀렸고, 그래도 분이 안 풀리면 세간도 부수고 두자도 팼다. 두자는 태철이 쌍둥이 운운하며 자기를 들볶고 집 안을 뒤엎을 때마다, 저 사람이 밖에서 맞고 온 폭탄을 안에서 터트리는구나, 생각하며 묵묵히 견뎠다.

 쌍둥이 손을 끌고 태철 집으로 들어오는 순간부터 예견했던 일이었다. 다른 선택이 있을 거라 생각지도 않았지만, 솔직히, 무언가를 선택할 처지도 아니라고 여겼다. 닥치는 대로 받아치거나 피하기 바빴는데, 그건 고민 끝에 뒤따르는 선택이라기보다 본능에 가까운 것이었다. 태철과 결혼하고 쫓겨나고 공장 일을 하고, 쌍둥이를 낳고 후처로 들어가는 모든 과정이 그랬다. 길이 나는 대로 걸었다. 걷지 않고 머문 적은 단 한 번도 없었다. 그랬다간 굶어 죽을 게 뻔하니까. 가난을 피해 달리고 달렸지만, 결국엔 가난이 만든 길을 따라 걸을 수밖에 없었던 것이다.

쌍둥이가 국민학교에 다니던 내내 대통령 자리에 있었던 박정희는 1972년, 대통령을 계속하기 위해 비상계엄령을 선포한 후 헌법을 바꿨다. 대통령 자리를 내놓지 않으려고 툭하면 계엄령을 선포하고 법을 바꾸고 반공을 주창하는 짓은 이전의 대통령과 꼭 같았으나, 그 강도는 더 폭력적이고 노골적이었다. 유신헌법은 대통령에게 모든 권력을 집중시키고 영구 집권을 가능하게 했다. 두자가 그랬듯, 쌍둥이 역시 대통령이 뭔지, 무슨 일을 하는지 큰 관심이 없었다. 나라에서 일어나는 일은 언제나 귀동냥으로나 들었다. 집엔 신문도, 텔레비전도, 라디오도 없었다. 개헌이 뭔지, 계엄령이 뭔지도 알지 못했다. 그래도 간첩을 무서워할 줄은 알았는데, 학교에서 그것만큼은 진저리 나게 배운 탓이었다.

쌍둥이는 매일 집과 공장만 오고 갔다. 그 외의 곳엔 두자가 발도 못 들이게 했다. 동네 점방에 갈 때도 두자의 허락을 받고 가야 했다. 두자는 동네 사람들이 쌍둥이를 보고 수군거리며 욕할까 봐 늘 신경을 곤두세웠다. 태철과 같이 산 지 십 년이 넘었지만, 사람들의 입과 눈에서 의연해지기엔 그 시간도 너무 짧았다. 두자는 쌍둥이 친구들이 집에 찾아오는 것도 극도로 싫어했다. 아이들이 두자네 집안 살림을 보고 자기 엄마에게 안 좋은 소리라도 전할까 봐 전전긍긍했다. 솥단지에 넣어둔 찐 감자 네 알을 친구들과 나눠 먹었다고 부지깽이로 쌍둥이를 엄청 때리기도 했다. 니 애비, 니 오라비 줄 것을 계집년들 줬다고, 집안 살림 다 거덜 낼 년들이라고 도끼눈을 뜨고 쌍둥이를 들볶았다. 수선은 울면서 빌었고, 봉선은 대들다가 더 맞았다. 두자는 방 안에 앉아 있는 쌍둥이 친구들 들으라고 더 큰 소리로 두 딸을 족쳤다. 염치없이 이 집에 들어와 산다고 욕하던 년놈들은 다 들어라! 나는 이렇게 서방이랑 배다른 아들놈들 것부터 챙기지, 절대 내 새끼들 먼저 안 챙긴다! 쌍둥이를 두들겨 패며 속으로는 그런 울분을 터트렸다. 애들이 어서 집으로 가 저들 엄마한테 고주알미주알 다 말하길 바랐다.

하지만 동네 사람들의 입과 귀엔 조금의 자비도 묻어 있지 않았다. 쌍둥이를 괄시하면, 지 새끼 보듬을 정도 없는 못돼빠진 년이라는 말을 들었다. 그렇지 않을 때엔, 지 새끼 배불리려고 남의 집 귀한 남자들 등골 빼먹는다는 말을 들었다. 두자네 집에서 돈을 버는 이는 쌍둥이뿐이라는 사실을 알고도 사람들은 그런 식으로 말했다. 말도 말고 행동도 말고, 병든 듯 죽은 듯, 아무 기척 없이 사는 게 최선이었다.

수선은 두자가 시키는 대로 집과 공장만을 오고 갔지만, 봉선은 두자 모르게 역전에도 놀러 가고 시장도 쏘다니고, 가끔은 중고등학교 근처를 떠돌며 또래 남자아이 구경도 했다. 그렇게 돌아다니다가 집에 들어오면 어김없이 두자의 매질이 기다리고 있다는 걸 알면서도 바깥 나들이를 끊지 않았다. 일이 늦게 마쳐 몸이 파김치가 되는 날에도, 같이 일하는 친구가 살짝만 꼬드기면 졸린 눈을 슥슥 비비고 거리를 떠돌았다. 친구에게 옷과 화장품을 빌려 치장하길 즐겼다. 길거리 건달들이 농을 걸면 당차게 대꾸하며 새침한 표정 짓는 법도 익혔다. 자기한테 농을 건넨다는 건 어쨌든 관심을 표한다는 뜻이었다. 그 느낌이 너무 짜릿하고 황홀했다. 남자든 여자든, 누군가가 자기를 쳐다보고 말 걸고 관심을 드러내는 그 순간, 그 느낌이. 집에선 외양간 염소보다 후진 대접을 받았다. 늘 일해야 했고 툭하면 야단만 맞았다. 집에 있을 이유가 없었다.

같지만 다른 꽃

바깥으로 나돌며 남자들과 곧잘 말도 섞는 사람은 봉선이었지만, 남자들은 수선을 더 좋아했다. 외모는 똑같아도 풍기는 기운과 성격은 전혀 달랐기 때문이었다. 같은 꽃이라도 어느 곳에 피었느냐에 따라 달리 보이는 것과 비슷한 이치였다. 수선의 천성이랄 수도 있는 체념과 우울의 기운이 그 또래 남자들 눈에는 특별하게 보였을 수도 있다. 마른 몸에 돋아난 개구리참외 같은 가슴은 멀리서도 도드라졌다. 밤낮으로 집 아니면 공장에만 틀어박혀 있었기에 피부는 희고 매끄러웠다. 야윈 몸을 안으면 품에 쏙 들어올 것만 같았고, 작은 손은 한 손에 담백하게 담길 것 같았다. 눈에 띄게 예쁘진 않아도 하얀 꽃 같은 단아함이 있어 시선을 오래 붙잡아두었다. 동네 젊은이들 사이선 수선의 목소리를 먼저 듣는 사람에게 담배 한 갑씩을 몰아주자는 내기가 나돌 만큼, 수선은 안에서나 밖에서나 말이 없었다. 반대로 봉선은 여기저기 돌아다니며 빙긋빙긋 잘 웃고 말도 잘했기에 알고 지내는 남자는 많았어도, 대놓고 연애를 거는 치는 없었다. 여자라기보다는, 어릴 때부터 알고 지내던 동네 애가 어느 날부터 분칠을 하더니 여자 흉내를 내네? 정도의 느낌을 줄 뿐이었다.

수선에게 접근하기 위해 봉선과 친하게 지내는 남자들도 있었다. 봉선은 그런 남자애들을 오히려 이용해먹었다. 수선인 척 얌전하게 굴다가 남자애가 좀 긴장했다 싶을 때 본색을 드러내는 것이다. 집에 들어와선 들뜬 목소리로 수선에게 멍청한 남자애들이 이러쿵저러쿵 떠들어대며 그날 있었던 이야기를 풀어냈다. 수선은 심드렁한 표정으로 남자에 대한 관심을 애써 억눌렀다. 남자를 궁금해하고 그들과 친해지고 싶다는 생각만 해도 두자에게 혼날 것 같았다. 엄마가 곧잘 휘둘러대는 부지깽이가 아른거려 이불을 덮어썼다.

야, 니는 언제까지 이래 집구석 아니면 공장에만 처박혀 살 긴데.

봉선이 수선을 뒤흔들며 종알거렸다.

내가 아는 머스마 중에 니랑 꼭 한번 얘기해보고 싶다는 아가 있는데. 니 한번 안 볼래?

봉선의 말에 수선이 이불 속에서도 눈을 동그랗게 떴다. 놀람이나 설렘이 아니라 두려움으로 가득 찬 눈동자였다.

엄마만 모르게 하믄 되잖아. 아니라? 니 이번 주 야근 끝나고 하루 쉬잖아. 그날 괘안겠나? 엄마한텐 내랑 어디 간다 하고, 그러고 니는 그 머스마 만나믄 되잖아. 한번 만나봐라. 안 잡아묵는다.

재밌는 머스마다.

아, 시끄럽다.

수선이 머리끝까지 뒤집어썼던 이불을 팩 걷어내며 귀찮다는 듯 대꾸했다.

지지바. 그래 살다가 못생기고 재미없는 남자랑 결혼하면 그날로 니 재미는 끝이다. 니는 진짜로 그래 살고 싶나? 머스마 한번 만나는 기 뭐 무섭다고 그 지랄인데.

딸

사흘 후 이른 아침, 야근을 끝내고 집으로 가던 수선은 이상한 느낌이 들어 몇 번이나 뒤를 돌아봤다. 꼬마 몇몇이 담벼락을 긁으며 놀고, 머릿수건을 두른 동네 아줌마 두어 명이 함지박을 흔들며 따라오고 있었다. 그 뒤로 걸어오던 하얀 셔츠에 검은 바지를 입은 남자가 수선과 눈이 마주치자 허둥거리며 발걸음을 늦췄다. 며칠 전 봉선의 말이 생각나 수선은 걸음을 재촉했다. 보는 눈이 한둘이 아니었다. 누구라도 엄마한테 이상한 소리를 전했다간 집안이 발칵 뒤집힐 정도로 난리가 날 게 분명했다. 집에 가까워질수록 다리가 후들후들 떨렸다. 죄지은 것도 아닌데 괜히 가슴이 쿵쾅거렸다. 남자가 걸음을 빨리해 수선 가까이 다가왔다.

저기요. 저기.

남자가 수선을 불렀다. 남자의 목소리가 찰진 찹쌀 반죽처럼 목뒤에 철썩 들러붙었다. 수선은 돌아보지 않고 더 빨리 걸었다.
저기. 수선 씨.
남자가 수선의 이름을 불렀다. 열 걸음만 더 걸으면 집이었다. 집 앞으로 나오는 엄마가 보였다. 엄마를 보자 안도감과 무서움이 동시에 들었다. 남자가 수선의 이름을 연거푸 부르며 점점 가까이 다가왔다. 골목에 재를 뿌리던 두자가 한 쌍의 파리처럼 앞뒤로 앵앵거리며 걸어오는 두 사람을 보곤 버럭 소리를 질렀다. 수선은 귀를 막고 집 안으로 쏙 들어가버렸다. 남자는 부지깽이를 들고 서 있는 두자를 보곤 잽싸게 몸을 돌려 왔던 길을 마구 달려나갔다.
야, 이년아!
마당에 들어선 두자가 수선의 등허리를 부지깽이로 내려쳤다.
어디 아침나절부터 남자를 달고 다니고 지랄이야! 이 돼먹지 못한 년아!
수선은 도망가지도 않고 선 채로 부지깽이를 맞으며 욕을 들었다. 나는 아무 짓도 안 했고 그냥 저 남자가 나를 따라온 거라는, 당연한 변명조차 하지 않았다. 그런 거 해봤자 소용없다는 거, 애초에 깨쳤고 수없이 겪었으니까. 한 차례 치도곤을 당한 후 마당 우물가에 앉아 발을 닦으며, 수선은 자기를 쫓아오던 남자의 얼굴을 떠올리기 위해 곰곰 기억을 되짚었다. 하얀 셔츠와 검은 바지만 떠오를 뿐, 얼굴은 도무지 기억나지 않았다.
왜 무서웠을까.

수선은 투명한 물에 담긴 작은 발을 조몰락거리며 생각했다. 남자들과 스스럼없이 지내는 봉선이 새삼 부러워졌다. 남자가 좋은 건 아니어도, 봉선처럼 스스럼없어지고 싶었다. 최소한 겁내고 싶진 않았다. 아무나 보고 놀라고 기겁하고, 그런 사람이 되고 싶진 않았다. 겁나는 건 엄마, 아빠, 오빠들이면 충분했다.
　두자는 딸들이 나이가 다 찬 후에도 시집을 못 갈까 봐 걱정이었다. 누구 씨인지도 모를 애들이란 말을 잊을 만하면 듣고 사는데, 행실까지 단정치 못하다는 소문이라도 돌면 어느 집에서 데려가겠다고 나서겠나. 걱정이 태산이었다. 어떻게든 먼 곳으로 시집을 보내야 한다는 생각뿐이었다. 아무리 발 빠른 소문이라도 백 년 넘어 걸릴 만큼 머나먼 곳, 쌍둥이가 태철의 아이라고 믿어 의심치 않을 만큼 순진하고 깨끗한 집으로. 그 후 평생을 못 보고 살게 되더라도, 자기 죽는 날에야 겨우 한 번 만나볼 수 있더라도 반드시 그래야 했다. 그래야만 두자의 어깨를 짓누르는 쌍둥이 아비에 대한 멍에에서 자유로워질 수 있었다. 태철에게도 떳떳해지고 쌍둥이한테도 덜 미안해지는 방법은 오직 그뿐이었다. 꼭 좋은 집안이 아니라도 남자 직장만 버젓하면 상관없었다. 그럼 결혼 후 공장 일을 안 해도 될 것이고, 남자가 벌어 오는 돈으로 살림만 알뜰히 하면 될 것이니, 그보다 편한 인생이 어디 있겠는가. 그때를 위해 지금은 시키는 대로 일 잘하면서 얌전히 버텨주면 좋겠는데. 수선은 수더분하니 제법 말을 잘 들어도 봉선은 사사건건 대거리에 밖으로만 나돌려고 하니, 그 면상을 볼 때마다 절로 한숨만 나

157

왔다. 똑같이 생긴 애들이라 성격도 똑같을 줄 알았더니, 크면 클수록 저들은 완벽히 다른 사람이라고 시위하듯 전혀 다른 성격을 드러내는 게 신기하고도 당황스러웠다.

내 인생은

긴급조치가 선포되었다는 소식이 연이어 보도되었다. 독재에 항의하는 단체나 개인은 모두 간첩으로 몰렸다. 법정은 그들의 사형을 지체 없이 확정하고 실제로 죽였다. 캄보디아와 베트남이 공산화되었다는 뉴스는 사람들의 반공 의식을 더욱 키웠다. 대통령이 하는 일에 반대하면 무조건 빨갱이라는 비합리적인 공식이 사회 전체를 지배했다. 대통령을 비난하는 건 아버지를 욕하는 것과 같았다. 마음에 안 든다고 자식 마음대로 아버지를 바꿀 수 없듯, 대통령을 바꾸고 비판할 자유는 그 누구에게도 허용되지 않았다. 소싸움과 돌밭과 일확천금에 마음을 빼앗겨 밖으로만 나돌던 태철은 총선이 있을 때마다 막걸리를 들고 마을 사람들을 찾아다니며 선전 활동에 열을 쏟았다. 전쟁 후 열렬히 빨갱이 신고에 몰입하던 그때로 돌아간 것 같았다. 이름이 길어 제대로 외우기도 힘든 청년단체에 가입하여 마을에 비료를 퍼 나르고 기왓장을 올리는 일에 열심일 때는, 그래도 제법 쓸 만한 일을 하는가 싶었다. 하지만 늘 바쁜 것에 비해 가져오는 돈은 하나도 없는 것을 보면,

이름만 그럴 듯한 말단 자리를 맴돌며 술이나 얻어먹고 어깨에 힘 주고 다니는 게 전부인 것 같았다.

공부를 제법 하던 첫째 아들이 대학에 합격했다. 소위 말하는 좋은 대학에 들어간 것은 아니고 근처 도시의 지방 대학에 들어간 것이었는데, 크고 작고를 떠나 일단 대학에 들어갔다는 건, 첫째가 공부를 마칠 때까지 쌍둥이가 계속 일을 해야 한다는 뜻이었다. 게다가 둘째도 대학에 들어가겠다고 이미 엄포를 한 상황이었다. 작은 땅뙈기나 소라도 한 마리 있는 집안이라면 모를까. 가진 거라곤 낡아빠진 집 한 채가 전부인 마당에, 믿을 수 있는 건 쌍둥이가 벌어 오는 돈뿐이었다.

저것들 어미가 공부 많이 한 여자라더니, 그 머리를 닮아 그런가.

두자는 짐을 싸 들고 도시로 나서는 첫째의 등을 보며 담담한 표정으로 옛일을 떠올렸다. 그 여자가 처음 태철의 집에 들어왔을 때 볼록하게 솟아 있던 배와, 그 안에 들어 있던 아이를 결국 제 손으로 키우게 된 사연을 곱씹으니 힘이 쭉 빠지며 절로 한숨이 났다. 우리 쌍둥이도 공부를 계속 시켰으면 대학도 가고 그랬을까. 한 번도 해보지 않은 생각이었다. 남색 교복을 입고 학교에 다니는 쌍둥이. 책을 펴들고 촛불 밑에서 무언가를 열심히 써 내려가는 쌍둥이. 옆구리에 책을 끼우고 하얀 치마에 검은 구두를 신고 대학에 다니는 딸들. 야, 이년아, 이것아 대신 학생, 아가씨, 처녀 소리를 듣는 수선이, 봉선이. 그게 가능이나 할까. 아주아주 오랜만에 쌍둥이 아버지를 떠올렸다. 머리 나쁜 양반은 아니었지. 내가 물어보는 것엔 무엇이든 척척 대답해주었어. 가슴께가 아파왔다. 무엇 때문에 느끼는 통증인지 알 수 없었다. 쌍둥이 아비에 대한 원망. 하루도 못 쉬고 일만 하는 쌍둥이. 혹은, 글자 읽을 욕심도 못 내고 살아온 자기 자신. 분녀의 그림 편지. 그래, 분녀. 언니는 내가 글을 못 읽어도 놀리지 않고 그림 편지를 보내줬는데. 우리 쌍둥이 이름도 언니가 지어줬지. 꽃처럼 살라고. 봄마다 피어나라고. 두자는 새삼스레 두 아이의 이름을 가만가만 읊어보았다. 언니는 어찌 사는가. 우는 여자 그림이 마지막이었다. 왜 울었을까. 좋아 울었나. 슬퍼 울었나. 애는 낳았나. 그 애 이름은 어찌 지었을까. 고왔던 그 언니는 어디 있을까. 어디서 새 인생 살고 있을까.

봉선은 도시로 공부하러 가는 첫째를 무척 부러워하고 샘냈다. 누구는 학교도 못 다니고 뼈 빠지게 돈이나 버는데, 누구는 하고 싶은 것 다 하면서 도시에 나가 사는 게 너무 불공평하다고 잠자리에 누울 때마다 종알거렸다. 아들이 잘되면 집안이 다 잘되는 거라는 어른들 말도 다 거짓말이라고 열을 올렸다. 큰오빠가 공부 많이 하고 좋은 데 취직해 돈 많이 번다고 해서 우리 인생이 달라질 게 뭐 있냐. 오빠가 돈 많이 벌면 그 돈이 우리 돈이냐. 아니다. 그건 어디까지나 오빠 돈이다. 우리는 죽도록 일만 하다가 그저 그런 남자한테 시집가서 또 죽도록 일만 해야 할 거다. 내가 소냐. 내 인생은 내 몫이다. 오빠가 대신 안 살아준다. 근데 왜 나는 오빠 인생을 대신 살아야 되느냐 이 말이다. 봉선의 불평은 끝이 없었다.

오빠 인생을 대신 살아?

수선이 눈을 감은 채로 되물었다.

그렇지. 우리가 대신 사는 거지. 오빠도 인자 어른이니까 일해서 돈을 벌어야 하는데, 우리가 그 몫을 대신하는 거 아이라. 근데도 인정도 못 받고 만날 욕이나 처들으면서. 대체 와 그케야 하는데?

봉선이 몸을 발딱 일으켜 베개를 끌어안으며 종알거렸다.

오빠는 공부를 하잖나.

나도 공부할 줄 알거든. 근데도 일하고 있거든.

니는 공부도 몬했잖아.

가스나야. 겨우 육 년 공부한 거 갖고 잘하고 몬하고를 어예 아는데. 오빠처럼 적어도 십 년은 넘게 해봐야 알제. 나도 오빠처럼 십 년 넘게 공부했으믄 천재 소리 들었을 기다.

지랄하네.

내가 베틀 하나는 기가 막히게 돌리잖나. 왜겠노? 그동안 쉬지도 몬하고 밤이고 낮이고 꾸준히 했걸랑.

그거랑 공부랑 같나.

다를 게 뭐 있는데. 꾸준히 하면 다 되는 기제.

그래서, 공부를 하고 싶다고?

아니. 내도 여길 뜨고 싶다고. 내도 내 인생을 살고 싶다.

…….

야, 물어봐야지.

……뭐를.

내가 살고 싶은 인생이 뭔지.

…….
내는 말이다.
…….
사랑받으면서 살 기다.
…….
남정임이처럼.
배우 하고 싶다고?
아니. 배우 아이라도. 영화에 나오는 남정임이처럼. 영화 보믄 있잖아. 남정임이 힘들고 어려워할 때마다 있잖아. 꼭 남자가 나타나서 사랑하고 위로해준다카더라.
본 적 있나?
뭐를?
그런 영화 진짜 봤냐고.
그니까 내 말이!
봉선이 두 손으로 베개를 탁 내려치며 분하다는 듯 소리 질렀다.
영화관도 한 번 몬 가보고 이게 무슨 재미냐고! 내 친구들은 다 가봤다는데. 엄마가 돈을 안 주니까 몬 가는 거 아이라. 내가 힘들게 번 돈인데, 근데 왜 내한테는 영화 볼 돈도 안 주느냐 이 말이다. 야, 니는 엄마가 영화관에 왜 몬 가게 하는 중 아나?
남자아들한테 걸려들고 그카면 시집 몬 간다고.
등신. 니 아직 애라? 남자는 반두고 여자는 피라미라? 걸려들긴 뭐에 걸려든다 그카고 자빠졌노.

…….

 돈 아까워 그러는 거 아이라.

 …….

 짜증나.

 …….

 진짜 짜증나.

 봉선이 베개 위에 엎드려 질질 울기 시작했다. 수선은 모로 누워 봉선이 한 말에 대해 곰곰이 생각해봤다. 오빠 인생, 내 인생, 봉선이 인생, 엄마 인생이 다 따로 있다는 생각은 한 번도 해본 적 없었다. 그러니까, 자기한테도 인생이란 게 있다고 생각해본 적이 없다는 말이다. 코를 훌쩍이며 짜증나, 짜증나를 연발하던 봉선이 손등으로 눈물을 콕콕 찍어냈다. 수선은 살아온 날들을 겨우겨우 떠올려보았다. 대여섯 살 이전의 기억은 잘 안 나고, 봉선이랑 손을 잡고 같이 학교에 다니고, 학교 끝내고, 당연하다는 듯 공장 일을 시작하고. 무언가를 꿈꿔본 적은 없는데 가끔, 일하기 정말 싫다는 생각은 했었고, 그렇다고 달리 뭔가를 하고 싶었던 건 아닌데. ……. 음, 그래. 학교 선생님이 참 좋아 보이긴 했다. 5학년 때 담임이었던 여선생님. 젊고, 하얗고, 가느다란 손가락에, 종아리가 참 깨끗했는데. 그 종아리를 보고 있으면 가슴이 옥죄여왔다. 손목을 꽉 잡고 있으면 피가 안 통해서 손바닥이 하얘지듯, 가슴이 꼭 그랬다. 검정치마 밑으로 감질나게 보이던 하얀 종아리 때문에 학교 가는 길이 설레었다. 예쁜 종아리를 가진 선생님한테

혼나는 게 싫고 창피해서 집안일이 아무리 바빠도 숙제만큼은 빠짐없이 해 가려고 애썼다. 아, 그래. 딱 한 번 선생님이 날 칭찬해 준 적 있지. 노래 부르는 시간이었다. 수선이는 목소리가 참 곱네. 소리에 잡티가 하나도 없어. 조금만 더 크게 부르면 좋을 텐데. 더 크게 불러봐, 수선아. 칭찬을 받은 건 참 좋았지만, 반 아이들이 전부 자기를 쳐다보는 건 너무 창피했다. 그때 누구라도 수선에게 너는 나중에 뭐가 되고 싶으냐고 물었다면 아마 '5학년 선생님'이라고 대답했을 것이다. 다른 학년 말고, 반드시 5학년. 선생님을 생각하니 다시 가슴이 저리고 손발 끝이 간지러웠다.

그런 느낌은 이후에도 한 번 더 느낀 적이 있다. 혜순이가 처음 공장에 들어왔을 때. 혜순이는 중학교까지 마치고 공장에 들어온 또래였다. 공부를 더 하려고 했으나 아버지가 갑자기 돌아가셔서 어쩔 수 없이 공장에 들어왔다고 했다. 작은 키에 얼굴이 멀끔했다. 눈썹과 머리칼이 젖은 흙처럼 흑갈색이었다. 그 아이가 걸을 때마다 좁은 어깨 위로 흑갈색 단발머리가 찰랑거렸다. 눈과 입은 작았지만 오뚝한 코가 인상적이었다. 강퍅하여 툭하면 신경질을 잘 내던 아이였다. 그래서 아무도 그 아이에게 먼저 말을 걸려고 하지 않았다. 그 아이가 원단을 들려고 손에 힘을 줄 때마다 흰 손등과 팔에 가느다랗고 푸른 핏줄이 돋아났다. 입을 앙다물고 일만 하는 모습이 수선을 불편하게도 조마조마하게도 했다.

야근을 끝낸 어느 여름날이었다. 세상천지 민들레 꽃씨를 흩뿌린 듯, 눈부신 햇살이 찬란하고도 몽롱했던 아침. 혜순이가 공장 옆에 딸린 수돗가에서 세수를 하고 있었다. 수도꼭지에서 쏟아지는 물이 양은대야를 때리며 사방으로 튀었다. 단발머리를 노란 고무줄로 묶고 얼굴에 물을 끼얹는 옆모습을 보자마자 가슴이 심하게 뛰었다. 코가 워낙 오뚝해서 그 아래 미세한 그늘이 다 보였다. 손끝이 아렸다. 급히 몸을 돌려 달리듯 걸어갔다. 아무에게도 들키지 않았지만 평생 지울 수 없는 커다란 잘못을 저지른 기분이었다. 이후에도 그때 그 옆모습과 찬란한 햇살만 떠올리면 심장이 세차게 뛰곤 했다.

뜨내기 씨

겨우 밥만 먹고 잠든 후 일어나보니 저녁때였다. 다시 출근을 해야 했다. 두자는 마당 텃밭에서 상추를 솎고 형석은 마루에 앉아 두자 뒷모습만 맹하게 쳐다보고 있었다.
한 놈은 어째 종일 보이질 않어!
밥 먹으러 나온 수선을 보고 두자가 대뜸 소리를 질렀다.
다른 놈은 요즘 야간이나. 주간이나.
야간.
근데 왜 코빼기도 안 보이노!
…….
같이 안 왔나?

내 먼저 왔어.
같이 사는 것들이 왜 따로 와. 따로 오긴.
……
또 분탕질이나 하고 댕기는 거면 이 썩을 년을 진짜!
잡초를 뽑아 마당 구석에 묶인 염소 쪽으로 내던지며 두자는 신경질적으로 말했다.
기집년이 세상 무서운 것도 모르고. 들어오기만 해봐, 이년. 내가 아주 다리몽둥이를 다 분질러놓고 뒷간도 기 댕기게 확.
부엌으로 들어가려던 수선에게 두자가 월급 받지 않았느냐고 다그쳤다. 방으로 들어가 월급봉투를 들고 나오던 수선과 두자의 눈이 딱 마주쳤는데, 그 순간 두 사람의 머릿속에 같은 생각이 스쳤다.
엄마.
수선이 불안한 표정으로 입을 뗐다.
봉선이도 월급…….
두자가 호미를 든 채로 대문 밖으로 뛰어나갔다. 수선도 월급봉투를 주머니에 쑤셔 넣으며 두자를 따라 나갔다. 마루에 앉아 있던 형석이 왕. 울음을 터트렸다. 수선이 돌아와 형석을 업고 다시 달렸다. 골목 끝으로 뒤뚱거리며 뛰어가는 두자가 보였다. 곳곳에서 밥 먹으러 들어오라는 엄마들의 고함 소리가 들려왔다. 꼬마들이 뿔뿔이 흩어졌다. 집에 오는 길에 불한당에게 돈을 뺏기고 험한 일이라도 당했으면 어쩌나. 차라리 시내에서 시간 가는 줄 모르고 놀고 있는 거라면 얼마나 좋을까. 수선은 형석의 엉덩이를 손으로 추켜올리며 빌었다. 제발 놀고 있어라. 그냥 놀다 늦어라. 영화관에 가고 싶다고 노래를 부르더니, 영화관에서 그만 잠든 것이길. 버스 타고 집에 오는 길에 깜빡 잠든 것이길.

형석을 업고 뛰느라 두자의 꽁무니를 놓쳤다. 길 위에 서서 수선은 사방을 휘둘러봤다. 어디로 갔나. 어디로 갔지? 공장으로 갔나? 수선은 냅다 공장으로 달렸다. 등에 업힌 채 칭얼거리는 형석을 점방에 맡겼다. 여기 얌전히 있어. 누나 금방 갔다 올게. 형석이 울면서 수선을 따라 뛰어나왔다. 마루에 앉아 있던 애를 그대로 업고 나와 맨발에 속옷 차림이었다. 사탕 하나를 사서 입에 물려줬다. 이거 먹고 있어. 금방 갔다 올게. 갔다 와서 또 사줄게. 커다랗고 달콤한 사탕을 혓바닥으로 굴리면서 형석은 계속 우는 시늉을 했다. 하지만 따라가겠다고 나서진 않았다. 공장에 도착하자마자 공장장을 찾아, 봉선이, 우리 봉선이 언제 나갔느냐고 다짜고짜 물었다.

아침에 월급 받아가 바로 나갔는데? 안 드왔나?

뒤돌아 달려가는 수선의 뒤통수에 대고 공장장이 큰 소리로 덧붙였다.

은자 집에 가봐라! 그 가스나랑 같이 나갔다!

두자는 처음부터 뭔가 짚이는 구석이 있었던 듯 봉선의 친구 집을 차례차례 뒤졌다. 수선이 은자 집까지 뛰어갔을 때, 은자 집에서 나오는 두자와 딱 마주쳤다. 두자 얼굴은 초봄에 파헤쳐진 텃밭처럼 엉망으로 구겨져 있었다.
 은자는. 엄마. 은자는.
 이년을. 이 썩을 년을!
 두자가 손에 든 호미를 골목 담벼락에 탁. 내던져버리곤 골목을 달려갔다. 분을 이길 수 없어 그러는 것 같았다. 은자 엄마가 문밖으로 고개를 빼꼼 내밀며 끌끌 혀를 찼다.
 그래도 한 놈은 남았는갑네.
 수선을 위아래로 훑으며 은자 엄마가 말했다.
 니랑 똑같이 생긴 년 찾으러 왔제? 그년 집 나갔다. 우리 은자가 그러더만. 월급 받아가 바로 터미널로 갔다고.
 은자 엄마가 한껏 비아냥거리며 말을 이었다.
 하여튼 내력은 못 속이제. 누가 뜨내기 씨 아니랄까 봐.
 수선은 두자가 내던진 호미를 주워 들고 점방으로 갔다. 무릎이 자꾸 꺾였다. 형석이 늙은이처럼 점방 앞을 서성이며 수선을 기다리고 있었다. 입안을 가득 채웠던 사탕은 다 녹고 없었다. 수선을 보자마자 형석이 사탕을 사달라고 앵앵거렸다. 사탕 하나를 더 사서 형석 입에 넣어줬다. 단것도 먹고, 오랜만에 누나 등에도 업혀서 기분 좋아진 형석이 발을 버둥거리며 흥얼흥얼 노래를 불렀다. 형석을 업은 채 겨우 집까지 걸어간 수선은 집 안으로 들어가지 못하고 한참을 서성였다. 무서웠다. 아, 엄마의 노여움을 어떻게 감당해낼 것인가. 눈앞이 캄캄했다.
 마루에 멍하게 앉아 있던 두자가 수선을 보고 빽 소리를 질렀다.

이년아!

 마당에 우뚝 멈춘 채로 수선은 고개를 숙였다. 형석이 화난 엄마를 보고 울음을 터트렸다.

 빤스만 입은 아를 그냥 업고 나가면 어짜는데! 지금이 한여름이라? 한여름이야!

 수선이 얼른 형석을 방 안으로 들여보냈다. 두자는 가슴을 텅텅 치며 으이구, 으이구 소리만 연발했다. 같이 왔어야지. 끌고 왔어야지. 평소에도 밖으로만 나도는 년인 걸 알았으면 어떻게든 데리고 다녔어야지. 두자가 수선을 쳐다보며 큰 소리로 중얼거렸다. 수선에게 하는 말이었지만, 수선을 비난하려고 하는 말은 아니었다. 굳은 표정으로 한참을 중얼거리던 두자가 수선의 손에서 호미를 뺏어 들더니 다시 텃밭의 잡초를 솎아내기 시작했다. 지깟년이 가봤자 어디 가겠노. 하루 이틀 맴돌다 제 풀에 질려 돌아오것지. 겁대가리 없는 년. 배때지에 바람만 잔뜩 들어가. 오기만 해봐라, 아주. 내가 진짜로 아작을 내놓을 기라. 두고 봐라.

 수선은 귀를 막아버렸다. 외지로는 나가본 적이 없는 애였다. 나가봤자 버스 타고 시내나 한두 번 다녀온 게 다였다. 그런 애가 터미널까지 갔다면 대처로 나갈 생각인 것 같은데, 그런데도 겁대가리 없는 년이라고 욕이나 하고, 돌아오면 가만 안 둘 거라고 겁을 주는 엄마가 너무 야속했다. 그냥 걱정을 하지. 무사히 돌아오라고 빌지. 욕을 왜 하나. 없는 애 두고 겁을 왜 주나. 수선은 엄마 손을 잡고 같이 걱정을 하고 싶었다. 무사히 돌아올 거라고 서로를 위로하고 싶었다. 그럴 사람이 필요했다. 두자는 밭에다 호미를 거칠게 꽂았다가 다시 뽑고, 분에 못 이겨 다시 꽂고 뽑길 반복했다. 잡초를 솎는 듯 보였지만 맨땅만 파헤치고 있는 꼴이었다. 흙 위로 상한 상추 이파리 여러 장이 나뒹굴었다. 두자 눈엔 상한 상추도, 난장판이 되어가는 텃밭도 보이지 않는 것 같았다.

편지

한 달 후, 봉선에게서 편지가 왔다. 집으로 오지 않고 공장으로 왔는데, 보내는 사람 이름엔 미선이란 이름이 적혀 있었다. 공장 사람들에게 들키지 않으려고 가짜 이름을 적어 보낸 거였다.

걱정했지? 너한테는 꼭 말하고 싶었는데, 말하면 분명히 못 가게 잡았을 거잖아. 그래서 말 못 했어. 섭섭해하지 마. 정말 미안하게 생각하고 있어. 낯선 데 와서 보고 싶은 건 엄마도 아니고 너더라. 니 생각 제일 많이 해. 같이 있으면 힘이 될 텐데. 그렇다고 너까지 집 나오라는 말은 아니야. 넌 그런 애 아니잖아. 겁도 많고 엄마 말도 잘 듣고. 근데 사실 나도 겁 많아. 겁 많은데, 난 집에서 그렇게 살다가 시집가는 게 더 무서웠어. 낯선 데서 고생하는 것보다, 시키는 대로 일만 하다가 엄마가 짝지어주는 남자랑 무조건 결혼하는 거 정말 싫었어. 나, 대구에 있어. 엄마한테 말하지 마. 절대 말하면 안 돼. 걱정 마. 나쁜 짓 하고 살진 않아. 밥도 안 굶어. 공장 다녀. 겨우 간 데가 또 공장이냐고? 나는 공장을 나온 게 아니니까. 집을 나온 거지.

  여기 공장은 훨씬 커. 사람도 많고. 일도 많고. 힘들긴 하다. 하지만 집 나온 거 후회 안 해. 나는 여기서 내 인생 살 거야. 남자도 사귈 거야. 잘생기고 다정한 남자 만날 거야. 있잖아, 몇 년 전에 어떤 남자가 무슨 법인가를 지키라고 요구하면서 몸에 불을 붙였는데, 결국 죽었대. 여기 와서 들었어. 너도 몰랐지? 그 남자가 요구한 게 뭔지는 몰라도 맞는 말인 것 같더라. 일 좀 적당히 시키고 일한 만큼 돈 주라는 건가 봐. 우린 그런 것도 모르고 살았잖아. 여기 오니까 세상이 진짜 넓은 것 같긴 한데, 그런데도 나는 매일 공장에만 있어. 돈 모아서 하고 싶은 거 다 하고 살 거야. 너한테도 예쁜 옷 많이 사줄게. 뭐 갖고 싶니? 보고 싶다, 수선아. 우리 한시도 떨어진 적 없는데. 너 생각하면 눈물이 난다. 눈물이 나면 또 너 생각나고. 근데 엄마가 나 찾긴 찾니? 아빠는 뭐래? 오빠들은 알아? 엄마는 아마 이 썩을 년, 이 겁대가리 없는 년, 그러고 있겠지. 안 봐도 뻔하다.

  엄마는 이 썩을 년, 겁대가리 없는 년, 하고 말은 하는데 소리를 지르는 건 아니고, 혼자 멍청한 표정으로 중얼거릴 뿐이었다. 태철은 봉선이 집을 나간지도 몰랐는데, 수선과 봉선이 똑같이 생겨서 둘 중 하나가 없어져도 눈에 띄지 않았기 때문이었다.

  수선은 봉선에게 편지가 왔다고 두자에게 사실대로 말했다. 공장으로 왔더냐고 두자가 물었다. 수선은 고개만 끄덕였다. 어디 있더냐고 두자가 또 물었다. 대구에 있대. 수선은 기어들어가는 목소리로 겨우 말했다. 엄마가 당장에라도 봉선을 찾겠다며 대구로 가면 어쩌나 겁이 났지만 엄마도 그 정도는 알고 있어야 할 것 같았다. 두자가 얕게 고개를 끄덕였다. 이미 알고 있던 것을 확인한 사람처럼 무덤덤한 표정이었다.

갸가 갈 데가 거밖에 더 있겠나. 지가 연고도 없이 서울로 갈 거여, 부산으로 갈 거여. 여서 공장 일 하다가 그쪽으로 나간 사람 많으니께, 같이 일하던 언니들 따라갔을 기라.

두자도 여기저기 쫓아다니며 봉선의 행방을 어느 정도 파악하고 있었다. 봉선의 친구를 통해 아는 언니 소식을 듣고, 그 언니가 이태 전에 대구로 나갔다는 얘기까지 겨우 얻어낸 후 봉선도 그곳으로 가지 않았을까 짐작하고 있던 터였다.

밥은 먹고 다닌다냐?

한참을 말없이 허공만 응시하던 두자가 남 얘기하듯 물었다. 수선이 고개를 끄덕였다. 미친년. 두자가 헛웃음과 함께 말을 뱉었다. 으이구. 미친년. 한 번 더 뱉었다. 그걸로 끝이었다. 봉선을 찾으러 대구에 가지도, 편지를 내놓으라고 윽박지르지도 않았다. 애꿎게 수선을 나무라지도, 부질없이 허공에다 욕을 해대지도 않았다. 두자는 으이구, 으이구 소리를 숨소리처럼 내뱉으며 머릿수건을 고쳐 쓰고 텃밭으로 갔다.

걱정했던 일이 너무 조용하게 끝나자 오히려 맥이 빠졌다. 엄마가 대구에 가서 봉선을 끌고 오길 바란 건 아니지만, 그렇게 쉽게 체념하길 바란 것도 아니었다. 이대로 봉선을 영영 못 보게 되면 어쩌나, 하는 걱정이 앞섰다. 그렇게 될 바엔 차라리 엄마가 대구까지 쫓아가서 봉선을 데려오면 좋겠다는 생각도 들었다. 뒤죽박죽이었다. 자기 진짜 마음이 뭔지 똑 부러지게 헤아릴 수 없었다. 보고 싶다는 것만 알 수 있었다. 자기와 꼭 닮은 봉선이 너무 보고 싶었다.

한 달 후, 은자도 집을 나갔다. 은자 엄마가 수선 집으로 달려와 한바탕 소란을 피웠다. 봉선이 얌전한 은자를 꼬드긴 게 분명하니 자기 딸을 얼른 찾아내라고 악을 썼다.

아니, 내 딸도 못 찾고 있는디 남의 집 년을 무슨 수로 찾아와?

두자 표정이 너무 능청스러워 은자 엄마도 할 말을 잃고 잠시 주춤했다. 두자가 고개를 설레설레 흔들며 말을 이었다.

우리 딸은 뜨내기 씨라 어딜 가도 제 고향처럼 잘 살겠지만서도, 그 집 년은 샌님 씨라 눈치 없다고 밥 대신 구박만 한 바가지씩 얻어먹지 않겠나. 걱정일세. 참말로 걱정이야.

뜨내기 씨라는 말은 좀 아팠지만, 뒤집어진 남생이처럼 바닥에서 혼자 버둥거리는 은자 엄마 꼴이 너무 고소해 수선은 부엌에 숨어 낄낄 웃었다. 은자 엄마는 마당에 주저앉아 봉선과 두자를 싸잡아 욕하면서 부러 더 크게 울었다. 두자는, 참말 걱정일세, 걱정이야, 하고 뇌까리면서 대야에 담가놓은 빨래만 지근지근 주물렀다.

12월 19일 a.m. 2:32

사방이 점점 뜨거워졌다.

들려?

축 늘어진 지혜의 어깨를 잡아 흔들며 소리 질렀다.

사이렌 소리야. 들려?

죽으면 안 되는 이유를 생각한다.

엄마들.

동하.

빛.

빛.

빛.

연애

　첫 월급을 받은 날, 봉선은 월급의 절반을 수선에게 부치며 꼭 라디오를 사라고 했다. 이 돈은 엄마한테 주는 것도 오빠들한테 주는 것도 아니고 너한테 주는 거라고. 그러니까 꼭 너를 위해 쓰라고. 돈을 부치면서도 불안했다. 그 돈을 냉큼 엄마한테 줄까 봐. 두 번째 월급을 받은 날에도 돈을 부쳤다. 이 돈으로 파마도 하고 예쁜 옷도 사. 내가 얼마 전에 시장에서 진짜 예쁜 옷을 봤는데, 파란 바탕에 까만 땡땡이가 그려진 원피스였어. 나는 진짜 큰맘 먹고 그 옷 샀거든. 그러니까 너도 사. 꼭 사 입어. 알겠지? 세 번째 월급날에도 편지를 썼다. 이번엔 구두와 가방을 사. 꼭 검은색 구두와 가방이어야 해. 저번 달에 산 파란 원피스를 입으려면 검은색 구두와 가방이 꼭 필요해. 너 아직도 고무신 신고 다니니? 설마 고무신에 파란 원피스를 입은 건 아니겠지? 아, 상상만 해도 웃기다. 그건 정말 아니야. 꼭 검은 구두를 신어줘. 낮은 구두는 안 돼. 높은 구두여야 해. 적어도 검지 정도는 되는. 걸을 때마다 또각또각 소리가 나는. 내가 그런 구두를 신어봤는데 말이야, 정말 걷는 모습이 예뻐지더라고. 엉덩이도 절로 실룩거리고. 네 번째 월급을 받던 날에도 편지를 썼다. 이젠 화장품이야. 다섯 번째 월급날에도 돈을 부쳤다. 꼭 영화 보러 가. 겨울 코트를 사. 목도리를 사. 귀를 뚫고 귀걸이를 사. 이렇게 편지를 썼지만, 해진 운동화에 낡은 바지를 입고 다니긴 봉선이도 마찬가지였다. 집을 나와 큰 도시에서 일을 한다고 해서 좋아지는 건 없었다. 눈앞에 닥친 일거리를 해치우는 데 하루, 한 달, 일 년을 다 썼다.

 사는 건 뭘까. 낮인지 밤인지도 모르고 베틀 사이를 오고 가며 종종 그런 생각을 했다. 재미난 일은 좀처럼 생기지 않고, 다들 힘들고 피곤해하니까 그게 당연한 것 같고. 이렇게 살아 뭐하나 싶은데 달리 사는 방법은 아무도 모르는 것 같고. 공부를 많이 하면 아침에 출근해서 저녁에 퇴근하고 일주일에 하루는 편히 쉴 수 있는 직업을 가질 수 있다는데, 애당초 가방끈이 짧으니 그런 직장은 꿈도 꿀 수 없었다. 그럼 시간을 쪼개 공부를 더 해볼까? 잠시 생각했다가, 봉선은 공부 대신 연애를 하기로 했다. 공부하는 데는 돈이 들지만 연애는 돈도 별로 안 들고 무엇보다, 연애가 훨씬 재미있고 적성에도 맞았으니까.

공장에서 같이 일하는 두 살 많은 남자와 연애를 시작했다. 연인 사이를 들키지 않으려고 공장 안에서는 서로 본 체도 안 했다. 야근을 하고 아침에 같이 퇴근할 때도 골목을 벗어나 큰길을 두어 번 건널 때까지 멀찍이 떨어져 걸었다. 버스 정류장을 지나 큰 병원이 있는 사거리에 이르러서야 봉선은 뒤를 돌아봤다. 남자는 헐레벌떡 뛰어와 봉선의 손을 꼭 잡았다. 그때마다 봉선은 전생에 헤어진 연인을 만나듯 감격스러워했다. 이 사람 없이 이십 년 인생을 어찌 살았는가 몰라. 그런 생각이 절로 들었다. 기름때 묻은 그의 손을 잡고 헝클어진 그의 머릿결을 그윽한 눈으로 바라보노라면 꼭 비련의 여주인공이 된 것만 같았다.

하지만 두 사람 사이에 존재하는 유일한 비련은 가난뿐이었다. 남자는 가난한 집안의 둘째 아들이었다. 형은 대학을 다니다가 군대에 갔고 부모님은 농사를 지었다. 남자가 버는 돈은 대부분 부모님에게 부쳐졌다. 어머니가 많이 아프다고 했다. 오른쪽 무릎을 아주 못 쓰게 됐다고, 거기에 드는 병원비가 만만치 않다고 했다. 봉선은 그의 배를 채우고 지갑을 채우는 데에 돈을 썼다. 둘은 손도 잡고 입도 맞추고 남자의 비좁은 자취방에서 가끔 몸도 섞었다. 남자가 처음으로 자기의 작은 가슴을 부여잡았을 때, 봉선은 엄마를 떠올렸다. 남자가 옷을 벗길 때도, 남자의 허벅다리가 제 허벅다리를 감쌀 때도 엄마를 떠올렸다. 머리카락에 붙은 껌처럼 엄마 생각은 떨어질 줄 몰랐다. 죄책감이나 미안함, 불만 혹은 원망이나 슬픔 같기도 한, 흐리멍덩한 감정이 몰입을 방해했다.

이제 집으로 돌아가기는 글렀네.
그런 생각이 퍼뜩 들었다. 괜히 슬퍼졌다.

답장

　수선은 봉선에게 오는 돈을 모두 엄마에게 줬다. 파란 원피스도 입고 싶고 파마도 하고 싶었지만 돈을 제 맘대로 쓰는 건 죄를 짓는 일 같았다. 엄마는 그 돈을 차곡차곡 모아 첫째와 둘째의 학비에 보탰다. 봉선에겐 파란 원피스를 샀다고, 구두를 샀다고 답장을 보냈다. 파란 원피스에 까만 땡땡이를 못 찾아서 흰 땡땡이를 샀어. 검지 정도는 아니지만 새끼손가락 반 마디 정도 되는 높이의 구두를 샀어. 엄마 몰래 옷장에 숨겨놨어. 거짓말은 어렵고 상상은 괴로웠다. 차라리 돈을 보내지 말라고 할까. 하지만 봉선이 보내는 돈이 사라지면 그 빈 구멍을 무엇으로 채워야 하나. 답이 없었다. 봉선에겐 정말 미안했지만, 중간에서 자기만 나쁜 년이 되기로 했다. 편지지 위에 괴로운 상상을 풀어 쓰고 나면 더 할 말이 없었다. 너는 잘 지내니? 몇 번 물어보았으나, 당연히 잘 지낸다는 답이 돌아왔다. 부질없는 질문이었다. 너는 잘 지내니? 묻는 대신, 이렇게 썼다. 나는 잘 지내고 있어. 그것조차 거짓말인지, 혹은 단 하나의 진실인지 스스로도 알 수 없었다. 잘 지낸다고 하기엔 뭔가 억울하고, 잘 지내지 못한다고 하기엔 이렇다 할 불행이 없었다.

  가끔 봉선을 보러 대구에 가고 싶다는 생각을 했다. 하지만 시간이 나지 않았다. 하루쯤 노는 날이 있더라도 집에서 일만 해야 했다. 스무 살이 넘었지만 집 앞 가게에 갈 때도 엄마의 허락을 받아야 했다. 남자들이 자꾸 집 앞까지 쫓아왔다. 골목 입구에서 집까지 숨이 턱에 차도록 뛰어가는 버릇이 생겼다. 남자는 귀찮고 엄마는 무서웠다. 봉선이 보고 싶었다. 편한 사람이라곤 봉선뿐이었다.

  여름이 코앞에 닥친 어느 날, 수선은 봉선이 보내준 돈에서 만 원을 빼고 엄마에게 줬다. 봉선을 만나러 갈 작정이었다.

12월 19일 a.m. 2:33

죽어서 남길 것이라곤 빚뿐이었다. 엄마들이 꼬박꼬박 돈을 보내줘도 텅 비어만 가던 잔고. 휴학과 복학을 반복하며 아무리 벌고 벌어도 채워지지 않던 돈의 자리. 학교에 앉아 전공강의를 듣다 보면 괜히 불안해졌다. 내가 지금 이러고 있을 때가 아닌데. 돈을 벌어야 되는데. 걱정은 잠도 집어삼켰다. 잠자는 시간이 아까웠다. 밤엔 잠을 못 자고, 대낮에 선 채로 자주 졸았다. 짧은 잠 속에 매번 등장하던 기괴한 심해 생물체. 그것에 블루 플라이란 이름을 붙이고, 아름답다, 아름답다, 주문을 걸었다. 구토를 멈춘 지혜가 주방 입구로 기어간다. 넋을 놓고 앉아, 움직이는 지혜를 빤히 쳐다본다. 꿈 아닐까. 지독한 악몽 아닐까. 눈을 뜨면 다시 까만 고시원 천장을 보게 되지 않을까. 박복자칠순기념이라고 수놓인 수건을 들고 욕실로 가고, 찬물에 세수를 하면서 살아 있음에 감사하고, 인터넷으로 불이 나는 꿈을 검색해보면서, 아, 길몽이 구나, 나한테 일어날 만한 좋은 일이 뭐가 있을까……. 그렇게, 새로운 상상을 시작하게 되지 않을까.

빵과 국밥

　엄마가 오빠들에게 줄 반찬을 짊어지고 근처 도시로 나가던 주말, 수선은 엄마 몰래 집을 나섰다. 야근을 끝낸 아침이었다. 같은 공장에 다니는 미자에게 옷도 빌리고 양산도 빌렸다. 읍내를 벗어나긴 처음이었다. 버스 터미널이 있는 시내까지 나가는 데도 식은땀이 줄줄 흘렀다. 가다가 아는 사람이라도 만날까 봐 고개를 못 들고 제 발만 보고 걸었다. 시내버스에서 내린 후 버스 터미널을 못 찾아 길바닥을 한참 헤맸다. 길을 모르면 사람들에게 물어보면 될 것을, 혹시라도 어수룩한 티를 내서 해코지를 당할까 봐 물어보기도 겁났다.
　겨우 터미널을 찾아 대구행 버스에 올랐다. 12시까지 봉선이 동

대구 터미널에 나와 있겠다고 했다. 그 말만 믿고 나선 길이었다. 버스에 오르자마자 참았던 잠이 쏟아졌다. 얼마나 가야 대구에 도착하는지도 몰랐다. 잠든 틈에 내릴 곳을 놓칠까 봐 쏟아지는 잠을 꾸역꾸역 몰아냈다. 양산을 꼭 쥐고 선잠에 빠지길 몇 차례. 잠에서 깰 때마다 내릴 곳을 놓친 사람처럼 허둥거렸다. 앞자리에 앉은 아저씨 두 명이 번갈아 담배를 피워댔다. 코는 맵고 속은 메슥거리고 몸은 너무 무거웠다. 얕은 잠에 빠질 때마다 깊은 나락으로 떨어지는 느낌이었다.

대구에 도착했다는 소리에 겨우 정신을 차렸다. 11시 조금 넘은 시각이었다. 버스에서 내리자마자 화장실을 찾아가 멀건 물을 토했다. 비릿한 침이 계속 넘어왔다. 머리가 깨질 듯 아팠다. 후들거리는 다리를 짚고 간신히 몸을 일으켰다. 빌린 옷에 더러운 것이라도 묻을까 봐 치마부터 감쌌다. 화장실 벽을 붙잡고 한참을 가만히 서 있었다. 눈을 꾹 감고 숨을 깊게 들이마셨다. 입속 가득 고이는 지린내에 다시 구역질이 올라왔다. 나올 것이라곤 내장만 남을 정도로 토하고 또 토했다.

헛구역질을 하면서 화장실을 빠져나왔다. 피부 결 속속들이 지린내가 밴 것 같았다. 플라스틱 의자에 앉아 터미널 입구를 멍청히 쳐다봤다. 초여름 햇살이 맨땅을 무섭게 데우고 있었다. 발 없는 사람들이 아지랑이 위를 둥둥 떠다니는 것 같았다. 시원한 물이 간절했다. 하지만 일어날 기운이 없었다. 길 건너, 줄무늬 티셔츠에 나팔바지를 입은 여자가 횡단보도 앞에 서서 두리번거리는 게 보였다.

봉선이었다.

정신이 번쩍 들었다. 세련된 여자가 되어 있을 줄 알았는데. 파란 바탕에 까만 땡땡이가 찍힌 원피스를 입고 올 줄 알았는데. 아니, 서울에서 유행한다는 미니스커트를 입고 짧은 단발에 동그란 파마를 하고 있을 줄 알았는데. 봉선은 하나도 변하지 않았다. 예전보다 머리만 길었을 뿐, 집과 공장을 오가던 그때와 똑같은 모습이었다. 수선을 발견한 봉선이 냉큼 터미널로 들어와 수선 옆에 앉았다. 멀미했나? 토했나? 수선의 얼굴을 손바닥으로 감싸며 봉선이 따지듯 물었다. 아, 그게 멀미였구나. 수선은 그제야 제 구토를 이해했다.

내가 그럴 줄 알았데이. 내가 그럴 줄 알고.

봉선이 가방에서 사이다 한 병과 병따개를 꺼냈다.

이거 마셔라. 마시면 속이 좀 차분해진다.

병마개를 따자 흰 거품이 와륵 솟았다. 봉선이 냉큼 병 입구로 입을 갖다 댔다. 병을 타고 줄줄 흐르던 사이다가 봉선의 나팔바지로 툭툭 떨어졌다. 거품을 다 들이마신 후 수선에게 사이다를 건넸다. 생전 처음 마셔본 사이다는 미지근했지만, 그래서 더 달콤했다. 두 모금 세 모금을 연달아 마셨다. 병에서 입을 떼자마자 속이 텅 빈 트림이 나왔다.

괘안나? 좀 괘안체?

봉선이 극성맞게 물었다. 괜찮지 않았지만, 수선은 고개를 끄덕였다.
 엄마는? 엄마한테 말하고 왔나?
 고개를 저었다.
 그럴 줄 알았지. 그럴 줄 알았다. 아무튼 잘 왔데이. 잘 왔다, 가스나야.
 흥분을 가장한 봉선의 목소리가 수선을 불편하게 했다. 봉선은 수선의 손을 잡고 터미널을 나와 근처 빵집으로 들어갔다. 크림빵 몇 개를 고르고 주스와 우유를 시켰다. 먹어라. 언능 먹어라. 수선은 자기 앞에 차려진 빵과 음료수를 하나하나 훑어보며 값을 헤아렸다. 그럴 수밖에 없었다. 수선이 빵을 골똘히 쳐다보고만 있자 봉선이 급히 말했다.
 계속 토할 거 같나? 다른 거 먹을래? 뭐 먹고 싶은데. 내가 다 사줄게. 말해봐라.
 머뭇거리던 수선이 포크로 빵을 찍어 한 입 베어 물었다. 그제야 봉선도 빵 하나를 집어 들었다.
 니 진짜 대단하다. 버스 처음 타봤제? 안 무서웠나? 내는 니가 진짜로 혼자 올 줄은 몰랐데이. 형석이는 학교 잘 다니나? 오면서 좀 잤나? 야근 마치고 바로 온 기라? 야, 공장장은 잘 있나? 아직도 지랄맞고 그렇제? 예뻐졌네, 가스나. 엄마가 시집가란 소리 안 하나? 쫓아다니는 남자는 없나? 전에 가 있잖아, 그 머스마 이름이 뭐더라…… 용식이라, 병식이라. 암튼 가. 엄마한테 부지깽이로 두들겨 맞을 뻔했던 머스마. 요즘은 니 안 따라다니나? 봉선은 빵을 씹으며 쉴 새 없이 말을 쏟아냈다. 수선은 고개를 끄덕이거나 저으며 묵묵히 빵을 씹고 주스를 들이켰다.

잘 지내는 것 같지 않았다. 입술은 부르트고 손목은 더 가늘어지고 신발은 너무 낡았다. 질끈 묶은 푸석한 머리카락엔 어떤 정성도 깃들어 있지 않았다. 빨갛게 충혈된 눈동자. 이는 누렇고 눈 밑엔 잔 기미가 점점이 박혀 있었다. 불안한 눈으로 봉선의 모습을 살피던 수선이 빵집 유리에 비친 제 모습을 쳐다봤다. 남색 원피스에 둘러진 하얀 레이스가 거북스러웠다. 니가 보내준 돈으로 산 옷이다. 이렇게 말하려고 했다. 봉선에게 예쁜, 그럴 듯한 모습을 보여주고 싶어 어렵게 빌려 입은 옷이었다. 자기가 초라한 모습으로 오면 봉선이 속상해할 것 같았다.

먹던 빵을 내려놓고 주스를 단숨에 들이켰다.

주인에게 먹던 빵을 싸달라고 한 후 봉선을 데리고 빵집을 나왔다.

국밥이나 먹자.

수선은 봉선의 손을 잡고 국밥집에 들어가 돼지국밥 두 개를 시켰다. 제대로 된 고기를 먹이고 싶었으나 돈이 모자랄 게 뻔하니, 돼지 내장이라도 먹일 마음이었다. 먹여서, 푸석거리는 얼굴이나 머리카락이나 부르튼 입술, 저 가느다란 손목 좀 어떻게 해보고 싶었다. 봉선이 보내준 돈을 엄마한테 준 게 너무 후회되었다. 다시 돌려보냈어야 했다. 내 인생은 결국 내 몫이다. 오빠가 대신 안 살아준다. 근데 왜 나는 오빠 인생을 대신 살아야 되느냐 이 말이다. 집 나가기 얼마 전 봉선이 쏟아내던 불만이 생생히 되살아났다. 머리가 다시 지끈거렸다. 돼지 내장 몇 점과 순대가 뒤섞인 국밥이 나왔다.

야는. 이래 푹푹 찌는 날에 뭔 국밥인데.

봉선이 투덜거렸다. 수선은 말없이 뜨거운 국밥을 마구 떠먹었다. 이마, 뺨, 목, 가슴골 할 것 없이 끈적끈적한 땀이 줄줄 흘러내렸다. 겨드랑이와 목 언저리가 흥건히 젖어 원피스의 남색이 더 짙어졌다. 식탁은 끈적끈적하고 천장에 늘어뜨린 끈끈이에는 검은 파리가 한가득 붙어 있었다. 손님의 대부분은 버스 운전사나 택시 운전사였다. 그들의 유니폼도 땀으로 절어 있긴 마찬가지였다. 땀을 뻘뻘 흘리며 게걸스럽게 국밥을 먹는 어린 여자들을 흘금흘금 쳐다보는 남자들. 식당 주인이 출입문 옆에 세워져 있던 선풍기를 틀고 회전 버튼을 눌렀다. 수선과 봉선의 머리카락이 시원하게 흩날렸다. 가게 밖 큰길로 트럭 대여섯 대가 연달아 지나갔다. 길 위로 피어난 흙먼지가 가게 안까지 들어왔다. 쌍둥이는 말없이 순대와 내장과 돼지머리를 우적우적 씹어 먹다가, 손을 휘저어 밥그릇으로 달려드는 파리를 내쫓았다. 힘겹게 돌아가는 선풍기의 파란 날개. 더운 바람과 흙먼지. 비슷한 유니폼을 입은 남자들. 땀에 전 얼굴과 겨드랑이. 쨍쨍한 여름 햇살. 필사적으로 달려드는 까만 파리들. 쉰 깍두기. 남색 치마 밑으로 살짝 드러난 맑은 무릎. 거뭇하고 둥그런 팔꿈치. 깍두기를 씹을 때마다 도드라지는 깊은 쇄골. 똑같이 생긴 두 여자를 훔쳐보는 눈들. 얼굴 위로 흐르던 땀이 거무튀튀한 목선을 타고 뚝뚝 떨어졌다. 씹고 삼키고 마시고 넘기고, 참고 참았던 숨을 조심스레 터트리는 소리만 맴도는, 묘하게 고요한 식당.

봉선이 찬물을 오랫동안 들이켰다.

그릇은 말끔히 비워져 있었다.

살 것 같다는 말이 절로 새어 나왔다.

니 이런 거 처음 먹어보제.

휴지로 입 언저리를 닦으며 수선에게 물었다. 수선이 고개를 끄덕였다.

근데 어예 이런 델 들어올 생각을 다 했노.

밥을 뭐, 생각하고 먹나.

대수롭잖은 듯 대답했지만, 혼자였다면 배가 고파 쓰러진다 해도 절대 들어서지 못했을 곳이었다. 식당에 들어올 때까지는 어떻게든 봉선에게 고기를 먹여야겠다는 생각뿐이었고, 김이 모락모락 나는 국밥이 나온 후에는 잊었던 허기가 되살아나 먹어치우기 바빴다. 수선과 봉선이 연달아 커다란 트림을 뱉어냈다. 고요하던 식당에 분주함이 되살아났다.

사운드 오브 사일런스

같이 밥만 먹었을 뿐인데, 만나서 해야 할 일을 다한 느낌이었다. 봉선이 같이 시내 구경이라도 가자고 했지만 내키지 않았다. 덥고 소란스럽고 어지러웠다. 조용한 곳에 앉아 이런저런 얘기라도 하고 싶었지만 조용한 곳을 찾기도 힘들었고, 어디든 들어가면 돈만 쓸 것 같았다. 돈 쓰기가 무서웠다. 결국 터미널로 돌아와 버스표를 끊고 플라스틱 의자에 앉아 하드 하나씩을 나눠 먹었다.

내 만나는 남자 있다.

봉선이 하드를 혀로 핥으며 슬쩍 말을 꺼냈다.

엄마한테는 절대 말하면 안 된다.

다짐 받듯 덧붙였다. 수선은 말없이 봉선이 만나는 남자에 대해 이런저런 이야기를 들었다. 좋으면 결혼해라. 봉선의 말을 다 들은 후 수선이 마침표 찍듯 말했다. 그건 아직 좀 그렇다. 봉선이 대꾸했다. 결혼할 남자도 아니믄서 뭐하러 만나는데. 수선은 저도 모르게 야단치듯 말했다. 야, 일단 마이 만나봐야 결혼할 사람인지 아닌지 알 거 아이라. 결혼이 뭐 그래 급하다고. 봉선이 수선의 말을 되받았다.

그게 그런 거라?

그럼. 그런 거지.

대화가 끊길 때마다 시끌벅적한 터미널 소음이 두 사람 사이를 파고들었다.

니, 인자 돈 고만 보내고.

수선이 하드 막대를 잘근잘근 씹으며 말했다.

니 연애하는 데나 써라.

내 쓸 돈 떵가놓고 보내는 거다. 걱정 마라.
수선이 한참을 망설이다 어렵게 말을 꺼냈다.
……그거 다 엄마 줬는데.
수선의 말에 봉선이 헛웃음을 내뱉으며 대번에 대꾸했다.
그럴 줄 알았다. 니가 그렇지 뭐.
봉선이 가방에서 껌과 비닐봉지를 꺼냈다.
또 토할 거 같으면 이거 씹고, 그래도 멀미 나면 여다 토해라. 그리고.
가방 깊은 곳을 뒤적여 네모난 물건을 꺼냈다. 손바닥만 한 크기의 빨간색 라디오였다.
니 라디오도 안 샀제? 이거 갖고 가 들어라. 약 다 닳으면 건전지 갈아 끼우면 된다. 이렇게 여기 열어가.
봉선은 라디오 뒷면의 건전지 끼우는 곳을 보여주고 라디오 켜는 방법도 알려주었다. 수선은 봉선의 손에 담긴 빨간 라디오 대신 봉선의 낡은 바지만 골똘히 쳐다봤다. 아까 사이다를 쏟은 곳에 거무스름한 얼룩이 덕지덕지 묻어 있었다.
옷 좀 사 입어라. 지지바야.
수선이 손가락에 침을 묻혀 바지에 묻은 얼룩을 닦아주며 중얼거렸다.
이봐. 소리 나제? 여기 이거 돌려가 주파수 찾고. 이거 올려가 소리 조절하면 되고.
봉선이 수선의 귀에 라디오를 갖다 댔다. 사이먼 앤드 가펑클의

〈사운드 오브 사일런스〉가 흘러나왔다. 두 사람은 라디오에 귀를 맞대고 팝송을 들었다. 가사는 알아들을 수 없었지만, 아름다운 멜로디였다. 시멘트 바닥으로 오후의 노란 햇살이 비껴들었다. 사람들의 기다란 그림자가 흐느적흐느적 춤을 췄다. 졸음이 밀려왔다. 기타 선율을 닮은 초여름 바람이 쌍둥이의 머리를 잠시 쓰다듬었다.

12월 19일 a.m. 2:34

눈을 감는다.
아득한 어둠 속으로 빨려 들어간다.
꿈이야.
꿈이었어. 그럼 그렇지.
나한테 이런 일이 일어날 리 없잖아.

희망

　1978년 겨울, 통일주체국민회의에서 99.99퍼센트의 지지를 받은 박정희는 또다시 대통령이 되었다. 네 번째 연임이었다. 동네 사람들은 박정희가 죽을 때까지 대통령 자리를 지키는 것이 당연하다고들 했다. 총선 때 공화당을 찍지 않는 사람을 빨갱이로 몰아가는 동네였다. 태철은 선거 때마다 동네를 휘젓고 다니기 바빴고, 선거 날 아침이면 두자를 들들 볶아 투표장으로 끌고 가서 무조건 1번을 찍으라고 했다. 두자는 태철이 미워 1번이 아닌 2번을 찍고는 태철에게는 1번을 찍었다고 거짓말을 했다. 두자가 2번을 찍든 3번을 찍든, 그 지역은 선거를 할 때마다 공화당 표가 압도적으로 많이 나왔다. 수선이 어릴 때부터 스무 살 넘어서까지 대통령은 언제나 박정희였다. 그 아닌 다른 대통령은 상상도 할 수 없었다. 마을 어른들도 언제나 박정희가 대단하다, 옳다, 영웅이다, 선군이다라고만 했다.

몸집을 불린 대기업의 부동산 투기가 주택 투기로 확장되고 복부인이 등장했다. 돈은 성공의 또 다른 말이었다. 성장에서 소외된 시골 사람들은 자식을 명문대에 입학시키는 것을 최고의 성공으로 쳤다. 명문대에 들어가기만 하면 졸업 후 좋은 자리를 얻을 수 있을 것이라고 믿었기 때문이었다. 어려운 살림에도 불구하고 자식을 명문대에 입학시킨 부모들의 기사가 연말마다 신문을 도배했다. 수선 동네에도 그런 부모가 있었다. 작은 땅뙈기에서 거둔 고추로 아들을 뒷바라지하여 명문대에 보낸 김씨 부부는, 자식이 행여 데모에 끼어 탄탄대로 인생을 망치지나 않을까 늘 마음을 졸였다.

명문대에 간 아들도 없고, 돈도 땅도 없이 하루 벌어 하루 먹기 바쁜 수선네 식구들은 그 모든 소란과 근심과 성공과 실패의 드라마에서 언제나 멀찍이 떨어져 있었다. 첫째 아들 앞으로 영장이 나왔다. 둘째도 재수를 접고 형과 함께 입대하겠다고 했다. 빠듯하던 살림에 조금 여유가 생겼다. 수선 가족의 희망은 그런 것에 있었다.

79년 초봄, 퇴근 후 설거지를 하던 수선에게 두자가 무심히 말했다.

내일 니 신랑 될 사람 온다. 일하다 점심때 잠깐 나온나.

수선은 그릇 닦던 손으로 콧물을 훔쳤다. 입춘 지나 걸린 감기가 쉽게 떨어지지 않았다. 두자는 남자가 어떤 사람인지, 무얼 하는 사람인지, 몇 살인지 말해주지 않았다. 수선도 물어보지 않았다. 체념이 마음을 가득 채워 아무 물음도 떠오르지 않았다.

설거지를 끝낸 후 방으로 들어가 이불을 뒤집어쓰고 봉선이 준 빨간 라디오를 켰다. 얼굴도 이름도 모르고 목소리만 낯익은 사람들의 드라마가 흘러나왔다. 남자도 싫고 결혼도 싫고 집도 싫고, 다 싫었다. 5학년 때 담임의 깨끗한 종아리가 떠올랐다. 그땐 처녀였지만 지금은 결혼을 했겠지. 어떤 남자와 결혼했을까. 아이도 낳았겠지. 얼굴은 늙고 주름졌어도 그녀의 종아리는 여전히 깨끗할 것만 같았다. 나를 제발 내버려두세요. 라디오 속 여자가 말했다. 나를 좀 내버려두세요. 나지막이 그 소리를 따라했다. 당신 마음은 알지만. 여자가 울음을 참으며 부러 발랄한 목소리로 말했다. 나도 내 맘을 모르겠어. 정말 모르겠어. 수선의 목소리에 물기가 스몄다.

드레스

남자의 이름은 이명호였다. 수선보다 네 살 많았고, 고등학교를 졸업한 후 강원도의 한 건설회사에서 일하고 있었다. 명호와 수선과 두자는 작은 식당에 들어가 묵밥을 먹으며 안면을 텄다. 명호

앞에 앉은 수선은 말 한마디 제대로 못했다. 명호 역시 많은 말을 하지 않았다. 하는 일은 어떤교? 어머님은 건강하시고? 동생들은 아직 공부 중인가? 두자가 이것저것 물어보면 명호는 예 혹은 아니오 정도의 대답만 했다. 평소 수선을 미쁘게 보던 과수원집 어른이 마련해준 자리였다. 명호 아버지와 과수원집 어른은 사돈의 팔촌의 사돈 정도 되는 관계였다. 명호는 결혼 후 중동에 가서 돈을 벌어 와 서울에 살림을 차릴 작정이라고 했다. 두자는 명호를 아주 좋게 봤다. 성격 반듯하고 생활력 있어 보이니 더 바랄 게 뭐 있느냐고 했다.

이후 명호는 두어 번 더 수선을 만나러 왔다. 수선은 그와 함께 있어도 전혀 떨리거나 설레지 않았다. 좋다는 느낌도 안 들었다. 명호가 잠깐 다녀간 후엔 얼굴도 까먹고 목소리도 까먹었다. 그와 결혼하면 공장 일을 안 해도 된다니, 그 생각에 조금이나마 기분이 괜찮아지는 정도였다. 세 번째 만나는 날, 명호는 돌아오는 가을에 결혼을 하고 싶다고 두자에게 말했다. 두자는 명호의 손을 덥석 잡으며 고맙다는 말을 여러 번 반복했다.

결혼식 전날 봉선이 집으로 왔다. 오면서 내내 울었는지 눈이 통통 부어 있었다. 두자는 봉선을 야단치지도 않았고 반기지도 않았다. 왔나. 한 마디 했을 뿐이다. 아침에 출근한 사람 저녁에 퇴근한 듯, 그렇게 맞았다. 태철은 봉선과 수선을 여전히 헷갈려 했다. 봉선을 야단친답시고 수선에게 욕을 했다.

구절초 활짝 핀 10월의 아침, 수선은 입술을 붉게 칠하고 하얀 드레스를 입었다. 살면서 입어본 것 중 가장 희고, 깨끗하고, 화려하고, 거추장스러운 옷이었다.

12월 19일 a.m. 2:36

눈을 뜨자, 다시 새카만 어둠.

구역질이 솟는다.

지혜. 지혜는!

바닥을 기어 복도로 나가자, 현관 쪽에서 연거푸 비명 소리가 들린다. 천장과 벽을 따라 무섭게 번져가는 불길. 간신히 몸을 일으켜 현관을 향해 기어가던 지혜를 끌어안고 화장실로 몸을 날렸다. 지혜가 비명을 질러댄다.

그쪽으로 가면 죽어! 죽는다고!

가쁜 숨을 내쉬며 지혜 귀엔 가닿지도 않을 소리를 겨우 내뿜는다. 하지만 가지 않는다고 안 죽을까. 질식해 죽거나 불에 타 죽거나 칼에 찔려 죽거나. 어디서든 어떻게든 죽을 것이다. 현관만 빠져나갈 수 있다면, 저 괴물만 피해 갈 수 있다면, 어쩌면 살 수도 있지 않을까. 지혜의 허리춤을 다잡은 손에 힘이 풀린다. 화장실 입구로 개처럼 기어가던 지혜가 고개를 홱 돌린다. 매캐한 연기와 불길이 화장실 입구로 훅, 밀려들어온다.

그뿐

결혼식이 끝난 후 봉선은 다시 대구로 내려갔다. 마음이 너무 허했다. 수선의 남편, 이젠 형부라고 불러야 하는 그 남자가 너무 마음에 안 들었다. 눈도 입도 작은데 콧구멍만 커서 콧속이 다 들여다보일 정도였다. 결혼식 내내 삐죽 튀어나와 있던 검은 코털이 계속 거슬렸다. 무뚝뚝한 성격도 싫었다. 시종일관 뚱한 표정이라니. 아무리 그래도 자기 결혼식이고 부인 될 사람이 저렇게 예쁜데, 단 한 번 웃어주지도 않고 무슨 제사 지내듯 딱딱하게 굳어서. 물론 긴장해서 그런 것일 수도 있지만, 긴장된다고 무뚝뚝해지는 남자는 너무 멋없다. 무엇보다 수선이 너무 예뻤다. 그게 너무 신경질 났다. 영화배우보다 예쁜 수선 옆에서 형부는 한 마리 거북이처럼 딱딱하게 굳어 간신히 꿈틀거리고만 있었다. 거북이랑 평생을 살아야 하는 수선이 너무 안돼 보였다. 아까웠다. 평강공주를 온달에게 시집보내는 아비 심정이 이랬을까? 봉선은 정신이 쏙 빠져나가도록 울었다. 울면서 지껄였다. 신경질 나. 아까워. 억울해. 뭐 이딴 게 다 있어. 마음속에 거대한 태풍이 휘몰아쳤다. 온갖 생각이 엉망진창으로 휩쓸리고 뒤엉켰다. 남자는 다 도둑놈이야. 봉선은 그렇게 결론을 내렸다. 헤어진 애인을 생각하자 그 결론은 더 확고해졌다.

봉선의 애인이라고 해서 그다지 잘생기거나 다정한 남자는 아니었다. 처음 만날 때야 연애를 시작한다는 설렘에 폭 빠져 아무것도 안 보였다. 투박한 외모도 멋져 보였고 거친 말투엔 마음이 짠해졌다. 잔정 없는 성격은 남자다운 것으로 해석되었다. 하지만 사랑이란 게 원래 남실바람처럼 잠시 불다 마는 것인지, 아니면 사랑이란 공기 속에 자기가 잠시 머물다 빠져나온 것인지, 처음엔 멋있게만 보이던 그의 모든 면이 금세 불만을 무럭무럭 키우는 거름 노릇을 했다. 가장 큰 불만은, 자기를 많이 사랑해주지 않는 거였다. 더 많이 사랑해달라고 할수록 남자는 점점 멀어져갔다.

니 이제 내가 귀찮나?

아이다.

그럼 지겹나?

아이라고.

근데 와 이라는데.

니는 와 이라는데.

내가 뭘!

와 사람을 들들 볶고 지랄이냐고.

뭐, 지랄?

됐다. 고마.

다시 말해봐라. 지랄?

치우라카이!

뭘 치우노. 말해봐라. 내를 치우란 말이라? 그걸 원하는 거라 지금?

야 이 가스나야! 고마해라. 쫌!

꺼져라. 꺼져버려라!

아, 씨발. 나보고 뭘 어예란 말인데!

그래. 내는 씨발이다. 니 여자가 씨발이라 니는 퍽도 좋겠다!

이런 식의 싸움을 수십 번 반복했다. 결국 봉선에게 말도 안 하고 남자는 직장을 옮겨버렸다. 공장엔 봉선과 그가 갈 데까지 갔다는 소문이 파다하게 퍼져 있었다. 남자들도 여자들도 봉선 없는 데서 봉선 흉을 봤다. 처녀가 겁도 없이 몸을 함부로 굴렸으니 시집가긴 글렀다는 말들을 했다. 못 들은 척 꾹꾹 참고만 있을 봉선이 아니었다. 시집 따위 안 간다! 안 가고 만다! 배신은 그 새끼가 했는데 왜 다들 나한테 지랄인데! 삼삼오오 모여 있는 사람들 뒤통수에 대고 소리를 질렀다. 그러고도 꿋꿋이 공장에 다녔다. 사랑 따위에, 이별이나 배신이나 뒷말 따위에 기죽을 필요 없다고 스스로를 수없이 다독였다. 울지도 않았다. 울 필요도 없다고 생각했다. 그 와중에 수선의 결혼 소식을 들었다. 느닷없이, 아무 예고도 없이, 짧은 문장이 적힌 편지를 받았다. 나 한 달 후에 결혼해. 집으로 돌아가는 버스 안에서도 부모 잃은 고아처럼 울었다. 무작정 화가 났다. 다시 대구로 돌아오는 버스 안에서도 울었다. 형부가 너무 못생겨서. 수선이 너무 예뻐서. 아까워서. 그래서 울었다. 그뿐이었다. 정말 그뿐이었다.

남의 인생

신혼여행은 경주로 다녀왔다. 2박 3일 여행이었다. 두 사람은 나란히 걷지 않았다. 손을 잡지도 않았다. 명호가 앞서 걸으면, 서너 걸음 뒤에 수선이 따라갔다. 첫날에 안압지와 대릉원에 들렀다. 둘째 날엔 불국사와 석굴암에 갔다. 여유 있게 풍경을 둘러보지도, 소소한 대화를 나누지도 않았다. 모든 행동과 표정이 의무적이라는 느낌이었다. 마지막 날엔 시어머니와 시동생들에게 줄 선물을 샀다.

수선에게 사랑은, 국수 위 고명 같은 것이었다. 있으면 좋고 없으면 약간 아쉬운 정도의 감정. 세 번 만난 남자와 내몰리듯 결혼을 했다. 이제 또 내몰리듯 아이를 낳아 키울 것이었다. 아이가 자라는 만큼 자기는 늙을 것이고, 내몰리듯 늙다 보면 언젠가는……

죽겠지. 호수와 절과 부처님과 커다란 무덤을 쳐다보며, 수선은 여행 내내 그 생각만 반복했다.

결혼식 보름 후, 박정희 대통령이 죽었다. 죽을 때까지 대통령을 할 거라는 마을 어른들의 말은 사실이 되었다. 국무총리였던 최규하가 대통령 권한대행을 하다가, 박정희를 대통령으로 선출했던 단체를 통해 그해 겨울 대통령으로 당선되었다. 12월 12일, 하나회 멤버였던 전두환과 노태우가 쿠데타를 일으켰다. 독재를 일삼던 대통령 한 명이 죽었다고 세상이 바뀌진 않았다. 해방 후 친일파가 정국을 잡았듯, 이승만 하야 후 박정희가 대통령 자리에 올랐듯, 박정희가 쥐었던 권력은 다시 군부 차지가 되었다. 얼굴만 다르고 성격은 똑같은 사람이 죽지 않고 계속 같은 자리를 맴도는 꼴이었다.

명호는 결혼식을 올리고 삼 개월 후 중동으로 떠났다. 수선은 시집에 남아 시어머니와 시동생들 뒷바라지를 했다. 명호에겐 열아홉 살 된 남동생과 열일곱 살 된 여동생, 그리고 형 하나와 누나 둘이 있었다. 형과 누나들은 모두 결혼을 해서 서울과 대전에 살았다. 시어머니는 오직 가족밖에 모르는 여자였고, 장손을 끔찍이 아끼긴 하였으나 아들딸을 차별하는 사람은 아니었다. 시어머니는 딸들 밥까지 정갈하게 담아 깔끔하게 아침상을 차렸다. 수선 처지에선 상상도 못 해본 일이었으나, 시누이는 당연하다는 듯 엄마가 차려준 밥을 먹고 설거지도 안 하고 학교에 갔다. 시누이는 교복이나 신발도 제 손으로 빨지 않았고 사과 한 쪽도 제가 깎지 않았다. 그 모든 건 엄마 몫이었고, 수선이 시집온 후부터는 수선의 차지가 되었다. 까만 가방을 들고 새처럼 초로롱 소리를 내며 문밖을 나서는 시누이를 볼 때마다 수선은 왠지 슬프고 서러워서 역시 새처럼, 울고 싶어졌다.

수선은 시어머니에게 김치 담그는 법, 나물 무치는 법, 밥 짓는 법, 빨래하는 법과 청소하는 법을 다 새로 배웠다. 엄마를 도와 해보지 않은 일이 없었지만, 똑같은 밥에 나물이라도 시어머니의 방법과 엄마의 방법은 너무 달랐다. 엄마는 밥도 대충 폈고 반찬도 대충 담았다. 수선 역시 그런 것들을 예쁘게 해야 한다는 생각을 못 하고 살았다. 하지만 시어머니는 무엇이든 모양을 중요하게 생각했다. 빨래를 갤 때도, 빨리 개는 것보다는 예쁘게 개어야 했고 김치를 썰 때도 한입에 쏙 들어갈 만큼 알맞은 크기로 썰어야 했으며, 반찬을 담을 때도 그릇 가장자리에 간이 묻지 않게, 깔끔하게 담아내야 했다.

태도도 중요했다. 수선이 우물가에 다리를 쩍 벌리고 앉아 방망이로 빨랫감을 팡팡 때리고 있으면 시어머니는 눈살을 찌푸리며 잔소리를 했다. 다리 좀 모으고 앉아라, 얘. 방망이 좀 살살 내려쳐라, 얘. 조물조물 조용하게, 그렇겐 안 되니? 시끄러워. 너무 시끄럽다. 얌전히 좀 해봐, 얌전히. 손으로 조물조물 빨래를 하면 방망이로 내려치는 것보다 배는 넘게 시간이 걸렸고, 깨끗하게 빨리지도 않았다. 하지만 시어머니는 집안일의 내용보다 형식을 더 중요하게 생각했다. 수선이 조금이라도 급하게, 마구잡이로 일을 하려고 하면 시어머니는 질색을 했다. 네 엄마는 도대체 교육을 어떻게 시킨 거냐며 엄마 흉을 보기도 했다. 여자가 그렇게 성격이 급해서 어디다 써먹겠느냐. 여자가 그렇게 칠칠치 못해서. 여자가 그렇게 꼼꼼치 못해서. 단정치 못해서. 조신하지 못해서. 덤벙대서. 깔끔치 못해서. 그런 말을 수시로 들었다. 시집오기 전엔 엄마에게 여자가 돈 아까운 줄 모르고, 물 아까운 줄 모르고, 시간 아까운 줄 모르고, 세상 무서운 줄 모르고란 말을 듣고 살았다. 엄마들은 수선을 제대로 할 줄 아는 것 하나 없는 여자 취급하면서도, 대부분의 일을 수선에게만 시켰다.

  깜깜한 새벽에 눈을 떠 여기가 어딘가, 한참을 혼란스러워할 때도 있었다. 문밖의 낯선 산 모양과 세간과 목소리와 얼굴들엔 좀처럼 익숙해지지 않았다. 공장의 탁한 먼지만 들이마시던 예전이 그리운 건 아니었다. 낯을 익히기도 전에 사우디로 떠난 남편도 그립지 않았다. 그저 남의 인생을 살고 있다는 느낌뿐이었다. 누군가를 대신해서 며느리 노릇, 아내 노릇을 하고 있는 것만 같았다. 주인이 오면 군말 없이 비켜줘야 할 것 같았다. 참하고 단아하고 세련된 여자가 느닷없이 나타나 네가 왜 이 자리에 있느냐며 호통 치는 꿈을 자주 꿨다. 꿈에서도 수선은 아무에게나 자리를 내주곤 했다.

사우디 부인

의미 없는 하루가 아무 경계 없이 흘러갔다. 월말이면 남편이 송금한 돈을 시어머니가 은행에서 찾아왔다. 남편은 사우디로 떠나기 전에 월급의 수령인을 어머니로 지정했다. 시집오기 전처럼, 수선은 돈을 갖지 못했다. 양말 한 짝 살 돈조차 수선에겐 없었다. 매년 십만 명 훨씬 넘는 남자들이 중동, 특히 사우디아라비아에 가서 외화를 벌어들였다. 술도 여자도 금지된 그곳에서 남자들은 수입의 대부분을 국내로 송금했다. 남자들이 벌어들이는 외화는 그들의 가족에게뿐 아니라 국가에도 간절한 돈이었다. 회사는 수많은 노동자를 관리하기 위해 그들을 군대식으로 통솔했다. 노동자들은 군대식 집단 수용시설에서 단체로 자고 먹고 출근하고 애국가를 불렀다.

남자들의 성욕을 해소시키기 위해 주기적으로 포르노 비디오를 틀어주기도 했다. 그들은 자국의 부인이 혹여 바람이라도 나지 않을까 전전긍긍했다. 자기들이 해소할 수 없는 성욕과 외로움으로 괴로워하듯, 자국에 남은 부인도 분명 그러할 것이라고 생각했으므로. 아내의 편지가 늘 도착하던 날보다 하루만 늦어져도 온갖 욕과 저주가 담긴 편지를 적어 보내곤 했다. 아내가 바람난 것을 알고 귀국하여 아내와 정부를 죽인 남자도 있었다. 불안을 견디지 못해 조기 귀국하는 노동자가 속출했고, 현장의 안전사고도 늘어났다. 주부도박단이나 제비족에 관한 보도가 연일 기사화되었다.

국가와 회사에선 노동자 아내의 바람기를 막기 위해 그들의 가족까지 관리하기 시작했다. 노동자의 아내들을 '사우디 부인'이라 칭하며 그들을 여론의 중심에 세우고 대중의 감시에 가둬버렸다. 사우디 부인들의 치장이 화려해지거나 씀씀이가 헤퍼지면 사람들의 눈초리가 달라졌다. 회사에선 사우디 부인을 미행했고, 조금이라도 미심쩍은 행동을 하면 즉시 제재를 가했다. 남편에게 편지를 자주 쓰지 않으면 집으로 찾아가 혹시 바람이 난 건 아닌지 조사했다. 시청의 간부급 공무원들이 집집마다 방문해 상담을 자청했다.

수선은 보름마다 명호에게 편지를 썼다. 잘 지내고 계신지요로 시작하여 어머님의 건강을 전하고 시동생들의 안부까지 전하고 나면, 더는 쓸 말이 없었다. 오늘은 참나물을 데쳐 먹었어요. 오늘은 이불 홑청을 뜯어 빨래를 했어요. 오늘은 뒷산에 버섯을 따러 갔었어요. 오늘은 연탄을 들였어요. 아버님 제사는 잘 치렀습니다. 곧 다가올 어머님 생신도 잘 치르겠습니다. 감정이나 기분을 드러내는 말은 절대 쓰지 않았다. 수선이 쓴 편지를 시어머니가 읽어보았기 때문이었다. 매월 보름이 되면 편지 썼느냐고 묻고, 어디 나도 좀 보자고 했다. 수선이 보는 데서 편지를 슥 훑어본 후 참견을 늘어놓았다. 참나물 먹는다고 하지 말고 고기반찬 먹는다고 해라. 이불 빨래 한 게 뭔 큰일이라고 편지에까지 썼느냐. 명희 이번에 성적 올랐다는 말은 왜 안 썼느냐. 일 얘기 말고 다른 얘기도 좀 써라. 내가 너한테 일만 시키는 줄 알겠다. 글씨가 너무 난장판이다. 좀 정성 들여 써라. 수선이 새 편지지에 시어머니가 지적한 내용을 고쳐 쓰면 시어머니는 그것까지 다시 검사를 했다. 감정을 쓸 여유도 이유도 없었다.

시어머니 몰래 봉선에게도 편지를 썼다. 봉선은 공장을 옮기고 세 번째 연애를 하고 있었다. 이번 남자는 정말 멋지고 잘생겼어. 심지어 다정하기도 해. 봉선의 편지엔 이렇게 쓰여 있었지만 스스로도 그 말에 많은 신뢰를 주는 것 같진 않았다. 너 그거 기억해. 남자들은, 특히 내 마음에 쏙 드는 남자들은, 처음엔 언제나 멋지고 다정한 법이야. 기억해. 처음이야. 처음에만 그런 거야. 봉선은 진지한 필체로 그렇게 썼다. 진지한 필체란, 볼펜을 아주 꾹꾹 눌러쓰는 것이다. 기억해라는 문장은 다른 문장보다 진하고 깊숙했다. 기억하나마나, 자기는 이미 결혼을 했으니 처음에라도 멋지고 다정한 남자를 만날 가능성은 아예 없다고 여겼으므로, 수선은 봉선의 편지를 볼 때마다 한 번씩 웃고 말았다. 그렇게라도 수선을 웃게 하려고 봉선은 볼펜을 꾹꾹 눌러 남자 얘기를 쓰는 건지도 몰랐다. 자기 연애를 자랑하기 위해서가 아니라, 수선을 웃게 하려고.

수선은 봉선의 편지를 누런 봉투에 넣은 후 두꺼운 스웨터로 둘둘 말아 옷장 깊숙한 곳에 보관했다. 혹시라도 시어머니가 봉선의 편지를 보면 안 되니까. 자식 교육을 어떻게 시켰기에. 그런 말을 또 듣고 싶진 않으니까.

12월 19일 a.m. 2:39

숨이 턱턱 막힌다. 침착해야 한다. 살 수 있다. 곧 소방차가 올 것이고, 경찰도 올 것이다. 견뎌야 한다. 지나가지 않고 고무줄처럼 팽팽하게 늘어나는 시간. 구토가 치솟는다. 정신 차리자. 화장실 바닥에 쓰러진 지혜를 질질 끌고 입구에서 가장 먼 벽에 바짝 붙어 앉았다. 흰 블라우스에 까만 정장을 입고 고시원을 나서는 지혜를 몇 번 본 적 있다. 면접 보러 가는구나. 짐작했었다. 며칠 후 똑같은 옷을 입고 방을 나서는 지혜를 또 만나면, 아직 안 됐구나. 이번엔 될까? 생각했었다. 암흑 속에서, 지혜의 뺨을 내려치며 정신 차리라고 사정한다. 혼자 두지 마. 살아. 살아야 돼. 살 수 있어. 오물로 범벅된 지혜의 입가를 닦아내고 몸을 최대한 낮춘다. 달콤한 아이스커피를 먹고 싶다. 어서 봄이 왔으면 좋겠다. 엄마.

엄마들이 보고 싶다. 어릴 땐 엄마가 되고 싶었다. 장래희망을 적는 종이엔 무조건 엄마라고 적었다. 중학생이 된 후엔 라디오 디제이가 되고 싶었다. 많은 사람에게 편지를 받고 늘 좋은 음악을 들으니 외로움이라곤 모르고 살 것처럼 보였다. 곧 라디오 피디로 꿈을 바꿨다. 디제이가 되려면 일단 연예인부터 되어야 한다는 걸 알았으니까. 지금은 그냥, 살고 싶다. 꿈 따위 없어도 잘 살 수 있다. 여유가 생기면 엄마들이랑 여행을 가려고 했다. 경주나 부산이나 거제도로. 졸업을 하고 취직을 하고 빚을 다 갚으면, 그럼 여유가 생길 거라고 생각했다. 죽으면 안 돼. 숨 막혀. 모든 게 타버렸겠지. 서울로 올라올 때 라면 박스 네 개를 가득 채웠던 짐은 거처를 옮길 때마다 세 박스로, 두 박스로 줄어들었다. 두 박스에도 헐겁게 들어가던 내 옷과 책과 컵과 밥그릇. 남길 것이라곤 빚뿐이지만 소중한 건 사람뿐이라서 그나마.

  아니, 살아야 돼. 살아야만 하는 이유를 생각해야 해.

그늘

    봉선과 명호에게 수십 통의 편지를 쓰면서 이 년을 보냈다. 그 사이 시동생은 전문대학에 들어갔고 시누이는 고3이 되었다. 예쁘고 깔끔하고 정리 정돈을 추구하는 시어머니의 생활 습관에는 쉽게 적응되지 않았다. 시어머니는 가끔씩, 손자를 하나라도 본 후에 명호를 외국으로 보낼걸 그랬다고 후회하는 말을 했다. 하지만 첫째 며느리가 이미 아들 둘에 딸 하나를 낳은 상태였기에 극성스럽게 손자를 원하는 티를 내진 않았다. 수선의 나이가 많은 것도 아니고, 명호가 돌아오면 자연스레 아이를 갖지 않겠느냐고 의연한 척을 했다. 나라에서는 대대적으로 산아제한 정책을 펴고 있었다. '덮어놓고 낳다 보면 거지꼴을 못 면한다'로 시작된 표어가

70년대로 넘어오면서 '아들 딸 구분 말고 둘만 낳아 잘 기르자'가 되었고, 80년에 들어서자 '둘도 많다. 하나만 낳아 잘 기르자'로 바뀌었다. 불임 시술을 받은 사람에겐 아파트 분양 우선순위를 주었고, 예비군 훈련장에서 정관수술을 받으면 훈련을 면제해주기도 했다. 인구가 줄어야 1인당 국민총생산이 늘어난다는 계산 때문이었다. 전후엔 다산한 여성에게 표창을 주고 장한 어머니로 추켜세우더니, 70년대 들어서면서부터는 아이를 많이 낳으면 생각 없고 무식한 어머니로 몰았다. 나라님이 하는 일이면 무조건 옳다고 믿던 시어머니는 손자가 많은 게 좋으면서도, 첫째 며느리에게 이제 그만 낳아라, 사람들이 흉본다, 요즘은 애 많이 낳으면 무식한 여편네 소리 듣는다더라, 하며 마음에도 없는 교양을 늘어놓았다.

그즈음 시누이의 친구 인자가 자주 수선의 집에 들렀다. 시누이와 인자는 주말이면 머리를 맞대고 앉아 공부를 하고 음악을 듣고 친구들 이야기를 했다. 서로의 옷을 바꿔 입어보기도 하고 머리를 땋아주기도 하고 목소리를 한껏 낮춰 비밀 이야기를 나누기도 했다. 평일엔 같이 〈가정고교방송〉을 봤다. 극성적인 과외 열기가 문제시되어 정부에서 과외를 단속하던 때였다. 과외를 받은 사실이 적발되면 정학 또는 퇴학을 당하고 학부모는 직장을 잃었다. 하지만 부모들의 자식 교육 열풍을 잠재우긴 힘들었다. 부모들은, 자식을 남들보다 더 많이 공부시켜 일류 대학에 보내는 것만이 계급 상승의 유일한 통로라고들 믿었다. 자녀를 성공시키는 건 부모, 특히 어머니의 능력과 직결되었다. 정부에서는 과외를 금지시키는 대신 텔레비전 방송으로 입시전문학원에서 명성을 얻은 강사들의 강의를 보여줬는데, 인자는 그 방송을 보러 수선의 집에 매일 오다시피 했다. 명희도 인자도 시골에서 학교를 다니며 과외나 8학군과는 전혀 상관없이 살아가고 있었지만, 좋은 대학엔 가고 싶어했다. 그래야 좋은 집안에 시집갈 수 있고, 그것만큼 큰 효도가 없다고 어른들이 말했기 때문이었다.

　시어머니는 인자를 친딸처럼 예뻐하면서도 인자가 오기 전에 부엌에 있는 주전부리를 꽁꽁 싸매 안방 장롱 깊숙한 곳에 숨겨두었다. 명희가 강냉이 튀긴 것이나 오디 따위를 달라고 하면 시어머니는 그거 다 먹었다는 둥, 부엌에 뒀는데 어디로 갔는지 모르겠다는 둥, 아이고 쥐가 물어갔는가 보다는 둥 둘러대기 바빴다. 인자가 자기 집으로 돌아간 후에야 시어머니는 숨겨두었던 주전부리를 살며시 꺼내 명희에게만 따로 차려주었다. 그럴 때마다 수선은, 찐 감자를 친구들에게 줬다는 이유로 부지깽이를 들고 난리를 치던 엄마를 떠올렸다. 그때 엄마의 마음은 따로 짐작할 필요가 없었다. 단순하게 그 행동 그 말투 그대로 받아들이면 그만이었다. 하지만 시어머니의 마음은 이중, 삼중이라 쉽게 짐작할 수 없었다. 시어머니는 인자에게 한없이 상냥하고 아름답게 굴면서도, 인자가 집 안의 무엇이라도 축낼까 봐 숨기기에 급급했다. 수선을 대하는 태도도 그랬다. 누군가가 옆에 있을 땐, 우리 며느리가 참 얌전해요. 꼼꼼해요. 수정과도 얼마나 잘 담그는지 몰라. 하면서 수선을 곧잘 칭찬하고 친딸처럼 살뜰히 챙기고 보살폈다. 하지만 둘만 있을 때는 얼음장처럼 차갑고 날카로운 말을 던지기 일 쑤였다. 곰한테 바느질을 시켜도 이딴 식으로는 안 하겠다. 맹꽁이 고기를 삶아 먹었나. 왜 그렇게 말귀를 못 알아들어. 아유. 답답해. 차라리 나 혼자 하는 게 낫지. 어디서 저런 굼벵이 같은 애가 들어와서. 내가 남부끄러워서 며느리 들였단 소리 하기가 겁난다, 겁나. 이런 말들을, 가슴을 쿵쿵 치며, 누가 좀 들어달라는 듯 억울한 표정으로 잔뜩 늘어놓곤 했다.

　시어머니가 집에 없을 때 인자가 놀러 오면, 수선은 집 안의 먹을 것을 있는 대로 꺼내놓았다. 먹을 게 없으면 만들어서라도 주었다. 감자를 갈아 감자전을 부쳐주고 고구마와 계란도 삶아주었다. 그건 이를테면, 이중적인 시어머니에 대한 소심한 반항 같은 거였다. 수선이 먹을 것을 챙겨 방 안으로 갖다주면 인자는 수줍게 그것들을 받아 들었다. 인자가 잘 먹겠다고 고개 숙일 때 그 아이 눈 밑에 드리워지는 그늘을 수선은 눈여겨봤다. 눈이 크고 속눈썹이 워낙 긴 인자의 눈 밑엔 늘 일정량의 그늘이 숨어 있었다. 그 그늘을 볼 때마다 혜순이 생각났다. 그 아이의 오똑한 코와 새하얀 팔목이 눈에 선했다. 혜순이도 결혼했겠지. 어떤 남자와 살고 있을까. 혜순이는 그 남자를 사랑할까. 꼭 사랑해야만 결혼을 하는 건 아니니까 사랑 같은 건 안 할지도 몰라. 혜순이는 남편을 사랑하지 않더라도 남편은 혜순이를 아주 많이 사랑해주었으면 좋겠다. 팽팽하게 당긴 고무줄처럼 늘어나는 생각의 끝엔 늘 혜순이의 몸이 있었다. 새하얀 팔목처럼 가슴도 아랫배도 엉덩이도 허벽지도 새하얀 혜순이의 몸. 그런 상상은 하나도 야하거나 천박하지 않고 오히려 아름다웠다. 상상 속 혜순이의 새하얀 피부는 세상에서 가장 빛나는 보석이었다.

먹을 것을 챙겨준 후 수선은 마루에 앉아 마늘을 까거나 빨래를 개거나 다림질을 하면서 인자와 명희의 이야기를 엿듣곤 했다. 집이 좁고 벽이 얇아 귀를 조금만 기울여도 안에서 무슨 얘길 하는지 대충은 알아들을 수 있었다. 명희의 말이 끝나고 인자의 말이 시작될 즈음이면, 수선은 자주 움직임을 멈췄다. 다리미가 점점 달아오르는 것도 모르고, 앞마당 어귀에서 바스락거리는 감나무 마른 잎을 원망하면서, 조용히, 숨을 참고 귀를 기울였다.

습관

세 번째 공장에서 시작한 연애도 좋지 않게 끝났다. 남자가 바람이 났다. 그것도 봉선과 가장 친하게 지내던 여공이랑. 연애를 시작한 지 얼마 지나지 않아 일어난 일이었다. 양다리란 사실을 알게 되었을 때, 봉선은 이전처럼 애원하지도, 울고불고 소리를 지르지도, 배신자, 도둑놈, 나쁜 놈이라고 남자를 비난하지도 않았다. 아, 피곤해, 피곤하다는 생각뿐이었다. 크고 야무진 돌덩이를 주렁주렁 매달고 있는 기분이었다. 다 내려놓고 싶었다. 몸 곳곳에 대롱대롱 매달린 피곤의 돌덩이를 하나하나 떼어내는 것에 사력을 다하고 싶었다. 남자를 사랑한 것 같지도 않았다. 습관처럼 연애를 시작했고, 지속하려 했다. 혼자는 너무 외로우니까. 누구라도 옆에 두고 싶었으니까. 가족처럼 친구처럼 걱정하고 위로하고 마주 보고, 종종 웃으며 살고 싶었으니까. 하루 열두 시간 넘게 수십 대의 베틀 사이를 종종 뛰어다니다 보면, 자기가 사람인지 기계인지 나방인지 먼지인지 분간 안 될 때도 있었다. 머릿속이 텅 비고 손과 발은 절로 움직였다. 상대의 손을 잡고 입술을 물고 목소리와 숨소리를 가까이서 듣고, 시답잖은 말이라도 주고받아야, 자기가 기계도 먼지도 아닌 사람이란 것을 자각할 수 있었다. 끊임없이 사랑하고 싸우고 집착하고 비난하고 사과하고, 다시 사랑하려고 노력했다. 하지만 너무 피곤했다. 몸도 마음도 십 년쯤 입은 속옷처럼 낡고 닳아 너덜거렸다.

  미련 없이 공장을 그만뒀다. 집으로 돌아갈까 아주 잠깐 고민했지만 곧 그 생각을 접었다. 집에 가봤자 다시 공장에 다녀야 할 게 뻔했다. 그곳에 수선이라도 있으면 모를까. 엄마는 자기에게 아무 위로도 주지 않을 것이었다.

  양품점에서 잡일을 시작했다. 청소도 하고 원단 정리도 하고 손님이 많을 땐 치수도 재고 배달도 하고, 시키는 일은 다 했다. 야간 근무를 하지 않아도 되는 건 좋았지만, 사장 성격이 워낙 들쑥날쑥이라 비위 맞추기가 힘들었다. 양품점에서 사람을 대하는 일은 공장에서 베틀을 다루는 일과 천양지차였다. 손님들 중 몇몇은 봉선을 너무 함부로 대했다. 공장에서 일할 때처럼 자기가 기계인지 아닌지 의심할 일 없는 대신, 자기가 직원인지 종인지 의심되는 순간이 많아졌다. 인간인지 개인지. 인간인지 벌레인지. 인간인지 가위인지. 줄자인지. 천 쪼가리인지. 빗자루인지. 역시나, 연애를 하지 않을 수 없었다. 피곤에 깔려 땅속으로 꺼지는 한이 있더라도, 세상 누구보다 격정적인 연애를.

자기보다 열세 살 많은 남자와 동거를 시작하면서 봉선의 네 번째 연애는 시작되었다. 남자는 양품점에 원단을 대는 도매상이었는데, 이른 나이에 결혼했지만 아내가 몹쓸 병에 걸려 칠 년 전에 죽었다고 했다. 남자와 몇 번 만나 밥을 먹고 거리를 걷고 차를 마셨다. 당연한 순서인 듯 손을 잡고 입을 맞추고 몸을 섞었다. 남자와 떨어져 있기 싫어 짐을 싸 들고 남자의 집으로 들어갔다. 남자는 다세대주택의 2층에서 혼자 살고 있었는데, 1층에는 아홉 명의 대가족이 살았고 3층에는 신혼부부가 살았다. 다세대주택 사람들은 봉선을 곱지 않은 눈으로 봤다. 1층 할머니가 둘이 결혼식은 치렀느냐고 물었다. 봉선은 망설이지 않고 그렇다고 대답했다. 그런 놈 뭘 보고 결혼까지 했노. 새파랗게 어린 처자가 겁도 없이. 할머니가 미간을 찌푸리며 말했다. 우리 아재가 어디가 어때서요? 봉선이 앙칼지게 대꾸했다. 자기가 사랑하고 의지하는 사람을 그런 식으로 말하는 걸 참을 수 없었다. 내가 아가씨 같은 여자 넷을 더 봤네. 다들 일 년도 못 버티고 짐 싸 들고 나가더만. 아가씨도 땅을 치고 후회하기 전에 얼른 정신 차리. 여자가 남부끄러운 줄도 모르고. 세상이 아무리 변했기로서니. 어이구, 참. 할머니는 과장

되게 혀를 차며 문을 쿵 닫고 들어갔다.

그날 밤 봉선은 남자를 붙잡고 앉아 할머니가 했던 얘기를 토씨 하나 빠트리지 않고 그대로 전했다. 나 같은 여자 넷은 도대체 뭐냐. 봉선이 남자에게 따지고 들었다. 같이 살았던 여자들이제. 남자가 순순히 대답했다. 워낙 아무렇지도 않게 대답하니까 봉선도 달리 할 말이 없었다. 그럼 일 년도 못 버티고 나갔다는 건 또 뭐냐. 봉선이 잠시 머뭇거리다 다시 물었다.

말 그대로다.

남자가 대답했다.

헤어진 거라?

뭐, 그렇제.

와?

그건 가들한테 물어봐라. 내가 나가란 적은 한 번도 없다.

때렸나?

어데.

아재 혹시 알코올중독자라?

아이다.

바람 피웠나?

바람은 가들이 피웠지.

아재 말을 내가 다 믿어야 되나?

그야 니 맘이고.

아재 부인, 죽은 거 맞나?

야.

근데 왜들 나가고 지랄인데. 한두 명도 아니고 네 명이나.

…….

무슨 말이라도 좀 해봐라. 만날 싸웠나?

싸우기야 했제. 없다믄 거짓말이제.

다 때리 뿌샀나?

내가 어데 그럴 놈이가.

뭐라도 이유가 있을 거 아이라!

아, 모른다. 가들이 딴 새끼 만나고, 내를 좋다카다가도 금방 싫어하는 이유를 내가 어예 아는데. 니도 내가 처음은 아니잖아.

그 말이 왜 나오는데?

아, 씨. 그만 좀 해라.

내랑 같이 살고 싶긴 하나?

니는 내랑 살고 싶나? 살고 싶어서 지금 이따위 짓이라?

남자가 연거푸 피워대는 담배로 방 안 가득 연기가 찼다. 봉선은 창문을 열려고 일어섰다가, 싸우는 소리를 아랫집 할머니가 듣는 게 싫어 답답한 공기를 꾹 참았다.

거짓말이라도 해보라고. 이 등신 아재야.

남자의 입에서 담배를 뺏어 재떨이에 비벼 끄며 봉선이 말했다. 목소리엔 힘이 없었다.

거짓말이라도 해서 날 붙잡아 앉히란 말이다.

봉선은 자기가 여태 만났던 남자들을 떠올렸다. 그들을 사랑한 이유와 그들과 헤어진 이유를 되씹었지만, 기억나지 않았다. 바람을 피운다거나 자기한테 소홀하다는 이유는 결국 핑계였다. 솔직히, 더는 그들을 사랑하지 않았기에 헤어졌다. 혹은 그들이 더는 자기를 원하지 않았거나. 이유는 그뿐이었다. 남자의 아내처럼, 차라리 상대가 죽었다면, 그렇다면 명확하게 대답할 수나 있을 텐데.

영영 몰랐으면 좋겠다고 봉선은 생각했다. 일 년이 지나고 삼 년이 지나고, 십 년이 지나도록 여자들이 떠난 이유를 몰랐으면 좋겠다고. 남자가 안돼 보이기도 했다. 자기만큼은 꼭 이 남자 옆을 끝까지 지켜야겠다는 오기도 생겼다. 사랑인지 연민인지 자존심인지 모를 감정이 모락모락 피어났다.

소나기

인자는 명희를 부러워했다. 혼자 방을 쓰는 것. 때문에 방 안 서랍에 일기장을 넣어둘 수 있는 것. 자매들과 옷을 나눠 입지 않아도 된다는 것. 밤늦도록 라디오를 들을 수 있다는 것. 누구의 방해도 받지 않고 편지를 쓸 수 있다는 것. 신경질이 날 땐 방문을 잠근 채 혼자 울 수 있다는 것. 친구들이 놀러 와도 밖에 나가는 대신 방 안에 편히 앉아 놀 수 있다는 것. 엄마가 명희에게 집안일을 시키지 않는 점도 부러워했다. 종종 용돈을 주는 언니 오빠가 있다는 것도. 언니 같기도 하고 엄마 같기도 한, 뒷바라지는 도맡아

하면서 잔소리는 전혀 하지 않는 수선 같은 새언니가 있다는 것도 부러워했다.

명희는 진짜 좋겠어요.

명희 방에 앉아 인자가 소곤소곤 말했다. 명희는 없고, 수선과 인자 둘만 앉아 있었다. 오는 길에 비를 맞았는지, 인자의 옷과 머리카락이 눅눅하게 젖어 있었다. 수선이 하얀 수건을 인자에게 건넸다. 수건을 받아 든 인자가 젖은 얼굴과 머리카락을 닦으며 말했다. 명희 성격도 부러워요. 단순하잖아요. 수선이 피식 웃었다. 인자가 눈을 동그랗게 뜨며 급히 말을 덧붙였다. 나쁜 뜻은 아니에요. 순수하다는 말이에요. 수선은 인자를 보며 말간 옹달샘을 떠올렸다.

아가씨도 그렇잖아요.

수선이 대꾸했다. 수선은 명희의 친구들을 모두 아가씨라고 불렀다. 인자의 입술 끝에 아주 약간의 웃음이 고였다.

보조개가 있네.

수선이 인자의 볼을 가리키며 말했다. 웃으면 왼쪽 볼에만 아주 살짝, 아담한 우물이 생겼다.

참 예쁘게도 생겼다.

수선이 덧붙였다. 말끝이 살짝 떨렸다. 빗소리가 점점 거세졌다. 굵은 빗줄기가 방 안으로 들이쳐서 창문을 닫았다. 비에 젖은 흙냄새가 코밑을 잠시 떠돌다 사라졌다. 짙은 침묵이 방 안을 가득 메웠다. 눅눅하고 더운 방 안에 아슬아슬한 긴장이 가파르게 차올랐다. 인자가 몸을 움직일 때마다 젖은 옷이 몸에 척척 달라붙었다. 수건으로 몸의 물기를 닦아내던 인자가 잠시 망설이다 방문을 반쯤 열었다. 열린 문틈 사이로 마루 문갑에 놓인 명호 사진이 살짝 보였다. 수선은 멍청한 눈으로 그 사진을 오랫동안 쳐다보았다. 저 사람이 누구더라. 여기가 어디더라. 그런 것들을 기억해내려고 애쓰듯이.

빈자리

아랫집 할머니의 참견만 없다면, 비교적 평화로운 날들이었다. 남자는 주사도 없었고 바람을 피우지도 않았다. 봉선을 때리지도 않았고 도박을 하는 것도 아니었다. 지속되는 안정은 묘한 불안을 불러일으켰다. 일정한 음으로 지속되는 일상이 지루해 부러 남자에게 시비를 걸기도 했다. 봉선이 별것도 아닌 일로 꼬투리 잡아 시비를 걸어도 남자는 별 반응 없이 넘겼다. 화를 내지도 변명을 하지도 않았다. 봉선은 그 무덤덤함을 깨트리고 싶었다. 남자는 오래전부터 함께 살아온 가족처럼 봉선을 대했다. 때론 응. 혹은, 아니. 두 단어만으로 하루를 다 보내기도 했다. 삼십 년쯤 같이 산 사람처럼 자기를 대하면서도 좀처럼 속을 내보이지 않는 그가 섬뜩하고 원망스러울 때도 있었다.

나를 죽은 아내로 생각하면서 같이 사는 거 아닐까. 그런 생각도 들었다. 죽은 아내 자리를 아무 여자에게나 내주고, 이 남자는 결국 죽은 아내와 평생을 살 작정 아닐까. 끔찍한 생각이었다. 봉선은 그 누구를 대신해서 살고 싶지 않았다. 그렇다고 당신에게 나는 어떤 사람이냐고 대놓고 물어보기도 싫었다. 돌아올 대답이 무서웠다. 사랑한다는 말은 믿지 못할 것 같았고, 사랑은 아니라는 대답 따윈 받아들일 수 없었다. 그로 인해 다시 혼자가 되어야 하는 것. 맞닥뜨리기 두려운 건 그뿐이었다.

궁금했다. 여자들이 떠난다고 했을 때, 남자는 그들을 한 번이라도 붙잡았을까? 사정해봤을까? 화를 내고 울어봤을까? 단 한 번이라도 자기를, 열어봤을까?

12월 19일 a.m. 2:40

연애도 해봤고 섹스도 해봤다. 비행기를 못 타봤고 애도 못 낳아봤다. 제주도도 못 가봤다. 설악산도. 지리산도. 인도에 가보고 싶었다. 사람들이 많이 가는 곳이니까. 가서 코끼리를 만져보고 싶었다. 드럼을 배우고 싶었다. 미뤄둔 것이 많다. 사랑도 미루고 살았다. 스물한 살 때, 호프집에서 같이 주말 아르바이트를 하던, 나보다 두 살 많은 오빠와 사랑 비슷한 것을 했다. 새벽 3시에 일을 마치면 그가 고시원까지 데려다주곤 했다. 떨어지는 목련 잎을 잡으려다 서로 손이 스쳤고, 손을 잡고 주춤거리다가 입도 맞췄다. 사랑한다는 말도 없이 연애가 시작됐다. 날이 밝아올 때까지 그와 길바닥을 헤매다가 일요일 점심에야 고시원에 들어가 쪽잠을 잤다. 꽃이 다 지고 더운 여름이 오자, 우리는 새벽 거리를 쏘다니는 대신 노래방이나 DVD방으로 들어갔다. DVD방에서 〈연애의 목적〉을 보다가 처음 섹스를 했다. 짧은 섹스를 마친 후 둘 다 곯아떨어졌다. 영화가 끝나도 우리가 나오지 않자 아르바이트생이 방문을 열고 우릴 깨웠다. 내 티셔츠는 가슴 위까지 올라가 있었고, 그의 청바지 단추와 지퍼는 모두 열려 있었다. 섹스를 했으니까 그를 사랑한다고 말해야 하나? 잠시 고민했다. 하지만 그가 너무나도 소중하다거나, 늘 보고 싶고 생각나는 건 아니었다. 사랑이고 아니고를 떠나서, 손을 잡고 대화를 나누며 함께 시간을 보낼 수 있는 사람이 있다는 것만으로도 좋았다. 내 이름과 내 버릇을 알고, 내 기분에 신경 써주는 누군가가 있다는 것만으로도. 그와 나눈 것은 현재뿐이었다. 우리는 서로의 과거에도 미래에도 관심이 없었다. 그는 나와 함께 일하고, 김밥 먹고, 섹스하고, 단잠에 빠지는 일만 반복하다가 군대에 갔고, 그가 100일 휴가를 나오기도 전에 나는 그를 잊었다. 그리워했어야 했다. 싸우고 헤어지고 다시 만나야 했다. 그걸 자꾸 미뤘다. 여유가 생기면 봉인된 모든 걸 풀어놓고 하나하나 해치우자고 마음먹었다. 연습이라도 하는 양 흉내만 냈지만…… 그는 나를 그리워할까? 보고 싶다. 그를 만나야 해.

신혼집

남편이 중동에서 돌아오기 전날, 수선은 시어머니와 함께 서울에 올라갔다. 시어머니야 큰아들을 보러 자주 서울에 올라갔기에 수선처럼 서울의 풍경에 넋을 놓을 정도는 아니었지만, 서울에 처음 가본 수선은 그 많은 사람과 건물과 차와 소음 때문에 몇 번이고 시어머니를 놓쳤다. 아들을 보러 간다는 기대에 들뜬 시어머니는, 수선이 자꾸 뒤처지는 것에 굉장히 신경질을 냈다. 어머니. 잠깐만요. 잠깐만요. 어머니. 이 소리를 몇 백 번 거듭한 끝에 간신히 시아주버니의 집에 도착했다. 돌담처럼 수많은 집이 다닥다닥 붙은 산 아래 동네였다. 산을 보니 그나마 마음에 여유가 생겼다.

김포공항에서 가족들이 남편을 얼싸안고 눈물을 줄줄 흘리며 반가워할 때, 수선은 한 발 물러나서 남편의 손에 들린 가방만 뚫어져라 쳐다봤다. 남편이 떠나 있던 오 년 동안, 자기가 결혼한 사람이라는 것을, 자기에게도 남편이 있다는 사실을 자꾸만 잊고 살았다. 시댁 식구와 함께 살면서도 셋방살이하는 처녀처럼, 시키는 대로 일하는 식모처럼 살았다. 평생을 함께할 가족이란 생각을 해본 적이 없었다. 자기가 그런 마음으로 살았다는 것을, 남편을 맞이하는 순간에야 깨달았다. 남의 자리인 줄 알았는데, 잠깐 채웠다가 소리 없이 비켜나면 그만인 줄 알았는데. 저 남자와 아이를 낳고 키우고 함께 늙어가야 하는구나. 신혼여행 때 느꼈던 막막함이 온몸을 와락 조였다. 돌아온 남편이 하나도 반갑지 않았다. 서울처럼 낯설었다.

시어머니는 그동안 저축해놓은 돈을 명호 부부에게 내주었다. 그 돈으로 집을 장만하라고 했다. 자기는 시골집을 팔고 큰아들 집으로 들어갈 것이라고 했다. 명호는 그 돈으로 서울 변두리에 작은 연립주택을 구했다. 세간은 따로 마련하지 않고, 시골집 살림살이를 대충 갈무리해 옮겼다. 좁은 집이라도 세간이 얼마 없어 넓어 보였다. 수선이 시집올 때 해온 혼수는 장롱과 화장대와 이불이 전부였다.

신혼집이 이리 휑해서, 오던 복도 도망가겠네. 그때 더 받아뒀어야 했는데.

시어머니가 빈 구석이 많은 집을 보며 아쉬운 소리를 했다. 사치 혼수품이 유행하던 때였다. 혼수가 마음에 안 든다고 파혼하는 사례도 심심찮게 있었다. 중산층 이상의 사람들은 외제 보석과 시계를 혼수로 주고받았는데, 대부분의 외제품은 밀수품이었다. 의사나 검사 등 엘리트 아들을 둔 부모들은 며느리가 자동차 열쇠, 아파트 열쇠, 억대 통장 등을 혼수로 해오길 바랐다. 그런 집안에 시집을 보내기만 하면 이후의 인생은 탄탄대로라고들 믿었기에, 딸 가진 부모들은 빚을 져서라도 사돈이 바라는 혼수를 만들어냈다. 무리를 해서라도 자식 교육에 집착하는 것과 비슷한 심리였다. 수선의 시어머니는 중산층도 아니었고 엘리트 자식을 둔 것도 아니었지만, 세상에 부는 바람에는 민감하게 반응했다. 유행을 교양이라 믿고 따르려고 애썼다. 사치 혼수를 졸부들의 천박한 짓거리라고 욕하면서도 수선의 알량한 혼수에는 불만을 드러냈다. 평생 자기 아들이 벌어 오는 돈으로 살 것이니, 혼수만큼은 보통 이상으로 해야 되지 않느냐는 식이었다.

 시어머니가 수선을 앉혀놓고 점잖고 단호하게 일렀다. 내 아들이 사우디까지 가서 뼈 빠지게 일한 돈으로 버젓한 집을 마련했으니, 너도 부족했던 혼수를 더 해 올리는 것이 도리 아니겠느냐. 사실 처음 혼수 받을 때도 마뜩치는 않았다. 장롱이든 화장대든, 결국 너 쓸 물건만 달랑 해온 것 아니냐. 시골집엔 불필요해도 서울 살림엔 필요한 것들이 많다. 니 어미랑 상의를 해봐라.

 두자의 반응은 시어머니보다 더 단호했다. 이미 시집간 딸 살림을 내가 왜 해 넣느냐는 것이었다. 수선과 통화를 하던 두자는 내처 시어머니를 바꾸라고 했다. 시어머니는 두자와 전화하기를 꺼렸다. 두자와 말 섞기 싫어하는 것 같았다. 약간 깔보고, 아랫사람 대하듯 무시하는 느낌이었다. 수선의 목덜미에 철썩 들러붙은 모욕감은 좀체 떨어지지 않았다.

혼자 꾸는 꿈

　신혼집을 마련하자마자 명호는 손쉽게 일자리를 구했다. 작은 회사의 납품 관련 업무를 맡아 하는 자리였다. 육 개월 후 수선은 아이를 가졌다. 명호가 출근하면 수선은 집안일을 하고 장을 봤다. 하루의 대부분을 혼자 지냈는데, 그런 시간을 갖긴 처음이었다. 어릴 때부터 늘 누군가와 함께였다. 엄마. 봉선이. 형석이. 시어머니. 시누이. 자기만의 공간도, 시간도 가질 수 없었던 지난날.
　연립주택엔 두 개의 방과 거실 겸 주방이 있었다. 큰방을 안방으로 쓰고, 작은방엔 서랍장만 뒀다. 시간도 잠시 졸다 깨는 고요한 오후, 수선은 작은방 한가운데에 오도카니 앉아 있기를 즐겼다. 서서히 기우는 햇살이 서쪽 창으로 노랗게 비껴드는 방이었다. 가끔 윗집에 사는 아이가 우당탕탕 뛰어노는 소리도 들렸다. 장사치들의 쩌렁쩌렁한 목소리도 들렸다. 시끄럽지만 평화로운 소리였다. 그 방에서 봉선의 편지를 읽거나 두서없는 생각을 마구잡이로 하다가 선잠에 빠져들곤 했다. 꽃씨처럼 세상을 둥둥 떠다니는 꿈을 꿨다. 누구의 아내도 며느리도 딸도 아니고 수선이란 이름도 없이, 몸속엔 심장이나 내장이나 똥 대신 고운 봄바람만 가득 차서, 가고자 하는 곳도 가야만 하는 곳도 없이, 되는 대로 하늘을 둥둥 떠다니는 꿈. 선잠에서 깨면 천장과 벽면의 모서리에 눈이 갔다. 서서히 자라나는 가느다란 균열과 누런 자국을 멍하니 쳐다보면서 꿈과 현실을 구분하지 못하고 다시금, 여기가 어디더라. 나는 누구더라. 지금이 언제더라. 거짓말처럼 까맣게 지워진 지난날의 광야를 길 잃은 여자처럼 헤매고 다녔다.

나쁜 년

언제나 먼저 화를 내는 것도 봉선이었고 싸움을 거는 것도 봉선이었다. 인간의 탈을 쓴 예수가 아닌가 싶을 정도로 남자는 화를 내지도, 싫은 소리를 하지도 않았다. 아니지. 예수도 화는 내고 살았다. 마음에 안 드는 것은 안 든다고 딱 잘라 말했다. 때론 예까지 들면서. 하지만 남자는 고행하는 수도승처럼 모든 걸 참고 넘겼다. 아니, 침묵했다. 남자는 감정의 충돌을 두려워했고, 웬만하면 피하려고 했다. 하지만 봉선이 연애를 하는 이유는 바로 그 때문이었다. 잔소리하고 싸우고 사과하고 부끄러워하면서 더 깊은 관계가 되길 원했다. 평평하고 바싹 마른 사막이 아니라, 계곡도 있고 폭포도 있고 언덕도 있고 늪도 있는 대지를 원했다. 더없이 완벽하고 좋은 사이라서 어떤 다툼도 불필요한 관계가 아니라, 사사건건 충돌하여 서로의 존재를 끊임없이 확인하는 관계를.

봉선은 남자의 침묵을 깨기 위해 별별 말을 다 했다. 서슴지 않고 남자의 치부를 건드렸다. 그럴수록 남자는 더더욱 제 동굴로 몸과 맘을 숨겼다. 침묵이 오해를 만들고 오해가 상처를 남기는 길고도 지루한 과정이 시작됐다. 아이도 없고 결혼도 하지 않은 봉선과 남자를 엮어주는 선은 오직 감정뿐이었다. 감정의 표정이 지루함과 짜증으로 뒤바뀌고 있었다. 남자가 밉거나 싫은 건 아니었다. 자주 측은하고 그의 건강과 안위가 염려되기도 했다. 거친 말을 뱉어낸 후엔 두고두고 후회했다. 하지만 남자는 봉선의 후회도 사과도 받아들이지 않는 것 같았다. 언제나, 침묵할 뿐이었다.

도무지, 깊어진다는 느낌이 안 들어. 우리 사이가. 난 당신보다 아랫집 할머니 속을 더 잘 알겠어. 그 할머니는 나한테 화도 내고 요구도 하거든. 주절주절 말을 늘어놓던 봉선이 제 감정에 못 이겨 버럭 화를 냈다.

다 집어치우자. 끝내자. 고마.

남자는 아무 말도 하지 않았다.

이것 봐.

그럴 줄 알았다는 듯 봉선이 고개를 주억거렸다.

아재는 나를 붙잡지도 않제. 화도 안 내고.

남자가 담배를 빼 물었다.

속으론 수만 가지 생각을 하겠제. 날 위해 그런다거나. 아님 너도 똑같은 년이구나. 아님, 아재도 지긋지긋하다거나. 근데 뵈도 들리도 않는 그 속을 내가 어째 알겠노.

　…….

　내도 마찬가지지만, 아재도 비겁하다.

　남자가 억울하다는 눈으로 봉선을 봤다.

　그래. 억울해해라. 아재가 피해자 해라. 화나도 참고 뭐든 이해하는 사람 해라. 내가 나쁜 년 할 테니까.

악몽

　벽의 균열과 누런 자국은 점점 자라났다. 무섭게 뻗어가는 감나무 가지처럼, 노랗게 멍들어가는 늦가을 하늘처럼. 균열은 작은방뿐 아니라 거실과 주방에도 일어났다. 벽 속에서 거대한 담쟁이 넝쿨이 자라는 것만 같았다. 명호는 금이 가고 변색된 벽을 보며 시공사를 한번 찾아가봐야겠다는 말을 자주 했다.

　출산일을 얼마 남기지 않은 늦겨울 밤이었다. 복도에서 거친 발소리가 나더니 누군가가 다급히 벨을 누르고 문을 두드렸다. 아랫집 사람이었다. 수도관이 터졌는지, 자기네 집 천장에서 물이 뚝뚝 떨어진다고 했다. 급히 아랫집으로 내려가 봤다. 바닥이 홍건할 정도였다. 다음 날, 수선 집 천장과 벽도 서서히 젖어들었다. 수선은 급히 김장용 비닐을 구해 와 옷과 이불을 꽁꽁 싸맸다.

　연립주택 사람들이 모여 시공사를 찾아갔다. 조사해보겠다는 대답을 겨우 받아냈다. 집집마다 물이 줄줄 흘렀다. 집 안에서 밥을 먹을 수도 잠을 잘 수도 없었다. 급한 대로 형님 집으로 짐을 옮겼다. 뭔 일인데 장롱까지 다 싸 들고 오느냐고 시어머니가 대수롭잖게 말했다. 집에 물이 샌다고 말해도, 물이 새봤자 얼마나 새겠느냐고, 전쟁에 천재지변이 나도 집안 살림 그렇게 함부로 빼는 거 아니라고 야단을 쳤다. 혼수 때문에 불거진 불만이 그대로 남아 있던 시어머니는, 집안의 궂은일은 다 여자 때문이라는 억지를 대놓고 부렸다. 수선은 가만히 앉아 시어머니의 꾸중을 들었다. 이러다 무너져요! 무너진다니까! 집을 떠날 때, 아랫집 남자가 슈퍼 앞 공중전화기를 붙들고 고래고래 지르던 소리가 귓가를 자꾸 맴돌았다.

다시 들어가 살 수 없을 만큼 집은 엉망이 되었다. 물은 새고 벽은 갈라지고 하수 시설은 마비되었다. 시공사에서는 책임질 수 없다는 대답을 내놓았다. 민법상 공동주택 업자의 보수 기간은 십 년이었다. 하지만 계약서 약관엔 보수 기간에 대한 명시가 없었다. 약관을 꼼꼼히 살펴보고 계약을 한 입주자는 아무도 없었다. 자기 집을 가질 수 있다는 것에 들떠 도장 찍기에 바빴다. 약관을 살펴본 사람들도, 설마, 내가 살 집이 부실 공사일 거라고는 상상도 하지 않았다. 그 집에서 아들딸 낳고 자식 결혼시킬 때까지 거뜬히 살 수 있을 거라 믿었다. 혹은 어느 정도 살다가 좋은 값에 되팔고 아파트로 이사 갈 수 있을 것이라고 생각했다. 집을 터전으로 그들의 미래는 계획되었고, 그 계획만으로도 배부른 사람들이었다.

구청을 찾아가 호소하고 항의했다. 건물이 기준에 맞게 지어졌다고 허가를 했던 구청 쪽에서 뒤늦게 잘못을 인정하고 판단을 번복해줄 리 없었다. 시공사도 구청도 책임질 수 없다고 발을 뺐다. 입주자들이 여기저기 쫓아다니며 사정하고 화내고 협박하고 시위했지만, 모두 허사였다. 입주자 편은 아무도 없었다.

꽃샘추위가 왔다.
재공사 요구는 이루어지지 않았다. 형편없는 금액을 보상금이랍시고 받았다. 그 돈으론 지방에 집을 구하기도 힘들었다. 집 문제 때문에 업무를 제대로 챙기지 못했던 명호는 회사에서도 잘렸다. 시어머니는 앓아누웠다. 멍청한 며느리 소리를 여러 번 들었다. 아무짝에도 쓸모없는 애가 들어와서 우리 아들만 고생이라고, 시어머니는 앓아누운 채로 여기저기 전화를 해 떠들어댔다. 명호는 하루 종일 술만 마셨다. 모래 먼지 마시며 죽자고 번 돈이었다. 그 돈으로 새 인생을 살게 될 거라 믿어 의심치 않았다. 어디서부터 다시 시작해야 할지, 세상과 사람과 스스로에 대한 원망만 무럭무럭 자라났다.

진통이 시작됐다.
이른 새벽이었다. 술 취해 잠든 명호를 깨워 병원으로 갔다. 병원 문을 두드려 사람을 불러낸 후 겨우 아이를 낳았다. 딸이었다. 소식을 들은 두자가 올라왔다.

따라와라.

수선의 집안 사정을 뒤늦게 알게 된 두자가 망설이지 않고 말했다. 수선은 갓난아이를 안고 간단한 옷가지만 챙겨 시골 내려가는 버스를 탔다. 몸도 마음도 만신창이였다.

주정

깊은 관계를 원하던 때도 있었지. 근데 그런 게 다 무슨 소용인가 싶다. 니 마음 내 마음 다 다르고 니 깊이 내 깊이 다 다른데. 다른 게 화가 나서 싸우고 볶고 그만 끝내자 그랬지. 멍청하게. 멍청한 짓이지. 누구도 귀 기울여 듣지 않는 말을 혼자 지껄이면서 봉선은 눈물을 훔쳤다. 지긋지긋하다고 도망친 집. 채워지지 않는 마음. 남자의 침묵이 그리웠지만, 돌아가고 싶진 않았다. 내 인생이 어쩌다 이리 되었나 싶다가도, 아니, 나보다 좋은 인생이 어디 있나 싶기도 하고. 엄마 사랑은 못 받았어도 남자 사랑은 많이 받았지 싶다가도, 그게 정말 사랑이었을까, 사랑 아닌 줄 알았던 그게 진짜 사랑 아니었을까 싶고. 사랑은 그냥 말이고 글자지. 좋고, 애틋하고, 흥분되고, 미안하고, 원망스럽고, 밉고, 부끄럽고, 샘나고, 보고 싶고, 그런 것의 다른 말. 보고 싶은 수선이, 우리 엄마. 엄마를 떠올리면 오만 가지 생각이 다 들고. 무섭고 불쌍하고 미운데 자꾸 생각나고. 이기적인 것보다 더 나쁜 건 이중적인 거야. 이기적인 건 최소한 정직하거든. 우리 엄만 단 한 번도 이중적이지 않았어. 엄마 때문에 이해하는 방법 대신 인정하고 체념하는 법을 배웠지. 그거, 어마어마한 재산이야. 좋은 사람 되는 것보다 나쁜 사람 되는 데 더 많은 용기와 외로움이 필요하다는 것도 알았지. 내가 나쁜 년 해보니까 그거 하난 알겠더라. 안 그래? 다들 착한 척만 하면 나쁜 말은 누가 해? 누가 화내고 누가 야단치고 누가 관계를 끝장내지? 엄마는 늘 나빴어. 난 엄마 이해 안 해. 그래 난 썩을 년에 미친년이야. 나쁜 년. 헤픈 년이야. 나는 엄마 따위 절대 안 해. 자식새끼 있어 뭐해. 그딴 거 있어봤자 고생밖에 더 해? 이러나저러나 듣는 건 원망뿐이지……. 에이씨. 지랄맞게 보고 싶네. 엄마, 수선이, 우리 엄마.

12월 19일 a.m. 2:45

눈을 감고 있는지 뜨고 있는지, 숨을 쉬고 있는지 아닌지, 알 수가 없다. 이미 죽었는지, 아직 살아 있는지, 소방차가 도착했는지, 아직도 불이 타오르는지 다 타버렸는지, 칼을 든 남자가 실재했는지, 상상이었는지…….

축 늘어진 지혜의 가슴에 손을 올려본다.

나는, 나는 살아 있나?

까맣게 잊고 있던 옛 기억 사이사이를 부유하는 블루 플라이.

기억의 끄트머리에 보풀처럼 매달려 있던 사소한 기억들이, 꽃망울처럼 하나하나 터진다.

눈앞에 찬란한 꽃밭이 펼쳐진다.

저녁을 굶고 노을을 보며 학교 옥상을 서성이던 열여덟 살의 가을. 학교 앞에서 사 먹던 커다란 핫도그. 밤늦어 집에 돌아가던 길에 버릇처럼 찾던 큰개자리. 백조자리. 페가수스. 오리온. 계절마다 별이 참 잘 보였던 고향의 밤. 탁 트인 하늘. 알싸한 공기. 수학여행 갔을 때, 촌스러운 브로치를 사서 엄마들에게 선물했었다. 엄마들은 고맙다고 받아놓고 단 한 번도 그 브로치를 달지 않았다. 화장대 깊숙이 처박혀 있는 브로치를 볼 때마다 엄마들이 미웠지만, 스무 살 넘어서는 오히려, 그것들을 달지 않고 간직만 해준 엄마들에게 고맙다는 생각이 들었다. 동하에겐 비눗방울 장난감을 선물했었다. 유치하게 누가 이런 걸 해. 내가 애야? 화를 내면서도 동하는 그것을 버리지 않고 역시나, 책상 서랍 깊숙한 곳에 처박아뒀다. 삼 년 전엔가, 집에 내려가서 책상을 정리하다가 우연히 찾아낸 그 장난감. 뚜껑을 열고 후, 바람을 불자 탱글탱글한 비눗방울이 요술처럼 생겨났다. 창밖으로 고개를 내밀고서 수백 개의 비눗방울을 만들었다. 비눗방울은 바람 따라 방 안으로 들어오기도 했다. 그리고 금세 사라졌지. 그날 저녁 공기. 노란 노을. 옆집 개가 짖었다. 엄마들과 라면에 콩나물을 넣어 끓여 먹은 후 동네 초등학교 운동장으로 배드민턴을 치러 나갔다. 운동장이 품은 아련하고도 아픈, 잊고 싶은 기억. 하지만 평생 잊을 수 없는 기억들이 해질녘 가로등처럼 하나하나 켜졌다. 엄마들과 삼각형 모양으로 서서 공을 주고받았다. 모두 말이 없었다. 머릿속으로 피타고라스 정리를 기억해내려고 애쓰다가 포기했다. 삼각형에 관해 떠올릴 생각이라곤 피타고라스 정리밖에 없는 내가 너무 시시했다. 어두워져 공이 안 보일 때까지 배드민턴은 계속됐다. 까만 허공에 삼각형을 그리며 날아다니던 셔틀콕. 자기 몫의 공을 묵묵히 받아 치던 엄마들. 머리 위에 펼쳐진 까만 우주. 하늘로 하늘로 올라갈수록 작아지는 셔틀콕과 엄마들과 학교와 운동장과 나무들. 그때가 너무 생생히 떠오른다. 결국 죽나? 유치원 여름방학 때 물에 빠져 죽을 뻔했다. 머리 위에서 찰랑이던 푸른 물. 차에 치여 크게 다친 적도 있다. 열두 살 때인가. 두 달 넘게 병원에 있었다. 죽을 고비를 두 번이나 넘겼다고, 정말 질긴 명이라고 웃으면서 지껄이곤 했다. 살아서, 죽을 고비를 세 번이나 넘겼다고 웃으면서 지껄여야 하는데. ……. 84년생이면 몇 살이지?

 지혜의 입이 크게 벌어진다.

대답 없는 질문

썩을 년.

집으로 돌아온 봉선을 보고 두자가 처음 던진 말이었다. 봉선은 두자 앞에서 쭈뼛거리며 울지도 웃지도 않다가, 수선과 아기를 보고는 펑펑 울었다. 아기는 작고 쪼글쪼글한 눈으로 수선과 봉선을 번갈아 쳐다봤다.

마이 아팠나.

아기 젖을 먹이는 수선 옆에 앉아 봉선이 물었다.

애 낳아보니 어떻노.

봉선이 다시 물었다.

니는 결혼 안 하나.

수선이 되물었다.

결혼하니 좋나.

두 사람은 대답 없이 질문만 주고받았다.

만나는 남자 있다 안 했나.

야는 누굴 닮았노.

집에 아주 온 기가.

니는 언제 올라가는데.

나이 많은 남자 만난다 안 했나.

수선이 목소리를 낮춰 물었다.

아가 진짜 쪼만하네.

두 사람은 답 없는 물음을 멈추고 나란히 아기를 내려다봤다. 아기는 야무진 표정으로 수선의 젖을 빨아 당기고 있었다.

아가 이쁘긴 이쁘다.

봉선이 말했다. 수선은 아기가 너무 예쁘다거나, 미치도록 사랑스럽다거나, 목숨보다 소중하다는 생각은 안 들었다. 산을 또 하나 넘었다는 생각뿐이었다.

야가 우리 나이가 되면.

봉선이 아기의 볼을 살살 쓰다듬으며 중얼거렸다.

좀 다를까.

뭐가.

그냥, 사는 게.

멀고 먼 옛날

수선이 아기를 낳은 해는 전두환 대통령의 임기 마지막 해였다. 전두환은 자신이 대통령에 뽑힌 방식 그대로 다음 대통령을 선출하겠다고 발표했다. 호헌에 반대하는 사람들의 반대 운동이 일어났다. 경찰이 고문과 최루탄으로 학생을 죽이는 현실에 사람들은 분노했다. 6월 10일, 민정당이 대통령 후보로 노태우를 지명한 것을 계기로 수십만 명의 학생과 종교인과 노동자가 뭉친 시위가 일어났다. 수선은 6월 항쟁이 있은 다음에야 80년 광주에서 무슨 일이 있었는지 알게 되었다. 그 전까지는 그저, 광주에서 난리가 있었다는 소문만 겨우 들었던 터였다. 우리나라 군인이 광주 사람들을 어마어마하게 죽였다더라, 탱크도 쏘고 총도 쐈다더라, 나라에서 광주에 들어가지도 못하게 하고 전화선도 다 끊어서 그곳에서 무슨 일이 있었는지 제대로 아는 사람이 없다더라, 정도였다. 탱크와 총과 군인 얘기에 두자는 수십 년 전의 전쟁을 떠올렸다. 아직도 총 쏘고 대포 쏘는 종자들이 있냐. 두자가 흐릿하게 말했다. 수선은 처음으로 엄마가 살아온 세월에 대해 상상했다. 엄마가 겪은 전쟁과 가난. 엄마의 고향. 엄마의 유년. 엄마가 내 아이보다 더 조그맣던, 멀고 먼 옛날.

엄마.

수선이 방 안에 앉아 아기 기저귀를 갈며 두자를 불렀다.

엄마는 우리 낳았을 때 기분이 어땠나?

광목의 가장자리를 꿰매 기저귀를 만들던 두자의 표정이 살짝 일그러졌다. 그 표정이 대답을 대신했다. 결혼하기 전에, 자기 친아버지는 누구냐고 물어본 적이 있었다. 두자는 그깟 거 알아서 뭐하려느냐고 버럭 소리를 질렀었다. 그딴 말은 평생 입 밖에 내지 말라고 했다. 수선이 낳은 아기에게도 제 외할아버지를 닮은 구석이 있을 것이었다. 남편이나 시댁 식구들, 엄마나 자기를 아무리 떠올려도 떠오르지 않는 어떤 부분은 분명, 외할아버지에게서 온 것일 거였다.

얘 외할아버지는.

수선이 아기에게 새 옷을 입히며 다시 입을 열었다.

아직 살아 있을까?

두자가 문밖으로 광목을 내어 탈탈 털었다. 자잘한 먼지가 햇살 사이를 둥둥 떠다녔다.

말조심해라.

옷에 묻은 하얀 실밥을 하나하나 뜯어내며 두자가 낮은 소리로 말했다.

아 듣는다.

웃는 엄마

두자가 간신히 선 자리를 잡아오자마자, 봉선은 기다렸다는 듯 바로 집을 나갔다. 명호는 형님 집에 얹혀살며 직장을 잡았고, 수선은 친정에 살면서 다시 공장 일을 시작했다. 돈을 모아 집을 장만할 때까진 따로 살 수밖에 없었다. 두자는 집 안에 재봉틀을 들여놓고 싼값에 뗀 인견으로 옷을 만들어 장날마다 내다 팔았다. 아기 돌도 그냥 지나갔다. 사진 한 장 남기지 않았다. 그런 걸 챙겨야 한다고 생각하는 사람은 아무도 없었다. 봉선만이 잊지 않고 하얀 아기 신발을 보내왔다. 수선은 아기에게 하얀 신을 신기고 포대기로 둘러업고서 동네 강가로 나갔다. 꽃샘추위가 갓 지난 초봄이었다. 바람이 제법 차가웠다. 아기는 등에 업힌 채 한참을 칭얼거리다 잠들었다.

어릴 때 기억이 얼핏 났다. 몇 살인지도 모르겠다. 누추한 움막이었다. 불이 났었다. 엄마가 잠에서 덜 깬 봉선이와 자기를 움막 밖으로 몰아냈고, 문밖에 있던 남자가 자기를 마당까지 끌어냈다. 엄마는 불 속에 갇힌 채 누군가의 이름을 애타게 불렀었다. 꿈일까. 그런 일이 정말 있었나. 분간할 수 없었다. 엄마에게 물어볼 수도 있었지만, 그러지 못했다. 옛날 일을 물어보면 엄마는 화를 냈다. 알고 싶은 것, 알아야만 하는 것들도 짐작만 하며 살았다. 꼭 옛날 일을 물어볼 때만이 아니었다. 엄마는 대부분 화만 냈다. 왜 그랬을까? 언제나 미간을 찡그리고, 쩌렁쩌렁한 목소리로, 모두가 자기를 위협이라도 하는 듯, 손에 칼이라도 쥐어주면 원 없이 휘두를 것처럼. 언제나 그런 사람이었기에 수선은 엄마가 왜 그럴까라는 생각도 안 하고 살았다. 엄마는 처음부터, 그러니까 엄마 배 속에서부터 그랬을 것 같았다. 태아 때도, 갓난애일 때도, 미간을 찡그리고 거친 말만 내뱉으며 한 번도 웃지 않고 화만 냈을 것 같았다. 아기처럼 칭얼대고 환하게 웃고, 누군가의 보살핌을 받는 엄마는 상상도 할 수 없었다. 하지만 자기한테는 늘 화를 내는 엄마도, 아기를 달랠 때는 종종 웃었다. 그 모습이 너무 낯설어서 수선은 괜히 고개를 돌리곤 했다.

강가에서 돌아와 보니 아기의 양 볼이 발갛게 얼어 있었다. 동상에 걸릴 만큼 찬바람은 아니었는데. 발갛게 얼어 화끈거리는 아기의 볼을 보고 두자가 쩌렁쩌렁 화를 냈다. 아직 날도 안 풀렸는데 어린애를 업고 싸돌아다니는 정신 나간 년이 어디 있느냐고. 두자는 생강 끓인 물을 적당히 식혀 아기 볼에 발라주면서, 내가 무슨 팔자로 친손녀도 아니고 외손녀 뒤치다꺼리를 하고 있는지 모르겠다고 구시렁거렸다.

명호는 한 달에 한 번씩 수선과 아기를 보러 시골에 내려왔다. 단칸방이라도 얻어서 처자식이랑 같이 살아야 되는 것 아니냐고 두자가 물어보면, 명호는 가타부타 말없이 마른세수만 했다. 서울 주택 값이 폭등했다는 소식이야 두자도 수선도 익히 들어 알고 있었다. 수선은 명호가 무슨 일을 하는지, 월급을 얼마나 받는지도 몰랐다. 건설 자재 납품 관련 일을 한다고는 들었는데, 구체적으로 어떤 일인지 들을 때마다 까먹었다. 물어봤던 것을 또 물어보기도 미안하고, 들어봤자 또 까먹을 것 같아 다시 묻기도 꺼려졌다. 그저 때가 되면 같이 살겠지, 하고 막연하게 생각했다. 따로 살아 불편한 점도 딱히 없었다. 처녀 때로 되돌아간 것 같았다. 다시 시작한 공장 일은 좋지도 싫지도 않았다. 지겹도록 해오던 일이었다. 이게 내 팔자인가 보다. 이 생각만 종종 했다. 어느 날부턴가 돈이 원수란 말을 습관처럼 중얼거리게 됐는데, 그 말은 원래 두자가 자주 하던 말이었다.

내가 너라면

수선이 공장으로 다시 돌아온 것처럼, 시집가서 아기 낳고 다시 공장으로 돌아온 여자들도 많았다. 그중에 혜순이 있었다. 새하얀 피부도, 오뚝한 콧날도 그대로였다. 한동네 남자와 결혼해 일을 쉬다가 다시 일을 시작한 지 얼마 되지 않았다고 했다. 처음 혜순을 봤을 때, 수선은 가슴 떨리던 예전 그 아침이 떠올라 잠시 얼굴을 붉혔다. 강팍했던 성격은 제법 둥글둥글해져 있었다. 강원도로 시집갔다고 들었는데, 어찌 된 일이냐고 혜순이 물었다. 그동안 있었던 일을 짧은 말로 다 할 수가 없어서 수선은 그저 웃었다.

혜순과 수선의 근무시간은 정반대였다. 수선은 이 주 연속 야간 근무를 해서 혜순과 근무시간을 맞췄다. 혜순은 남편과 연애결혼을 했다고 했다. 결혼하기 전에 애가 들어서 욕도 많이 들었다고 했다. 애 키우면서 일하느라 하루하루 정신이 없다고 했다. 애는 이제 다섯 살이 되었는데, 바깥에만 나가면 어디 한 군데씩 다쳐서 들어올 정도로 장난이 심하다고 했다. 자기 얘기로 시작한 대화도 남편과 아들 얘기로 끝나버렸다. 혜순이 자꾸 남편과 아들 얘기를 하는 게 별로 반갑진 않았지만, 때문에 더욱 친해질 수 있어 좋았다.

뜨거운 빛이 내려쬐는 한여름 아침, 야근을 마치고 수선과 같이 공장에서 나오던 혜순이 하얀 양산을 펴 들었다. 양산 속으로 수선을 끌어당기며 혜순이 말했다.

가는 길에 도랑 들렀다 안 갈래? 날도 더분데. 발이나 담갔다 가자.

혜순이 자연스럽게 수선의 팔에 제 팔을 걸었다. 수선은 좋다 싫다 말 없이 혜순을 따라 걸었다. 장마 끝난 지 얼마 지나지 않아 강물은 적당히 불어 있었다. 아침부터 놀러 나온 꼬마 애들이 발가벗은 채 고기를 잡으며 놀고 있었다. 강가를 따라 걸으며 이런저런 이야기를 나누다가 나무 그늘 아래에 자리를 잡았다. 혜순은 신발과 양말을 벗고 강물에 발을 담갔다. 투명한 강물이 혜순의 작은 발을 매만지며 졸졸 흘러갔다. 잔바람에 버드나무 잎이 흔들릴 때마다 혜순의 하얀 살 위로 수십 개의 검은 꽃이 피고 졌다. 혜순은 에구구구 소리를 내며 커다란 돌 위에 몸을 반쯤 누이고 눈을 감았다. 수선이 그 위로 양산을 드리워줬다. 아랫물에서 놀던 아이들의 고함 소리가 점점 멀어졌다. 두 팔을 늘어트린 채 누워 있던 혜순이 이내 얕은 소리로 코를 골기 시작했다. 물에 젖은 혜순의 발가락이 자글자글한 여름 햇살을 유리처럼 튕겨냈다.

잠든 혜순을 가만히 내려다보던 수선이 가슴에 손을 올리고 큰 숨을 내뱉었다.

죽을병에 걸렸나.

뛰는 심장을 감당할 수 없다는 듯, 목소리가 심하게 떨렸다. 깊은 물속에 잠겨 있던 마음이 급작스레 수면 위로 떠올랐다.

가슴에 머물고 입술을 스치고 작은 몸을 어루만지는 햇살이면 좋겠다. 남녀 없고 내남 없는 빗물이면, 바람이면, 말갛게 흐르는 저 강물이라면.

먼 곳에서 매미 우는 소리가 들렸다.

수년간 땅속에 처박혀 있다가 짝을 찾아 밖으로 나온 매미였다.

12월 19일 a.m. 2:46

기도해줘.
지혜의 입이 그렇게 말하고 있다.
다시 한 번 천천히, 힘겹게 벌어지는 입술.
기도해줘.

허락

　오 년만 더 고생하자.

　오랜만에 수선을 보러 온 명호가 말했다. 회사 동료와 회로기판에 쓰이는 부품 납품업을 할 생각이라고 했다. 지금처럼 회사 월급만 모아선 집 한 채 구하는 데 십 년도 넘게 걸릴 거야. 마침 뜻 맞는 친구도 있고, 모아둔 돈에 회사 인맥 좀 동원하면 잘될 것 같기도 해. 전자 기기는 절대 사라질 리 없고 앞으로 점점 많아질 테니까, 분명 성공할 거야. 자리 잡는 데 얼마 안 걸려. 조금만 기다려봐.

　명호는 혼자 모든 걸 결정하고 사무실까지 얻은 상태에서 수선에게 통보만 했다. 구멍가게를 하겠다는 것도 아니고 엄연히 공장

딸린 사업인데, 어디에서 얼마나 많은 돈을 끌어 썼는지 수선은 알 수 없었다. 물어본다고 제대로 대답을 해줄 것 같지도 않았다. 두자는 걱정 섞인 말만 늘어놓았다. 버는 대로 모아서 집 사고 애 키울 생각은 안 하고, 일만 벌였다가 혹시라도 잘못돼서 다 날려버리면 어쩌려는 거냐고. 돈 많고 땅 많다고 왕처럼 떵떵거리다가도 전쟁 통에 거지꼴 되는 사람 여럿 본 두자였다. 걱정은 두자의 유일한 무기였다. 그건 수선도 마찬가지였다. 하지만 남편 일에 이래라저래라 참견하고 싶지 않았다. 섣불리 참견했다가 괜한 원망을 듣거나 무시당하고 싶지 않은 마음. 그 마음이 가장 컸다.

그리고 혜순이.

혜순이 곁을 떠나고 싶지 않았다.

남편에게선 느껴보지 못한 설렘과 절망. 갈구와 체념. 만지고 안고 안기고 싶다는 몸의 호소. 평생 모른 척, 아닌 척 살 수도 있을 것이다. 여태 그렇게 살았다. 말 잘 듣는 딸, 나쁜 소리 한 번 안 하는 아내로. 그런데도, 아니 그래서, 바보 등신 소리도 심심찮게 들었다. 남편은 날 사랑할까? 엄마는 날 사랑하나? 이들도…… 사랑을 할까? 눈물이 와락 쏟아졌다. 사랑과 실연이 동시에 들이닥쳐 자리다툼을 하기 시작했다. 명호가 헛기침을 하며 담배를 꺼내 물었다. 잔뜩 찌푸린 얼굴로 혼잣말을 구시렁거리던 두자가 수선의 등짝을 찰싹, 때렸다.

울지 마라, 이년아. 부정 탄다. 큰일 하겠다는 사람 앞에서. 재수 없게.

장례

문민정부가 수립되자 정부의 주요 자리 대부분을 서울대 출신이 차지했다. 자식 교육이 계급 상승의 유일한 사다리라 믿던 엄마들의 생각은 사실이 되었다. 서태지와 아이들의 〈교실 이데아〉가 전국을 뒤흔들었다. '왜 바꾸진 않고 마음을 조이고 젊은 날을 헤맬까' 라는 그들의 외침에 아이들은 열광했지만, 열광하는 중에도 책상 앞엔 '사당오락' 이란 글자를 써 붙였다.

인근 소도시에서 중고품 매매업을 하던 태철의 둘째 아들이 두 아들과 아내를 데리고 시골로 내려왔다. 과수원을 하고 싶다고 했다. 부모님은 자기들이 모시고 살겠다며 일단 집을 새로 짓자고 했다. 수선은 아이를 데리고 공장 근처에 사글세를 얻어 나왔다. 오빠네 가족이 들어간 집에 계속 있을 순 없었다. 수선이 얻은 방은 주인집 옆에 판자로 이어붙인 작고 볼품없는 방이었다. 시멘트로 대충 만든 입식 부엌에 끈끈이를 놓아두면 하루건너 한 마리씩 산 채로 버둥거리는 쥐가 잡혔다. 아이는 주인집 마당에서 혼자서도 잘 놀았다. 가끔 칭얼거리다가도 수선이 조금만 엄한 표정을 지으면 곧 울음을 멈췄다. 야근을 하는 밤엔 아이를 두자에게 맡겼다.

시어머니가 돌아가셨다는 연락이 왔다. 급히 기차를 타고 서울로 올라갔다. 그 흔한 감기 한 번 안 걸리던 사람이었다. 일흔이 넘도록 정정해서, 백 살까지는 거뜬히 살 거라고, 당신도 자신하고 주변 사람들도 확신했었다. 그런 사람이 밥을 잘못 넘겨 죽었다고 했다. 소화제 먹고 잠들었는데, 깨어나질 않았다고 했다. 장례식장에 모인 자식들 모두 넋을 놓고 통곡했다. 큰딸은, 우리 엄마가 이렇게 가셨을 리 없다며 발악하다가 제 풀에 지쳐 실신했다. 첫날엔 정신을 못 차리고 엄마 따라 죽을 듯 오열하던 자식들도 둘째 날 넘어가고 셋째 날 되자 종종 농담도 하고 웃기도 했다. 그러다 염을 하고 발인을 할 땐 다시 세상 무너진 듯 울었다.

장례를 치른 후에야 수선은, 명호가 반년 전에 전셋집을 구해놨다는 사실을 알게 됐다. 집을 구해놓고도 자기에게 말을 안 했다는 건, 명호 역시 수선과 같이 사는 것을 원치 않았거나, 그런 말을 전할 여유도 없을 만큼 바빴다는 뜻이었다. 관련 업체들이 줄줄이 도산하던 때였고, 명호도 곧 종잇장이 될 어음만 한가득 들고 있었다. 전세를 구해놓고 보름도 안 돼 그 집을 담보로 빚을 졌다고, 하루하루 상황이 너무 급박한 데다 언제 쫓겨날지 알 수 없어 차마 말할 수 없었다는 명호의 변명을 수선은 묵묵히 들었다. 형님을 도와 시어머니 유품을 정리한 후 명호가 구해놨다는 전셋집에 가봤다. 18평 빌라였다. 신혼집으로 얻었던, 물이 새고 벽이 갈라졌던 빌라와 비슷한 구조였다. 그때 생각을 하지 않을 수 없었다. 방구석에 누워 단잠을 자던 오후. 하늘을 둥둥 떠다니던 꿈. 배 속에 있던 태아는 어느새 훌쩍 자라 벌써 계절을 알고 숫자를 알고, 곧 글씨도 배울 터였다.

집엔 의외로 많은 가재도구와 살림이 들어차 있었다. 수선이 처음 본 옷들, 이불들, 가구들, 그릇들. 언제 그런 취미가 생겼는지, 명호는 베란다와 거실 한편을 기괴한 모양의 수석으로 가득 채워 놓고 살고 있었다. 일렬로 늘어져 있는 크고 작은 수석을 쳐다보고 있으려니 마음이 무거워졌다. 남편과 수선이 공평히 토해내야 할 고통과 비슷한 무게의 돌들이었다.

만나는 여자가 있어.
명호가 말했다.
오래 만났어.
못을 박듯 덧붙였다.
어머니도 돌아가셨으니까…….
불필요한 덧붙임이었다. 수선은 무덤덤한 표정으로 명호의 말을 들었다. 오랫동안 기다려온 편지를 받아 든 사람처럼 손끝이 아주 조금, 떨렸다.

12월 19일 a.m. 2:47

너부러진 지혜의 손을 잡고 입속으로 말을 굴린다.

살려달라고.

제발 살려달라고.

모로 쓰러지면서도 꼭 잡은 지혜의 손을 놓지 않는다. 두서없는 기억이 질서 없이 떠오른다. 모든 게 너무 선명해서 기억이 현실 같고 현실이 기억 같다. 나는 스무 살이었다가 열일곱 살이었다가 스물세 살이었다가 여섯 살이 된다. 야근을 하고 아침에 퇴근한 엄마가 나를 흔들어 깨운다. 나는 외갓집에서 자고 있었다. 엄마 손을 잡고 집에 오는 사이 잠이 다 깼다. 골목길 가득, 비린 물 냄새와 젖은 이끼 냄새가 아우성이다.

엄마, 비 왔어?

엄마가 고개를 끄덕인다.

언제 왔어?

엄마는 대답 없이 내 손을 바짝 끌어당긴다. 물웅덩이에 한쪽 발이 빠져서 흰 샌들이 더러워진다. 발가락 사이사이 잔모래가 끼었다. 발을 땅에 디딜 때마다 뻑뻑 소리가 난다. 나는 물웅덩이 밟고 다니는 걸 아주 좋아했지만 엄마는 절대 못 그러게 했다. 나는 실수인 척 물웅덩이를 자꾸 밟는다. 엄마가 신경질을 낸다. 똑바로 보고 걸으라고 한다. 엄만 알았을까? 내가 일부러 물웅덩이에 빠져놓곤 실수인 척 연기한다는 걸, 엄마는 알고 있었을까?

집에 도착하자마자 엄마는 마당 수돗가에 쪼그려 앉아 내 발에 물을 한 바가지 퍼붓는다. 몸을 부르르 떤다. 오싹하면서도 시원하다. 엄마가 대충 세수를 하는 사이 나는 마당 구석에 쪼그려 앉아 오줌을 눈다. 노란 뱀 같은 오줌이 하수구 구멍으로 스멀스멀 기어간다. 엄마는 대야에 담긴 물을 내가 오줌 눈 자리에 쫙 뿌린 후, 주머니에서 열쇠를 꺼내 문에 달린 자물쇠를 연다. 엄마 키보다 조금 큰 갈색 나무 문. 방 안엔 늘 이불이 깔려 있다. 두꺼운 커튼이 쳐진 방 안은 우주처럼 깜깜하다. 엄마는 청바지를 훌훌 벗어던지고 팬티만 입은 채 이불 위에 드러눕는다. 나도 엄마 옆에 눕는다. 엄마가 잠들려고 해서 나는 울음을 터트린다. 엄마가 내 두 손을 자기 두 눈 위에 얹는다. '울지 마'라는 무언의 신호. 내가 울 때마다 엄마는 눈을 감고 그 위에 내 손을 얹었다. 나는 손바닥 아래에서 데굴데굴 구르는 눈동자를 느끼며 울음을 참았다. 내가 큰 소리로 울 때마다 얇은 벽 너머에 사는 주인집 아줌마가 벽을 쿵쿵 치며 신경질을 냈다. 때론 우리 방까지 쫓아와서 자기 아들 공부하는데 왜 방해를 하느냐고 야단을 쳤다. 엄마는 미안하다는 말을 잘 하지 않는 사람이었다. 대신 주인집 아줌마 앞에서 내 등짝을 세게 갈겼다. 엄마가 등짝을 때릴 때마다 나는 울고 싶으면서도 울고 싶지 않았다. 울고 싶으면서도 울기 싫을 때 만져보는 엄마의 눈두덩은 늘 차고 건조했다.

엄마 옆에 누워 검고 두꺼운 커튼 너머를 상상한다. 엄마가 잠들면 마당에 나가 그림 그리고 놀아야지. 크고 둥그런 엄마 눈을 그려야지. 데굴데굴 굴러다니는 엄마 눈을. 엄마가 작은 소리로 코를 골기 시작한다. 통통통. 누군가가 나무 문을 두드린다. 나는 벌떡 일어나 백설공주처럼 한 치의 망설임도 없이 문을 열어젖힌다. 밝은 빛이 한꺼번에 몰려들어온다. 문밖엔 엄마와 똑같이 생긴 사람이 서 있었다. 나보다 작은 꼬마의 손을 잡고.

내 생애 첫 기억.

모든 기억은 그다음부터 이어진다.

(3부)
……

영영
끝나지
않을
이 노래

은하

    수선과 봉선은 단칸방에서 두 아이를 키우며 다시금 예전처럼, 밤낮 교대로 공장에 다녔다. 두 아이는 친엄마를 구분하지 않고 수선과 봉선을 모두 엄마라고 불렀다. 봉선이 머리가 새카만 아이의 손을 잡고 나타났을 때, 두자는 싸리비로 봉선의 몸뚱이를 내려치면서 당장 나가 죽으라고 울며불며 소리를 질러댔다. 몇 년 후 수선의 이혼 사실을 뒤늦게 알았을 때는 다 같이 죽어버리자며 밤새 앞마당의 흙을 종아리까지 파헤치기도 했다. 구덩이 속에 자빠진 채로 봉선은 질질 울기만 했고, 수선은 두자 손에 들린 낡은 삽을 뺏어 내팽개치며 고함을 질렀다. 제대로 살아보겠다고, 살자고 갈라서고 애 낳은 우리를 왜 못 죽여서 이 발광이야! 죽일 거였으면 진즉에 죽였어야지! 아예 낳질 말았어야지! 새하얗게 질린 목소리로 쏘아대는 수선 앞에서 두자는 잠시 넋을 놓았다. 봉선이도 아니고, 수선이었다. 엄마에게 대들면 세상이 두 쪽이라도 나는 줄 알았던, 군말 없이 시키는 대로만 하던, 고분고분했던 수선이. 쌍둥이와 같이 죽어버리겠다고 집에 불을 질렀던 먼 옛날이 떠올랐다. 내가 도둑질을 했느냐, 사람을 죽였느냐 울부짖으며 동네 사람들을 향해 바락바락 소리를 지르던 그때. 태철의 손을 물어뜯던 한겨울. 괭이를 들고 경중경중 뛰던 새엄마. 가파르게 치솟는 낯선 기억들. 봉선의 손을 잡아끌고 구덩이 밖으로 나온 수선이 옷에 묻은 흙을 사납게 털어냈다.

이년들아. 천지 분간 못하는 동네 똥개만도 못한 망나니 년들아.

정신을 차린 두자가 다시 험한 말을 뱉어냈다.

애비 없는 새끼를 둘씩이나, 둘씩이나 달고 니들이 이 더러운 세상을 어쩌겠단 말이노. 제정신이면 그래 못 산다. 아직도 세상을 그래 몰라가, 니들이. 미친년들. 얼빠진 년들. 접시 물에 코 빠져 죽으면서도 실실 웃고 자빠질 년들아.

힘도 독기도 노여움도 없는 목소리였다.

두자가 파놓은 구덩이엔 쌍둥이 대신 김장독이 들어갔다. 담벼락 아래에 김장독을 파묻었던 여느 때와는 달리 마당 한가운데 봉긋이 드러난 장독 뚜껑에 걸려 태철은 겨울 내내 수십 번씩 언 바닥에 무릎을 찧었다. 죽일 년, 망할 년, 하고 버릇처럼 중얼거리면서도 두자는 김장독에서 꺼낸 김치를 찢어 외손들의 쌀밥 위에 척

척 올려놓았다. 두 아이는 또래의 다른 아이들과 달리 반찬 투정도 않고 떼도 안 쓰고, 주는 대로 받아먹고 저들끼리 도란도란 잘 놀았다. 서로의 입에 밥을 떠주던, 가르치지 않아도 말을 배우고 놀이를 배우고 엄마를 배워버린 쌍둥이 어릴 때와 너무 비슷해서, 두자는 두 아이를 볼 때마다 옛 기억에 시달렸다. 이미 늙은 스스로가 낯설어 어색했고, 지난 세월은 모두 능청스러운 이야기꾼의 그럴듯한 거짓말 같았다.

1997년 말, 최악의 외환위기를 겪던 한국은 결국 IMF 관리 밑에 들어갔다. 위태위태하던 명호의 사업도 단번에 무너져버렸다. 기업의 연쇄 부도로 직장을 잃은 사람들이 기하급수적으로 늘어났지만, 일부 부유층은 고금리 혜택으로 더 많은 부를 축적했다. 살기 어려워지자 전쟁 후와 비슷한 이유로, 사회는 다시금 강한 어머니와 현모양처를 강조하기 시작했다. 자신의 욕구와 감정은 억누르고 자식과 가정을 위해 헌신하는 어머니가 주인공인 드라마가 쏟아졌다. 전통적인 어머니상과는 먼, 수다스럽고 욕심 많고 억척스럽고 무식한 엄마들에겐 '아줌마'라는 이름을 덧씌우고 무시하며 욕했다. 사회가 원하는 건 아줌마가 아닌, 오직 헌신과 희생밖에 모르는 엄마였다. '보리밥이 더 맛있다'고 말하던 엄마는 '자장면은 싫다'고 말하는 엄마로 바뀌었다. 아름다운 엄마란, 나눠 먹는 방법을 가르치는 엄마가 아니라 오직 내 자식에게만 모든 것을 먹이는 엄마였다.

우리 엄마들은 안 그런데?

열 살 된 은하가 천연덕스럽게 말했다.

단무지 그릇 좀 더 달라고 해서, 이렇게, 한 젓가락씩 나눠 먹어. 음식은 원래 누구랑 같이 먹어야 최고 맛있는 거라고 엄마들이 그랬어. 아무리 맛있는 거라도 혼자 먹는 건 맛없대.

거짓말

엄마들 중 한 명은 늘 어두운 방 안에 두꺼운 커튼을 쳐놓고 낮에 잠을 잤기 때문에, 집 안에선 언제나 조용히 말하고 밥 먹고 놀아야 했다. 은하는 동하를 데리고 동네 곳곳의 평평한 흙바닥을 찾아다니며 곧 지워지고 말 그림을 그리면서 두어 살을 훌쩍 먹어 버렸다. 초등학교에 입학하자 아빠 없는 애라고 은하를 놀리는 애들이 나타났다. 그렇지만 난 엄마가 둘이야! 은하는 봉선이 가르쳐준 대로 당차게 대꾸했다. 학년이 올라갈수록 혼자 해내기 버거운 숙제가 많아졌다. 가족 일기 쓰기. 연극, 미술 전람회나 박물관 관람하기. 부모님과 여행하고 여행 일기 쓰기. 부모님 직장에 따라가 일해보고 체험기 쓰기. 엄마는 둘이나 있었지만 둘 다 너무 바쁘고 피곤해했으니까, 부모님과 함께 해야 하는 숙제는 대부분 안 해 가고 말았다. 교실 청소에서부터 소풍이나 운동회까지, 어떤 부모들은 학생보다 열심히 학교를 드나들었다. 부지런한 부모를 둔 학생을 유독 더 예뻐하는 선생님을 보면서, 은하는 불공평하다는 단어를 흙바닥에 자주 쓰곤 했다.

　은하가 열두 살 되던 해 봄이었다. 엄마들이 다시 짐을 싸기 시작했다.

　우리 또 이사 가?

　은하가 물었다. 엄마들이 고개를 끄덕였다. 짐은 별로 없었다. 식탁이니, 책상이니, 소파니, 침대니, 그런 건 공간만 차지하고 이사할 때 짐만 될 뿐이었다. 개다리소반은 밥상이자 책상이었고, 이불은 침대처럼 늘 방바닥에 깔려 있었다.

　어디로 가는데? 멀리 가?

　은하가 다시 물었다.

　아니, 사거리 버스 정류장 뒷골목에 교회 하나 있잖나. 그 뒷골목 맨 끝에 양옥 하나 있거든. 거로 가. 거는 방이 두 개니까, 여보다는 살기 좋을 기라.

　엄마들 중 하나가 심드렁하게 대꾸했다. 은하는 동하 손을 잡고 엄마가 가르쳐준 집으로 달려갔다. 사거리 교회면 그리 멀지 않은 곳이었다. 교회 뒷골목 끝까지 가니 정말 낡은 양옥 한 채가 있었다. 철제문에 매달려 집 안을 훔쳐봤다. 콘크리트로 덮인 마당엔 초록색 이끼가 덕지덕지 껴 있었고, 바닥부터 자란 담쟁이덩굴이 옥상까지 자라 있었다. 한여름에도 팔뚝에 소름이 으스스 돋을 것처럼 그늘져 보이는 집이었지만, 그런 곳이라 할지라도 일단 양옥이란 게, 지하나 단칸방이 아니라 버젓한 집이라는 게 은하를 설레게 했다. 담장을 빙 둘러보며 창문 개수를 세어봤다. 엄마 말과는 달리 방이 적어도 세 개는 될 것 같았다. 엄마들이 무진장 일을 하더니 결국 우리도 양옥에서 사는구나! 말할 수 없이 기분이 좋아졌다.

골목 입구에서 누군가가 은하 이름을 불렀다. 같은 학교였지만 같은 반은 아닌, 피아노 학원에서 몇 번 봤지만 말을 나눠본 적은 없는 아이, 다혜였다.

우리 내일 이 집으로 이사 와!

은하가 철제 대문을 가리키며 잔뜩 흥분한 목소리로 말했다. 은하 말을 듣고 다혜가 냉큼 달려왔다.

진짜? 우리 집은 저긴데!

다혜가 골목 입구를 가리키며 말했다.

우리 이제 학원에서 같이 오면 되겠다!

응. 응. 그럼 되겠다.

이사하면 너네 집에 놀러 가도 돼?

다혜가 철제문 안을 엿보며 말했다. 은하가 고개를 크게 끄덕이며 대꾸했다. 그럼, 그럼. 아, 양옥에 산다는 건 정말 멋진 일이구나. 이렇게 뚝딱 친구도 사귀게 되고 말이야. 동하 손을 잡고 골목을 빠져나오며 은하는 생각했다. 언제나 조금쯤 구겨져 있던 마음이 느닷없이 활짝 펼쳐진 기분이었다.

다음 날, 피아노 학원을 마친 후 다혜와 손을 잡고 깡충깡충 뛰며 이사할 집으로 갔다. 다혜는 골목 입구에 자리한 자기 집으로 들어가며 책가방만 놔두고 놀러 가겠다고 했다. 다혜와 헤어진 후 은하는 양옥으로 부리나케 달려갔다. 생애 처음 갖게 될 자기 방을 얼른 보고 싶어서 목구멍이 간질간질했다. 철제 대문은 활짝 열려 있었다. 문이 닫혀 있을 땐 보지 못했던 화분과 수돗가와 옥상으로 올라가는 돌계단이 한눈에 들어왔다. 눈에 익은 이삿짐이 마당 구석에 놓여 있었다. 엄마들과 아저씨 한 명이 집 안으로 짐을 옮기고 있었는데, 이상도 하지, 엄마들은 양옥이 아니라 양옥 옆에 붙은 판잣집에 드나들고 있었다. 은하는 번뜩 깨달았다. 엄마들에게 물어볼 필요도 없었다. 은하가 살 집은 양옥이 아니라, 양옥 옆에 씹다 만 껌처럼 붙어 있는 판잣집이었다. 은하는 가방도 내려놓지 않고 바로 골목으로 나갔다. 다혜가 자기 집 대문을 열고 나오고 있었다. 야야. 엄마가 아직 이사 덜 했다고 들어오지 말래. 다혜에게 쪼르르 달려가 급히 말했다. 나보고도 빨리 들어와서 방 정리 하래. 오늘은 같이 못 놀겠다. 거짓말이 술술 나왔다. 너 혼자 방 써? 다혜가 물었다. 은하는 망설이지도 않고 고개를 끄덕였다. 좋겠다, 나는 동생이랑 같이 쓰는데! 다혜가 입술을 삐죽이며 대꾸했다. 다혜를 떼어놓고 다시 집으로 들어가 대문을 쾅 닫았다. 다음 날부터는 학원에도 안 나갔다. 다혜가 친한 척할까 봐 겁났다. 학교에서 마주치면 일부러 못 본 척했다. 이틀 동안 세계 최고로 친한 사이였던 은하와 다혜는 다시 데면데면한 사이로 돌아갔다.

그 전까지는 셋방에 사는 걸 한 번도 부끄러워한 적 없었는데, 그날부터 셋방에서 사는 게 너무 부끄러워졌다. 은하가 부끄러워한 게 자기의 거짓말인지, 좁은 셋방인지 모르겠지만, 아무튼 은하는 그때 생애 처음으로 계급이랄까, 그런 걸 어렴풋이 느꼈다. 계급이란 단어가 적당하지 않을 수도 있다. 아무튼 다혜와 자기는 급이 다르다고 생각했다. 왜 그랬을까. 왜 가난을 부끄러워했지? 엄마들이 가난하긴 한데, 그런데도 은하가 으리으리한 집에 살았다면, 그래도 부끄러웠을까. 엄마들이 빚을 잔뜩 지면서도 용돈을 팍팍 줬다면, 그래도 부끄러웠을까. 그런데도 은하가 부끄러워했다면, 요즘 사람들은 두둑한 부끄러움 주머니를 달고 살 게 분명하다. 요즘은 다들 그렇게 사니까. 빚을 져서 집을 사고, 학교에 다니니까.

정글

엄마 지갑에서 훔친 돈으로 군것질을 하다가 걸려 호되게 야단맞으며 중학생이 되었고, 방문을 걸어 잠그고 보아의 춤을 따라 추다가 고등학생이 되었다. 단칸방 월세를 벗어나 방 두 칸짜리 빌라 전세를 얻으면서 은하와 동하에겐 각자의 방이 생겼고, 엄마들은 거실을 방 삼아 지냈다. 수선은 집과 공장만을 오갔고, 봉선은 집과 공장을 오가는 틈틈이 연애를 했다. 작년 봄에는 동네 홀아비와 꽃구경을 가더니, 올해 가을에는 서점 총각과 단풍 구경을 가더라는 식이었다. 동네 사람들은 봉선의 연애를 곱지 않게 봤다. 한 명만 진득하게 만나 결혼할 생각은 안 하고 순진한 동네 남자들 마음만 죄다 헤집어놓는다고. 봉선을 향한 가시 박힌 시선으로 은하나 동하를 보기도 했다. 상처는 대부분 그런 식으로 형성되었다. 엄마의 연애가 아니라, 그것을 해석하고 판단하는 타인의 시선으로 만들어진 생채기.

동하는 만화에 빠져 살았다. 텔레비전 채널은 늘 투니버스에 고정되어 있었고, 방바닥은 책방에서 빌려 온 만화책과 감자칩 부스러기로 너저분했다. 동하가 즐겨 보는 만화 프로의 주제가는 은하도 달달 외우고 다닐 정도였다. '닭의 목을 비틀어도 꼬박꼬박 새벽은 온다'로 시작하던 노래. 이런 노래도 있었다. '밟혀도 살아남겠어. 자존심 따윈 버렸어. 오늘 하루 아무 탈 없이 그냥 넘어가길 기도했어. 아아. 치사하고 더럽다 해도 내일을 위해!' 만화 제목이 《정글은 언제나 맑음 뒤 흐림》이었던가. 그랬다. 정글은 언제나 맑은 후 흐렸다. 아님 흐림 후 계속 흐림이던가. 흐림 후 태풍이던가. 흐렸다가 맑아지는 법은 절대 없었다.

동하

동하는 만화를 보며 마음의 깊이랄까, 사람을 이해하는 방식 등을 배웠다. 만화처럼 이해하려고 노력했고, 만화처럼 웃어넘기려고 애썼다. 하지만 책장을 덮거나 전원 버튼을 누르면 만화는 끝났고, 끝없는 현실은 언제나 진행 중이었다. 초등학교 5학년 때, 같은 반의 덩치 큰 아이와 축구를 하다가 싸움이 났다. 친구들 사이의 축구가 으레 그렇듯, 적당한 반칙이 오가는 중에 먼저 지친 아이가 주먹을 날리면서 판이 깨졌다. 다음 날, 그 아이가 동하의 손바닥만 한 게임기를 빼앗았다. 게임기를 되찾으려다가 다시 싸움이 벌어졌고, 동하의 친구들이 싸움에 가세하면서 게임기는 부서지고 그 아이 얼굴에 상처가 났다. 이틀 후 그 아이의 엄마가 학교까지 찾아왔다. 우리 어머님은 우리 애보고 천사 같다고 해요. 어릴 때부터 싸움이라곤 모르고 착하게만 컸는데. 이래가지고 누굴 믿고 애를 학교에 보내겠어요. 시골 애들이 드세다 드세다 말만 들었지, 내 참. 그 아이의 엄마가 담임을 붙잡고 카랑카랑한 목소리로 말했다. 당장 데려와요. 우리 애 얼굴에 기스 낸 애 당장 데리고 오라고! 제비꼬리처럼 말끝이 살짝살짝 올라가던 그 여자의 말투를 동하는 꿈속에서만 수백 번 들었다. 그 아이의 아빠는 그 지역 전문대와 4년제 대학 재단의 이사장이었으며 시의원도 여러 번 한 사람이었다. 그 아이는 동하에게 게임기를 잠시 빌렸을 뿐이라고 주장했고, 선생님들은 동하의 말보다 그 아이의 말이 사실이길 바랐다. 한 학기 내내 운동장을 청소하라는 징계를 받은 동하가 방과 후 운동장에 흩어진 가랑잎이나 쓰레기를 한곳으로 모아두면, 그 아이는 그것들을 흩뜨리며 또 시비를 걸어왔다. 참다 못해 싸우고, 다시 징계받는 과정이 반복됐다. 어른들은 그러면서 친해지는 거라고 했지만, 동하도, 그 아이도, 서로와 친해질 생각은 눈곱만큼도 없었다.

  6학년이 되자 그 아이가 전교 회장 선거에 나왔다. 왕따 없고 싸움 없는 학교, 모든 아이들이 서로를 이해하고 보듬어주는 정 많고 따뜻한 학교를 만들겠습니다! 어른들도 홀딱 넘어갈 만큼 말을 참 잘하는 아이였다. 여러분! 밀레니엄 시대에 걸맞은 참된 어린이, 여러분의 진실한 봉사자! 부지런하고 참된 일꾼! 뽐내거나 거만하게 굴지 않고 학생 한 명 한 명을 진심으로 대하는 그런 회장이 되겠습니다! 하지만 아이들은 말이 아니라, 그 아이의 잘나가는 친구들과 저학년부터 반장을 해온 전력과 두둑한 용돈에 반했다. 시의원을 여러 번 하신 저희 아버지는 저에게 매일 밤 말씀하셨습니다. 서로 아끼고 보살펴야 한다. 남의 말을 먼저 듣고 진심으로 이해하려고 노력해야 한다. 거짓 없이 정직하게 살아야 한다! 저는 그 말을 들을 때마다 마음 깊은 곳에서 솟구치는 정의감으로 충만해졌습니다! 저에게 한 번만 기회를 주신다면, 하고 당당히 말하던 그 아이는 모두의 예상대로 전교 회장이 되었고, 그날부터 동하는 그 아이와 어울려 다니는 패거리의 시비와 무시에 시달려야 했다.

  중학교 입학식 때, 같은 교실에서 그 아이를 맞닥뜨리자마자 동하는 저도 모르게 혀뿌리로 목구멍을 꾹꾹 누르며 온몸에 힘을 가득 줬다. 겨울의 끝자락이었는데도 손바닥에 찐득찐득한 땀이 맺혀 새 교복 바지에 여러 번 손을 비벼대야 했다. 그 아이는 자기 손에 들린 무기가 어떤 위력을 발휘하는지 너무나 잘 알았다. 그 아이가 들고 있는 무기를 부러워하거나 무서워하는 아이들로 그 아이의 주변은 늘 복작거렸고, 동하는 점점 혼자가 되어갔다. 만화처럼, 혼자서 주먹으로 벽을 치며 싸우는 연습을 했다. 하지만 그 아이와 싸우기 위해서는, 그 아이를 둘러싼 수십 겹의 방패를 먼저 맞닥뜨려야 했다. 싸움 좀 한다는 놈들. 선후배. 동기들. 선생. 그리고, 우리 애는 천사예요, 라고 말하는 그 아이의 부모. 그들이 가진 돈과 지위와 권력.

겨울방학

 은하는 아군도 적군도 따로 없는 전쟁에 시디플레이어 하나만 들고 참전했다. 고등학생이 된 후로 늘 이어폰을 귀에 꽂고 다녔다. 귀를 막고 있으면, 매사 무관심한 척할 수 있었으니까. 좁은 교실에서 사십 명 가까운 아이들이 아침부터 저녁까지 복닥거리면서 지냈다. 모든 감정의 발산과 해소는 그 안에서만 이루어져야 했다. 종일 하는 것이라곤 공부뿐이었고, 정해진 시간에 정해진 양만큼, 모두가 똑같은 밥과 반찬을 먹어야 했다. 똑같은 옷에 똑같은 머리 모양, 똑같은 책을 보며 선생님이 물어보면 똑같은 대답을 했다. 모든 것이 똑같은 그곳에서, 다른 것은 각자의 성적과 소지품뿐이었다. 아이들은 자연스레 서로의 차이에 집중하기 시작했고, 차이는 곧 질투와 증오를 만들어냈다. 교복 위에 어떤 메

이커의 옷을 입느냐, 혹은 어떤 가방을 메고 다니느냐에 따라 어울리는 부류가 달라졌고, 들고 다니는 핸드폰과 엠피스리로 우열이 나뉘기도 했다. 같은 학원에 다니거나 같은 아파트에 살면서 엄마들끼리 얼마나 친한가가 우정의 농도를 형성하기도 했다.

  한 반에 두어 명은 꼭 따돌림을 당했다. 똑같거나 비슷한 것에 위안을 얻는 아이들은 상대의 다름을 그냥 넘기지 못했다. 쟤 너무 뚱뚱해. 쟤는 목소리가 이상해. 쟤는 말을 왜 저따위로 해? 존나 재수 없어. 생긴 게 왜 저래? 짜증나. 존나 빈대야. 잘난 체 쩔어. 아, 역겨워. 쟤 나한테는 9시도 안 돼서 잤다고 해놓고 성적 열라 잘 나왔어. 미친년. 선생님한테 잘 보이려고 존나 내숭이잖아. 착한 척하는 것 좀 봐. 아, 토 나와. 적당함을 지키지 못하거나 만만한 아이는 언제든 표적이 될 수 있었다. 삼삼오오 모여 누군가를 흉보고, 다음 날이면 그중 한 명을 다시 따돌리는 일이 유행처럼 번졌다. 오해와 허물은 말 한마디로 쉽게 만들어졌다. 서너 명의 무리가 한 명을 따돌리기 시작하면, 다른 아이들도 암묵적으로 그 아이를 상대하기 꺼려했다. 따돌림당하는 한 명을 이해하기보다 무리에 흡수되는 게 몸도 맘도 편했으니까.

  중3 초겨울이었다. 어울려 다니던 네 명의 친구들끼리 도서관에 모여 공부하기로 했었는데, 엄마들과 김장을 하느라 못 나간 적이 있었다. 그날 친구들 사이에 무슨 말이 오고 갔는지, 다음 날부터 아이들은 은하를 대놓고 따돌리기 시작했다. 그 이유를 도무지 알 수가 없고 또 억울해서, 은하는 아이들 하나하나에게 메일을 썼다. 왜 그러느냐. 이유가 뭐냐. 오해가 있다면 풀자. 답장이 왔다. 니가 내 욕하고 다녔다며로 시작하는 메일도 있었고, 나도 정말 이러긴 싫은데로 시작되는 메일도 있었다. 미안하다고 사과하는 아이도 있었다. 다음 날, 네 명으로 뭉쳐진 아이들은 여전히 은하를 따돌렸다. 은하가 왕따라는 사실을 눈치챈 반 아이들도 은하를 은근히 따돌리기 시작했다. 곧 겨울방학이었고, 방학이 끝나면 바로 졸업이었다. 다른 고등학교로 흩어져버리면 그들이 자기를 따돌린 이유를 영영 알 수 없을 것이었고, 그들의 기억 속에 자기는, 따돌림당해도 싼 아이로 남을 것이었다. 무리 중 가장 친했던 친구에게 전화를 걸었다. 한 번만 만나자고. 얘기 좀 하자고. 한참을 망설이던 친구가 초등학교 앞에서 만나자고 했다. 만날 약속을 잡았을 뿐인데, 모든 게 해결된 기분이었다. 만나서 진심으로 대화하면 모든 오해를 풀 수 있을 것만 같았다.

 운동장에서 축구하던 남자애들이 모두 집으로 돌아가고 숙직실의 불이 켜지고, 까만 밤하늘에 오리온자리가 선명하게 보일 때까지 친구는 나타나지 않았다. 담벼락에 기대선 채 저물녘 그림자처럼 길게 길게 늘어나는 시간을 멍청하게 쳐다보던 은하가 울기 시작했다. 함께 찍은 사진들, 나눈 편지들, 온갖 농담거리. 지난 삼 년이 모두 연극 같았다. 춥고 서러웠다. 목숨을 껐다 켜는 스위치가 있다면 그 자리에서 딸각, 내려버리고 싶었다.

 죽고 싶다는 생각이 온 마음을 가득 채워도 배는 고프고 오줌은 마려웠다. 집으로 돌아가려고 담벼락에 기댔던 몸을 일으켰을 때,

교문 쪽에서 인기척이 들렸다. 혹시 친구가 온 걸까, 어둠을 빤히 노려봤다. 한 무리의 아이들이 입 없는 그림자처럼 조용히 들어와 체육실 뒤로 가고 있었다. 머리채를 잡힌 채 개처럼 낑낑거리는 아이와, 그 아이의 머리를 때리며 쌍욕을 내뱉는 무리들. 체육실 뒤편의 깊은 그늘에 자리를 잡자마자 무리가 그 아이를 본격적으로 때리기 시작했다. 은하는 숨을 참으며 담을 따라 걸었고, 학교를 벗어나자마자 집까지 쉬지도 않고 뛰었다. 심장이 벌렁거려 숨도 간신히 쉬었다. 목젖까지 차올라 찰랑거리던 죽고 싶다는 마음 따위 다 말라버리고, 그들에게 걸려 행여 자기도 밟히진 않을까, 그들이 자기를 보고 쫓아오기라도 하면 어쩌나, 겹겹이 쌓인 걱정이 단단한 벽을 만들었다. 뒤늦게, 누군가에게 알려야 한다는 생각도 들었지만 선뜻 용기를 낼 수 없었다. 안 봤으면 좋았을걸. 아무것도 몰랐다면. 내일이면 화해하고 말, 그저 그런 주먹 다툼이길. 밤잠을 설치며 은하는 그들의 다툼이 제발 사소한 것이었길 바라고 또 바랐다.

겨울방학 동안 은하는 키가 2센티미터 자랐고, 체중은 5킬로그램 늘었다. 부쩍 말이 줄었고, 집 안에서도 이어폰을 끼고 음악만 들었다. 동하가 빌려놓은 만화책을 읽을 때나 혼자 키득거렸고, 엄마들이 은하야, 은하야, 은하야, 다섯 번을 넘게 불러도 대답을 안 했다. 졸업식 날, 끼리끼리 모여 사진을 찍는 친구들을 멀뚱히 쳐다보고 있으려니 그날 운동장에서 본 장면이 다시 떠올랐다. 그때 그 아이는 어떻게 되었을까. 아직도 맞고 있을까. 왜 맞았을까.

무슨 잘못을 했지?……. 왜 때렸을까. 왜 그랬을까. 그들이 원하는 건 도대체 무엇이었나. 질문이 뒤바뀌자 세상이 홱 뒤집혔다. 진심이 통한다고 믿었던 시절은 이미 지나가버렸다.

장래 희망

고등학생이 된 후, 여전히 편 가르고 욕하고 싸우는 아이들 틈에서 은하는 자신의 존재를 서서히 지워가는 연습을 했다. 더 이상 왕따는 아니었지만, 스스로 혼자이길 자처했다. 모두들 고립과 외로움에 내던져질까 불안해했기에, 애쓰지 않아도 친구는 저절로 만들어졌다. 그렇지만 나는 엄마가 둘이야!라고 당차게 말하던 어린 시절의 은하는 증발해버리고 없었다. 최대한 평범해지는 것. 아무의 눈에도 띄지 않는 것. 하지만 만만해 보이지 않는 것. 그것만이 최선이었다. 그 아슬아슬한 선을 지키기 위해 은하는 말과 행동을 줄이는 대신 성적을 끌어올리는 데에만 열중했다. 학원에 다니거나 과외를 받지 않고도 은하는 적당한 성적을 유지했다. 공부 외엔 할 것도 해야 할 것도, 하고 싶은 것도 없었다.

문과, 이과를 나누던 때, 선생님은 학생들에게 지망하는 대학과 과, 장래희망을 함께 적어 내라고 했다. 두루뭉수리하게 적지 말고 구체적으로 적어. 종이를 나눠주던 선생님이 강조하듯 말했다. 아이들은 누런 종이를 앞에 두고 삼차 함수 풀 듯 끙끙거렸다.

야, 그거 하려면 존나 돈 많이 들어.

앞에 앉은 아이가 옆자리에 앉은 아이의 종이를 보더니 중얼거렸다. 여기저기서 참견하는 소리가 들렸다.

심리학과 나와서 뭐할 건데?

열라 어려운 거 배우는데 취직은 잘 안 된대. 돈도 많이 안 주고.

의대 법대 아니면 과도 상관없댔어. 아무 데나 가서 토익 열라 높이고 자격증 많이 따면 돼.

간판을 잘 따야 돼. 간판을.

외국 한 번 나갔다 오면 대충 먹힌다던데?

야, 그것도 거기서 몇 년 살아야 명함이라도 내밀지. 어학연수 몇 개월론 쨉도 안 돼.

그거 백만 원도 못 벌어.

니가 뒤지게 고생을 해봐야 세상 존나 빡세다는 걸 알지.

선생님이 교탁을 툭툭 두드리며 말했다.

회사원 같은 거 적지 말고 구체적으로 적어. 회사원이라도 뭐, 여러 가지 있잖아. 하다 못해 들어가고 싶은 기업 이름이라도 적어. 그냥 회사원이라고 쓴 놈은 다 빠꾸다.

쌤. 아직 결정 못한 사람은 어떡해요.

열여덟 살 처먹고도 아직 장래 희망이 없냐. 한심한 놈아.

…….

지어서라도 적어.

대학 안 갈 사람은요.

대학도 안 갈 거면서 학교는 왜 다니냐.

……..

못 정한 사람은 전부 서울대라고 적어.

……..

누런 종이의 여백을 한참 들여다보던 은하는 이어폰 한쪽을 귀에 꽂고 귀 뒤로 넘긴 머리카락을 내렸다. 플레이 버튼을 누르자 서태지 음악이 흘러나왔다. 이어폰에서 가늘게 새어나온 멜로디가 검은 음표로 변해 누런 종이 위로 뚝뚝 떨어지면서 기괴한 글씨를 쓰고 지웠다.

자존심

고3이 저물도록 꿈은 만들어지지 않았다. 세상은 넓고 할 일은 많다는데, 직업을 꿈으로 삼아도 되는 건지, 어른들이 말하는 꿈이란 게 고작 그런 것인지 확신할 수 없었다. 꿈은 해안선 너머 지구 반대편에라도 있는 것 같아서, 아니, 삼억 광년 너머 다른 은하에 있는 것만 같아서, 꿈을 보려면 고스란히 삼억 광년을 기다리고 기다려야만 할 것 같았다. 보이지도 않는 꿈은 포기한 채, 매달 치르는 모의고사 성적으로 갈 수 있는 대학과 전공을 가늠하며 꿈의 실루엣을 지우고 다시 그리길 반복했다. 실시간으로 올라오는 인터넷 기사에는 매번 틀림없이, 경제가 어렵고 물가는 오르고 취

업문은 점점 좁아진다는 뉴스가 있었다. 절대 좋아지는 법 없이 어제보다 오늘 더 어렵고, 오르고, 좁아지는 것. 그게 세상이었다. 인생을 등산에 비유하는 말이 괜히 나온 게 아니었다. 평평한 대지에선 많은 사람이 어울려 살 수 있었지만, 꼭대기로 올라갈수록 대지가 품을 수 있는 생명은 한정되었다.

  수능을 며칠 앞둔 날이었다. 독서실에 들렀다가 밤늦어 집에 돌아오는 길에 놀이터 벤치에 앉아 있는 동하를 봤다. 큰 소리로 부르려다가 말없이 동하 곁으로 다가갔다. 동하는 허리를 깊이 숙인 채 울고 있었다. 울고 있는 동생. 열 살 넘어서는 처음 보는 것 같았다. 말문이 턱 막혔다. 귀를 막고 있던 이어폰을 뺐다. 동하가 고개를 들었다. 터진 입술이 퉁퉁 부어 있었다. 교복으로 감싼 맨살에 그보다 더한 상처가 얼마나 많이 박혀 있을지, 짐작도 할 수 없었다.

  야, 이 새끼야!

  뜻하지 않게 큰소리가 나왔다.

  누가 이랬어? 어디서 맞았어!

  발을 쿵쿵 구르며 물었다.

  누구야! 어떤 새끼가 그랬냐고!

  동하가 인상을 찡그렸다. 터진 입술에서 비린 피가 새어나왔다.

  야, 이 병신 새끼야. 왜 맞았어. 왜 맞았냐고.

  마치 자기가 맞은 것처럼 온몸이 부르르 떨렸다.

  ……에이씨. 조용해 좀.

동하가 모래 바닥에 걸쭉한 침을 뱉었다.

뺏긴 건 없어? 돈 안 뺏겼어?

······더 이상 뺏을 게 없으니까.

동하가 웅얼거리며 말했다.

자존심을 뺏는 거야.

처음 당하는 일이 아닌 것 같았다. 선생님한테 말하라는 말이, 경찰에 신고하라는 말이 혀뿌리까지 치밀었다. 하지만 가족에게조차 말할 수 없어 동하는 어두운 놀이터에서 혼자 울고 있었다. 선생님한테 맞는 건 누구한테나 말할 수 있었다. 하지만 또래에게 맞는 건, 아무에게도 말할 수 없었다. 말하지 않아도 모두가 알고 있으니까. 알면서도 모른 척하는 거니까. 아는 척하는 순간 책임감과 죄책감을 동시에 가져야 하니까.

······들어가.

동하의 팔을 잡아끌었다.

집에 가자고.

꿈쩍도 않는 동하를 일으켜 세우려고 안간힘을 썼다.

들어가서 약이라도 바르자고!

마음과 달리, 자꾸 큰소리가 터져 나왔다.

······씨발. 존나 쪽팔려.

동하가 점퍼 주머니에 손을 집어넣으며 중얼거렸다. 눈물이 계속 흘러 교복 타이를 축축하게 적셨다. 찬바람이 어린 단풍나무를 흔들었다. 몇 개 남지 않은 마른 단풍이 힘없이 떨어졌다. 누굴까.

선배일까. 동기일까. 언제부터 맞았을까. 뺏기고 뺏기다 맞은 걸까. 뺏길 게 없어 맞은 걸까. 오랫동안 잊고 지내던 물음이 화산처럼 터져 나왔다. 왜 때릴까. 그들이 원하는 건 대체 뭔가.

동하가 큰 숨을 내쉬었다.

야.

뿌연 입김이 사라지기도 전에 동하가 다시 입을 열었다.

나 검정고시 볼 거야.

…….

더러워서 안 다녀.

…….

니가 내 편 해줘.

……그러지 말고.

주저하던 은하가 말을 이었다.

신고하자.

동하가 다시 걸쭉한 침을 뱉어냈다. 피 섞인 침이 모래 바닥 군데군데 검은 멍을 들였다.

그런다고 끝날 것 같아?

…….

관둘 거야.

동하의 짧은 말 마디마디마다 적절한 대답을 찾아낼 수가 없어서, 은하는 고개를 숙이고 입술을 축이며 울기만 했다. 신고하라는 말, 언제부터 맞았느냐는 말, 누가 그랬느냐는 말이 모두 동하를 향해 날리는 주먹 같았다.
　차라리 전학 보내달라고 하면…….
　좁아터진 동네에서 전학 가봤자지.
　……그래도 학교는 마쳐야…….
　고시 보겠다고.
　그게 그렇게 쉬워?
　지금보단 낫겠지.
　……그래도.
　엄마들도 학교 안 다녔잖아.
　……엄마랑 너랑 같냐.
　안 다녀도 잘 살잖아.
　그때랑 지금이랑 같냐고.
　다를 거 뭐 있어.
　…….
　……더 좆같아졌지.
　…….
　……씨발, 세상 좋아지긴 개뿔.

12월 19일 a.m. 2:48

눈을 감아도 떠도 암흑. 왜 창이 없지? 왜 창이 없느냔 말이다. 불면증에 시달리면서 이런 암흑을 자주 봤다. 잠든 건지 깨어 있는 건지 알 수 없는 상태로 밤을 고스란히 허비하면서 수십 개의 기괴한 꿈을 번갈아 꿨다. 한낮에도 불을 켜야 할 정도로 어두컴컴한 고시원 방에서, 새날을 알리는 건 태양이 아니라 복도를 오가는 분주한 발소리와 핸드폰 알람이었다. 얇은 벽 너머로 들려오는 다른 방 사람들의 알람 음은 모두 똑같았다. 딴따 따단 딴따다 따단. 딴따 따다 딴딴따 따단. 민망할 정도로 발랄한 알람이 오 분 혹은 십 분 간격으로, 도미노 블록 넘어지듯 얇은 벽을 무너뜨리며 차례로 들려왔다. 욕실 겸 화장실엔 샤워기가 세 개뿐이었다. 게으름을 피울수록 씻을 차례는 늦어졌다. 샴푸와 비누가 담긴 목욕 바구니를 들고 욕실에 가면, 샤워커튼 앞에 비슷한 모양과 내용물의 목욕 바구니가 두어 개쯤 놓여 있곤 했다. 줄지어 놓인 바구니 끝에 내 몫의 바구니를 두고, 맞은편에 있는 화장실 변기에 앉아 오줌을 누다 보면, 변기에 앉는 그 순간부터 미칠 듯 잠이 쏟아졌다. 앉은 채로 꾸벅꾸벅 졸다가 신경질적인 노크 소리에 놀라 깨길 반복했다. 매일 팔다리가 저렸고 머릿속엔 희뿌연 안개가 고여 있었다. 푸석푸석한 얼굴과 머리카락을 물로 적시고, 비누를 대충 헹구고, 식빵 하나를 입에 물고 고시원을 나서는 순간 다시 찾아오는 지독한 각성. 변기에 앉아선 똥오줌만 누고 싶었고, 침대 위에선 잠만 자고 싶었다. 내 방은 다 탔을까. 타지 않고 그을기만 했을까. 나는 다 탈까. 타지 않고 그을기만 할까. 괴물은 아직 문을 지키고 있을까. 시간이 얼마나 지났을까. 밥을 먹고 싶다. 시원한 물. 그 물에 밥 말아 먹고 싶다. 트레이닝복 주머니를 뒤져 핸드폰을 꺼내는데, 엉켜 있던 이어폰이 같이 딸려 나온다. 핸드폰 전원 버튼에 손가락을 얹고 아무리 힘을 줘도 새카만 창. 어둠. 지긋지긋한 암흑.

약

  부끄러운 기억이 사람의 평생을 지배하는 기라.
  엄마가 말했다.
  좋거나 즐거운 기억이 아이라, 부끄러운 거이.
  한 엄마는 동하의 등을 쓰다듬으며 말을 이었고, 다른 엄마는 동하의 입가를 젖은 손수건으로 살살 닦아줬다.
  남들도 다 아는 부끄러운 거보다, 지 혼자만 아는 부끄러운 거이. 그런 게 평생을 따라가는 기다.
  하얀 손수건에 붉은 피가 조금씩 묻어났다. 다리를 모으고 고개를 숙인 채 듣고만 있던 은하의 머릿속에, 지난날 운동장에서 도망쳤던 일이 선명히 떠올랐다.

나 들으라고 하는 말이야?

동하가 대뜸 물었다.

아이다. 니가 부끄러울 게 뭐 있노.

……안 그래도 쪽팔려 죽겠는데.

니가 와 쪽이 팔리노. 나쁜 짓은 가가 했는디.

…….

니가 쪽팔릴 일은 없다. 니는 아픈 기지. 니가 다니기 싫다카면 우리도 억지로 보낼 마음 없다. 무슨 시험만 치면 졸업장 받을 수 있다매. 그거면 됐다. 그래도, 그만둘 때 그만두더라도.

엄마가 잠시 말을 멈추고 한숨을 내쉬었다.

뭐라도 주고 관두자.

줘? 뭘?

지가 얼매나 부끄러운 짓을 하는지 알게는 해줘야 한다 이거라. 내 보기엔 가 주변엔 그런 걸 갈차주는 사람이 없는 거 같다.

말해준다고 알 새끼가 아니야.

지금은 몰라도.

엄마가 다시 한숨을 내쉬었다.

십 년 지나고 이십 년 지나고 삼십 년 지나고, 늙으면 알 끼라.

그럴 새끼가 아니라니까.

후회할 끼라.

……그게 나랑 뭔 상관이냐고.

늙어서도 모를 인간이믄, 가는 그냥 그래 살다 죽는 기다.

그게 더 짜증나.

야야.

…….

니는 잘 살 끼고.

…….

가는 평생 그래 사는 기다.

그게 더 짜증난다고.

니는 오래오래 살라는 말을 더 마이 들을 끼고. 가는 확 뒈지라는 말을 더 마이 들을 끼다.

그게 뭔 상관인데.

와 상관이 없노.

그런 말이 뭔 소용인데! 얻어터지면서 오래 사는 게 뭔 소용인데!

와락 소리를 지른 동하가 벌떡 일어나 자기 방으로 들어가버렸다. 한 엄마는 피 묻은 손수건을 매만지며 소리 없이 울었고, 한 엄마는 다 우리 탓이다, 우리 탓이제, 하고 중얼거렸다.

동하야.

…….

약 발라줄게. 나와라.

…….

나와봐라. 언능.

…….

부탁

　다음 날, 엄마들은 가장 단정한 옷을 꺼내 입고 오랜만에 곱게 화장도 한 후 공장에서 잠시 빠져나와 동하의 학교로 갔다. 교실이나 교무실에 들어가는 대신 그 아이가 하교할 때까지 기다렸다가 학교 앞 자그마한 분식집으로 그 아이를 데려갔다.
　여기 오뎅 좀 주소. 뜨뜻한 국물 좀 마이요.
　제일 구석진 곳에 놓인 식탁에 앉은 후 엄마 한 명이 큰 소리로 주문을 했다.
　뭐 딴 거 먹을래?
　작은 의자에 어정쩡하게 걸터앉은 아이가 굳은 표정으로 주변을 둘러봤다. 같은 학교 애들 몇몇이 드문드문 앉아 떡볶이나 라면을 먹고 있었다. 분식집 주인이 어묵 대여섯 개가 담긴 플라스틱 그릇을 식탁 위에 놓으며 미심쩍은 눈으로 세 사람을 쳐다봤다.
　우리 아가 니한테 마이 맞았다 하데.
　주인이 자리를 뜨길 기다렸다가 엄마 한 명이 조용히 말을 꺼냈다.
　아가 말을 제대로 안 해가 잘은 모르겠지만서도, 하루 이틀 맞은 게 아인 것 같아가. 가가 어데 다쳐가 들어오면 까불고 놀다가 그랬겠지 싶어 우리도 딱히 아는 척은 안 했으니, 니 탓만 할 건 아이라고 생각헌다. 니가 우리 아를 패고 다닌 데도 이유가 있어 그랬겠지. 설마 아무 이유도 없이 그랬겠나? 그치만, 그 이유가 아무리 중한 거라캐도, 그래 사람 패고 다니는 거 아이다.
에이씨.
홀쭉한 가방을 맨 채 동그란 의자에 위태롭게 앉아 있던 아이가 벌떡 일어났다.
야야. 앉아봐라. 좀만 더 들어라.
숟가락으로 어묵 국물을 떠먹던 다른 엄마가 아이를 잡았다. 아이는 선 채로 가게를 나갈까 말까 망설였다.
니가 우리 아 친구로 우릴 만났으믄 좋았을 낀데.
혼잣말처럼 중얼거리던 엄마가 작은 손가방을 열어 무언가를 꺼냈다.
우리 아는 이제 학교 안 간다.
손에 든 것을 매만지며 엄마가 말을 이었다.
우리는 니를 잡으러 온 것도 따지러 온 것도 아이고, 이거 하나 줄라고 왔다. 앉아라.
어정쩡하게 선 채로 가게 바깥만 쳐다보던 아이가 엄마들의 손을 흘깃 쳐다봤다.
이거이 우리 아 어릴 땐데.
엄마가 내민 사진에는 대여섯 살 무렵의 동하가 있었다. 한여름, 팬티만 입고 동네 개울가에서 찍은 사진. 이마에 물안경을 두르고 허리에 두 손을 얹은 채 활짝 핀 표정으로 정면을 응시하는 동하와, 동하의 여린 살을 환히 비추는 건강한 여름 햇살.
이거만 갖고 가라. 가 가서 버리지 말고 어디 잘 넣어만 둬라.

부탁이다. 그럼 더는 안 떠들고 우리도 인나께.

엄마는 끈적거리는 식탁 위에 사진을 올려둔 후 바로 자리에서 일어났다. 아이는 불안한 눈으로 주변을 둘러보기만 할 뿐 사진은 거들떠도 안 봤다. 주인에게 어묵값을 주고 가게를 나서려던 엄마 하나가 잠시 망설이다 아이 곁으로 돌아와 낮은 소리로 말했다.

우리 아 없다고 또 다른 아 때리고 그라믄 안 된다. 누굴 패고 싶으면 차라리 공을 차라. 뛰고 달리고 땀 흘리고, 그래도 분이 안 풀리면…… 우리 집에 온나. 오믄, 우리가 뜨뜻한 밥 해주께. 알았제?

말을 끝낸 엄마가 아이의 등을 두어 번 쓰다듬어주곤 가게를 나섰다. 가게 밖에 서서 엄마를 기다리던 엄마가 엄마의 팔짱을 끼며 물었다.

가 갈까.

가져 가진 않애도 기억은 안 하겠나. 기억하고, 우리가 왜 그캤나 오래오래 궁금해 안 하겠나.

……그르까?

……멀쩡하게 생겨가 어데서 그런 못된 걸 배와갖고.

아가 키도 크고 등짝도 넓드라.

……얼매나 아팠겠노.

그런 아가 뭐 아쉬워 지보다 쪼매한 아를 때리쌓는동.

우리 동하가 와 쪼마한데.

가에 비하면 쪼매하지.

그래 말하믄 동하보다 쪼매한 애도 쌔고 쌨고만.

동하 아빠 키가 원체 작았다.

니보다 작았나?

내보다야 좀 컸제.

……뭐, 키가 밥 먹여주는 것도 아이고.

요즘은 먹여준다. 티비에 나오는 아들 봐라.

그기야 딴 세상 얘기제.

종종 걸으며 말을 주고받는 엄마들 발밑으로 마른 낙엽이 우르르 굴러다녔다.

……야, 저 봐라. 저거.

엄마가 서쪽 하늘을 가리키며 말했다.

저거 연기 아이라? 불난 거 아이라?

엄마가 가리킨 곳에선 매캐한 연기가 무섭게 치솟고 있었다.

어데로. 저가 어데로.

사거리 쪽 아이라. 아이라?

멀리서 소방차 소리가 요란하게 들려왔다.

저, 학교 아이라? 초등학교 근처 같은데.

엄마가 눈을 동그랗게 뜨고 다른 엄마 팔짱을 꼭 끼며 말했다. 서쪽 하늘에 돋아난 작은 별이 엄마들의 놀란 눈 따라 깜빡깜빡, 피고 지길 반복했다.

이십 대

 교통사고로 죽은 친구의 장례식장에 들른 다음 날, 은하는 간단한 옷과 이불을 서울로 부친 후 고향을 떠났다. 보증금 500에 월세 35만 원의 작은 원룸에 살면서 주중엔 학교와 편의점을 오가고 주말엔 호프집 아르바이트를 했다. 휴학과 복학을 반복하며 학생인지 일당인지 모를 신분으로 허겁지겁 살아치웠다. 엄마들이 매달 보내주는 생활비는 월세와 대출이자로 순식간에 사라졌다. 통장은 지하철 환승역과 비슷한 구실을 했고, 스무 살 이후의 시간은 언제나 대여 중이었다.
 두 번째 복학하던 해 보증금을 뺀 돈으로 학비를 내고 짐을 줄여 고시원에 들어갔다. 방은 좁고 답답했지만, 관리비를 따로 내지 않아도 되고 뜨거운 물을 맘껏 쓸 수 있어서 좋았다. 검정고시를 본 후 바로 입대한 동하에게 종종 편지를 썼고, 잘 사나? 밥은 먹고 다니냐? 그런 문장이 적혀 있는 동하의 답장을 자주 기다렸다. 평소에는 '야'라고 부르는 애가 글자로는 꼬박꼬박 '누나'라고 했다. 동하의 부탁으로 영어회화 책을 부치면서, 책 사이사이에 소녀시대 사진을 끼워 보내기도 했다. 아홉 명 다 보낼 필요 없고. 태연만 아홉 장 보내. 다 다른 사진으로. 오랜만에 수신자 부담으로 전화를 해놓고 그 말부터 한 후 멋쩍게 웃던 동하. 동하는 가끔 편지지로 둘둘 감싼 만 원짜리 두어 장을 보내기도 했다.
 힘들제? 고기나 사 먹어라.

여백 가득한 편지지 한가운데에 덩그러니 적혀 있던 선 굵은 동하의 글씨.

욕심과 불평을 줄이려고 생각을 멈췄다.
신문과 방송에서 떠들어대는 88만원 세대라는 말을 들을 때마다 짜증이 났다.
그런 세대가 되고 싶진 않았다.
그렇게 지칭되는 것만으로도 착취당하는 기분이었다.
아무도 우리를 위해 애쓰지 않으면서 말로만 문제다, 문제다, 문제다, 심각하다!
‥‥‥.
열심히 살았다.
엄마들이 그랬듯.

우화

고시원비가 자꾸 올라 더 저렴한 곳으로 옮기길 세 번째. 지하엔 술집이, 1층엔 편의점과 빵집이, 2층엔 휘트니스 센터가 있고 3층부터 5층까지 고시원으로 만들어진 곳에 누런 박스 하나를 들고 들어갔다. 5층 304호에 박스를 내려놓고 주방과 화장실과 욕실을 둘러보던 12월의 아침. 짐을 대충 정리한 후 라면 하나를 들고 주방으로 갔다. 두 사람이 낡은 식탁에 앉아 밥을 먹고 있었다. 눈인사라도 할까 망설이다가 그만두었다. 싱크대에서 적당한 냄비를 찾아내 물을 부어 가스레인지 위에 올려놓고, 하나 남은 식탁 의자에 멍청히 앉았다.

야.

부르는 소리에 긴가민가하면서도 고개를 돌렸다. 김치와 참치와 계란 프라이를 늘어놓고 밥을 먹던 사람이 입을 열었다.

너, 이솝우화 알지.

함께 앉아 밥을 먹던 사람이 고개를 끄덕였다.

읽어봤어?

아니. 어릴 때 텔레비전에 나왔잖아. 여우와 두루미. 여우와 신포도. 뭐 이런 거.

다시 가스레인지로 눈을 돌렸다. 시퍼런 불꽃이 얇은 냄비를 서서히 달구고 있었다.

내가 어제 그 책을 빌려 봤는데.

왜?

뭐, 자소서에 인용할 만한 참신한 이야기 없나 해서.

으응.

주방에 비치된 커다란 밥솥 뚜껑을 열어봤다. 언제 했는지 알 수 없는, 누렇게 메마른 밥알이 군데군데 들러붙은 밥 한 줌이 남아 있었다.

읽다 보니까 기분이 좀 그렇더라고.

왜?

음.

딱딱하게 마른 밥알을 뱉어내느라 잠시 말을 멈췄던 사람이 다시 말을 이었다.

그러니까, 이런 거지.

…….

옛날에 상인이 당나귀에 짐을 싣고 길을 가다가, 당나귀가 빨리 안 걷는다고 막 채찍질을 했대. 당나귀는 짐도 무겁고 다리도 아프고 너무 힘든데, 욕심 많은 주인이 빨리 안 간다고 자꾸 때리니까, 차라리 죽는 게 낫겠다고 생각했어.

물이 끓기 시작했다. 봉지를 뜯어 라면과 수프를 넣고 뚜껑을 닫았다.

근데, 그러다가 정말 지쳐서 죽어버린 거야.

당나귀가?

응. 그래서 주인이 어떻게 했게?

반성했나?

그렇게 끝나는 거면 내가 말을 안 했지.

아님 후회했나? 그 짐을 자기가 다 짊어지고 가야 하니까?

끓어오르던 라면 국물이 넘쳐 불을 꺼뜨렸다.

아니. 죽은 당나귀 가죽으로 북을 만들어서 하루도 쉬지 않고 두들겨 팼대.

잠시 정적이 감도는 주방에 가스레인지 켜는 소리만 위태롭게 떠다녔다.

  헐.

  젓가락을 든 채로 입을 벌린 채 헐, 헐, 소리만 내뱉던 사람이 캔 귀퉁이에 몰려 있는 참치를 긁어내며 말했다.

  뭐냐, 그게. 어이없어.

  그니까.

  다시 끓어오르는 라면 국물을 멍청하게 쳐다보며 은하는 두 사람의 말에 귀를 기울였다.

  ······그래서.

  응?

  그래서 자소서엔 뭘 쓸 건데.

  몰라, 기운 빠져.

  그거 써.

  그걸 어떻게 쓰냐.

  저는 절대 북이 되지 않겠습니다.

  너무 속 보이잖아.

  절대 불평하지 않겠습니다.

  비굴해.

  힘들어 죽을 것 같아도 절대 죽지 않겠습니다.

  됐어. 너나 써.

  밥알을 깨작거리며 한동안 입을 다물고 있던 사람이 젓가락을 식탁에 탁 내려놓으며 짜증 섞인 목소리로 말했다.

어쨌든 이건 만들어진 세계잖아.

응?

내가 만든 게 아니라고.

도대체 뭐가.

지금 여기 말이야.

…….

내가 사는 세상이, 뭔가 개떡 같은 이게, 뭐든 다 어렵다고 떠들어대는, 그런 거.

아…….

근데 왜 내가 이러고 있어야 되는데. 진짜 억울해.

니가 공부만 존니 잘했어봐. 아님 집에 돈이 엄청 많거나. 지금 이랑 같겠냐?

……못하진 않았어.

그 정도론 안 된다니까.

…….

세상이 원래 그런 거야.

짜증나.

……밥이나 먹어.

가스레인지 불을 끄고, 밸브를 잠그고, 그들 옆에 앉아서 같이 먹을까 잠시 망설이다 냄비를 들고 방으로 들어갔다. 책상 위에 냄비를 올려놓고, 불어터진 라면 줄기 대신 식당에서 들은 말의 파편을 곰곰 되씹었다. 주인이 되겠다고 생각한 적도 없고, 북이 되어버린 당나귀가 되고 싶은 건 더더욱 아니고, 그저, 잘 살고 싶을 뿐인데……. 지금처럼만 살면, 결국 잘 살게 될까? 엄마들은 열네 살부터 지금까지 열심히 일했다. 휴가 한 번 가지 않고 열심히 일했는데도, 엄마들은 여전히 가난하다. 도대체 왜? 나 역시 그렇게 될까? 돈과 성공과 경쟁이 절대 기준인 전쟁터에 자기 자식을 몰아넣는 것. 자식을 전쟁터에서 빼낼 생각을 하는 게 아니라, 아이의 손에 가장 좋은 무기를 들려주는 것. 그것 또한 엄마들의 아름답고 숭고한 희생이었다. 하지만 나는,

12월 19일 a.m. 2:49

 엄마가 사랑하고, 엄마가 사랑해서 좋았다. 내게 모든 것을 걸지 않고 다만 나눠주어서. 혼자 먹는 밥이 편했지만, 같이 먹는 밥이 얼마나 맛있는 건지 엄마들은 알게 해줬다. 자취를 시작한 후 혼자 밥을 먹을 때마다 상상 속 엄마들을 끄집어내 내 앞에, 내 옆에 앉혔다. 상상만으로도 밥을 맛있게, 열심히 먹고 싶었다. 상상만으로도 불면의 밤을 괴롭지 않게 보내고 싶었고, 상상만으로도 꿈을 꾸고 싶었고, 내게 남은 날들의 윤곽을 따뜻한 색감의 색연필로 그려보고 싶었다. 이 세계를 유지하기 위한 총알받이가 아니라, 계절 따라 피고 지는 꽃이고 싶었다. 솜털 같은 씨앗을 흩뿌리고 싶었고, 추운 겨울에는 남은 온기를 땅속 깊이 품어두고 싶었다. 저절로 잉태되는 꿈을 끈덕지게 기다리고 싶었고, 잉태된 그것을 평생 동안 잘 키우고 싶었다. 벌레 먹은 배추 잎 하나도 허투루 버리지 않고 잘 갈무리해 땅을 키우던 외할머니. 대학에 가는 나를 보고 외할머니는 세상 많이 좋아졌다고 오랫동안 중얼거렸다. 대학 입학을 며칠 앞둔 날, 백일도 돌도 안 챙겨준 게 노상 마음에 걸렸다며 외할머니가 노란 금반지 하나를 호주머니에 쿡 찔러줬었는데, 그걸, 삼 년 전에 팔아버렸다. 돈이 필요했다. 돈 때문에 엄마들에게 전화를 걸고 싶진 않았다. 그날 이후 할머니 앞에선 손을 감추기에 바빴다. 왜 그렇게 살았을까. 후회된다. 너무 후회된다.

　지혜를 붙잡지 않았다면, 지혜는 살았을까?

　살 수 있었을까?

　조금만 기다리면 사람들이 우리를 구하러 올 줄 알았다. 그럴 거라 믿었다.

　내가 죽인 걸까.

　나 때문에 죽은 걸까.

　나도…… 죽을까.

12월 18일 p.m. 10:15

엄마.
어, 그래.
밥 먹었나?
니는 먹었나?
응.
뭐 해 먹었노. 먹을 게 있나?
응. 동하한테 전화 좀 왔나?
어, 왔드라.
언제 나온대?
해 바뀌야 나올 거 같다더만.

엄마, 엄만 누구로.

봉서이다. 수서이도 옆에 있다.

엄마.

와.

혜순 아줌마는 잘 계시나.

아까까정 놀다 갔어. 가도 니 얘기 묻드라.

보일러 집 아저씨도 잘 있나.

에이, 뭐. 내는 모린다.

왜. 하마 끝났나?

뭐……. 끝나고 말고 할 거 있나. 같이 산에나 가고 밥이나 먹는 기 다제. 딴 건 없다.

맞나.

응. 그뿌이다. 야, 니는 밥 좀 잘 먹고 댕겨래이.

잘 먹는다.

안 춥나?

겨울이 뭐, 원래 춥제.

방이 춥나?

패안애. 다른 엄마는 뭐 하는데?

드라마 본다.

좀 바꿔봐.

응. 있어봐라.

…….

…….

엄마?

오야.

엄마, 아픈 덴 없나?

…….

엄마!

응. 그래. 잘 있나?

지금 뭐 보는데?

야, 있어봐라. 이게 제목이 뭐로.

…….

…….

엄마.

…….

재밌나?

……으, 응?

엄마, 엄마는 꿈이 뭐냐고 물어보는 사람 있었나?

…….

…….

…….

엄마, 내 말 듣나?

응? 뭐라캤노?

엄마한테 꿈이 뭐냐고 물어보는 사람 있었냐고.

어데, 우린 그런 거 물어볼 줄도 모르고 살았다.
……맞나.
야, 니 밥은 먹고 다니나?
잘 먹는다. 엄마나 잘 먹어라.
뜨신 것 좀 잘 챙겨 묵고 그래야 된데이. 날이 추워가…….
응.
…….
엄마.
…….
감기 조심하고.
……응?
감기 조심하라고.
니나 조심해라.
곧 갈게.
차비 아깝그러 뭐하러 오노.
……그래도 갈게.
됐다. 안 와도 된다.
곧 동지잖아. 엄마들 생일.
다 늙어 뭔 생일이로.
엄마들이 뭐 벌써 늙어. 아직 한창이지. 백세시대에.
뭔데 그게?
요즘은 다들 백 살까지 산다고.

아이구, 야야. 됐다. 그래 오래 살아 뭐할 낀데. 암튼 괜히 돈 써 가며 올 필요 없다.

간다니까 엄마는!

그래, 그래 와라. 온나. 니 방은 안 춥나?

응.

뜨시게 입고 댕겨래이.

응. 안녕히 주무세요.

응. 그래. 니도 잘 자라. 문 꼭 걸고.

응. 엄마도 문 꼭 걸고.

오야. 드가래이. 야, 뭐가 어예 됐는데. 저 여자는 와 우는데?

12월 19일 a.m. 2:55

깜깜한 심해에서 간간이 푸른빛을 내는 작은 생명.
별이 빛난다.
음악이 흘러.
숨을 쉬지 않아도 활짝 트이는 정신.
사랑했던, 부끄러워했던, 미워하거나 그리워했던 사람들이 한꺼번에 떠올라 가슴이 벅차.
마루에 앉아 무청을 손질하다 깜빡 조는 할머니. 언성을 높이며 싸우다가도 사춘기 소녀처럼 요란하게 웃어대는 엄마들. 미안해, 동하야. 미안해. 동그란 밥상에 둘러앉아 따뜻한 밥을 먹는다. 파란 김. 열무김치. 참나물. 시래기된장국. 빨갛게 무친 도라지와 내가 제일 좋아하는 고들빼기김치. 시원한 물 한 대접을 들이켜자,

몸 곳곳에 숨어 있던 수많은 새싹이 기지개를 켠다.
 하얀 눈이 내린다.
 금세 꽃이 피고, 매미가 운다.
 하룻밤 사이 노랗게 멍든 바다.
 귀뚜라미 우는 소리. 늘 다른 표정으로 지는 노을. 잊지 않고 돌아오는 고마운 계절. 결코 끝나지 않을 것 같았던 이 노래. 사랑하고, 사랑한다고 말해야 했던,

(에필로그)

……

차마
못한
말

내가 있잖아

니 내랑 서울 가서 안 살래?

등에 업힌 채 잠든 은하의 엉덩이를 다독거리며 봉선이 나지막이 말했다.

서울은 와.

수선이 은하를 감싼 잠바를 꼭꼭 여미며 무심히 되물었다.

그래도 거는 여보다 많지 않겠나.

뭐 말이로.

니 맨치로……, 그런 여자들 말이다.

가로등 빛이 만들어낸 수선과 봉선의 그림자가 골목을 가득 메웠다.

됐다, 고마.

수선이 봉선의 말을 대번에 잘라버렸다.

니도 짝을 찾아야 될 거 아이라.

짝 찾으러 서울까정 가잔 말이라?

그래도 찾으믄 좋지! 한평생 사랑도 몬하고 혼자 살면 억울해서 어데 죽을 때 눈이나 제대로 감겠나!

골목 어귀에서 사람 인기척이 들렸다. 수선과 봉선은 약속이나 한듯 입을 다물었다.

내는 니가, 니 맘 잘 알아주는 사람 만나 알콩달콩 사는 거 보고 싶다.

인기척이 사라지자 봉선이 다시 입을 열었다.

니나 그래 살아라. 내 팔자엔 그런 재미, 없지 싶다.

수선이 대꾸했다. 목소리엔 힘이 하나도 없었다.

맘 가는 가스나 없나?

봉선이 은근슬쩍 물었다.

응? 없나?

수선이 대답을 안 하자 재차 물었다.

있어봤자 뭐할 낀데. 맴만 더 아프지.

수선이 혼잣말처럼 중얼거렸다. 봉선이 한숨을 내쉬었다. 둘은 아무 말 없이 쓸쓸한 골목을 걸었다. 등에 업힌 은하가 잠투정을 하자, 봉선이 등을 들썩이며 응, 응, 대꾸를 해주었다.

……내는 있잖아.

수선이 낮은 소리로 말을 꺼냈다.

아무도 날 안 좋아해도 상관없다. 그래 살 작정이야 진즉부터 했으니까. 그래도, 아무리 작정을 했어도…….

속으로 오랫동안 말을 굴리던 수선이 다시 말을 이었다.

……가끔 생각하면 무섭다. 무서워서 콱 죽어버리고 싶을 때도 있다.

뭐가. 뭐가 무서운데.

야도 크면 지 짝 찾아 떠날 끼고. 니도 니 짝 찾아 언능 가는 게 맞고.

수선은 다음 말을 잇지 못하고 한참을 머뭇거리다 겨우 입을 열었다.

……내는 혼자 살고, 혼자 늙고, 결국 혼자 죽어가지 않겠나. 영영 그 수밖에 없지.

봉선의 그림자가 우뚝 멈췄다. 땅만 보고 걸어가던 수선이 뒤를 돌아봤다. 자리에 서서 질질 울던 봉선이 성큼성큼 수선을 향해 다가왔다.

걱정 마라.

코를 훌쩍이던 봉선이 수선의 손을 잡아끌며 씩씩하게 말했다.

내가 있잖아!

봉선과 수선의 그림자가 잠시 겹쳐졌다.

내는 죽는 날까지 니 옆에 있을 기다. 절대 니 혼자 안 둔다.

그게 될 소리라? 니도 남자 만나 살아야제. 니는 내랑 다르잖아.

수선이 봉선의 손에 끌려가며 다급히 말했다.

누가 남자 안 만난다드나? 두고 봐라. 내가 어예 사는동.

쓸데없는 소리 말고. 니는 니 갈 길…….

야야.

봉선이 수선의 말을 자르며 밤하늘을 가리켰다.

저거, 저거 말이다.

뭐, 뭐 말이로?

저거, 꼭 나비 안 같나?

봉선이 밤하늘에 모여 있는 별을 손가락으로 하나하나 이으며 말했다.

……맞네.

수선은 봉선이 가리키는 별들을 보며 대꾸했다.

맞제? 그제?

봉선이 잔뜩 흥분한 목소리로 말했다. 두 사람은 골목 어귀에 가만히 선 채로 남쪽 하늘에 새겨진 나비 모양 별자리를 오랫동안 바라봤다. 눈을 떼는 순간 별나비가 하늘 너머로 훨훨, 날아가기라도 할 것처럼.

은하가 다시 잠투정을 했다. 수선과 봉선이 동시에 은하의 엉덩이를 가만가만 두드렸다.

첫눈

　예감은 종종 왔다. 엄마가 가을 내내 연보랏빛 목도리를 뜨던 때. 엄마가 뜬 목도리를 혜순 아줌마가 아무렇게나 두르고 다니는 걸 봤을 때. 선선한 가을바람 불던 저녁, 강변에서 열리는 축제에 애들이랑 놀러 갔다가, 틀림없이 공장에 있을 거라 생각했던 엄마가 혜순 아줌마랑 따뜻한 커피를 나눠 마시며 소녀처럼 웃고 있는 걸 봤을 때. 나도 모르게 친구 등 뒤로 숨어버렸던 상쾌한 그 가을 저녁. 엄마 지갑에서 돈을 훔치던 날, 지갑 속에서 발견한 사진이 내 사진도 아니고 동하 사진도 아니고 엄마들 사진도 아니고, 공장 한구석에 핀 맨드라미를 배경으로 찍은 공장 아줌마들 사진이었을 때. 맨드라미처럼 빨간 입술을 동그랗게 벌리며 화사하게 웃고 있던 사진 속 혜순 아줌마. 혜순아, 라는 글씨만 적힌, 완성되지 않았기에 부치지도 못한, 완성했더라도 결코 부치지 못했을 엄마의 편지를 쓰레기통에서 발견했을 때. 엄마는 혜순 아줌마를 너무 좋아해, 하고 내가 구시렁거리자 딱딱하게 굳어버리던 엄마 얼굴.
　짐작만 하고 차마 묻지 못했던 수많은 날들.
　니 언제까지 이래 살래 하고 혜순 아줌마가 물어보자, 내는 고마 니랑 살았음 좋겠다고 말하던 엄마 목소리. 혜순 아줌마가 깔깔 웃으며, 그럼 내 서방은 우야고 하고 대꾸하자, 말이 그렇다는 기지 뭐 하고 눙치던 엄마 표정. 혜순 아줌마가 돌아가자 화장실에 들어가 한참을 안 나오던 엄마. 화장실 문에 귀를 대고 엄마 우는 소리를 들으면서, 내는 니랑 살았으면 좋겠다, 허공을 맴돌던 엄마 목소리를 마음으로 수십 번 되새겼다.

그 시절, 엄마는 텔레비전을 보며 자주 울었다.

집에 오는 내내 전람회 앨범을 대여섯 번씩 돌려 들으며, 그 애에게 선물을 어떻게 전해주나, 전해줄 수나 있을까, 머릿속 핏줄이 배배 꼬일 정도로 고민하고 고민했다. 현관문을 열면서 이어폰을 뺐다. 엄마는 벽에 기대앉아 텔레비전을 보고 있었고, 거실 바닥엔 먹다 만 롤빵과 장미 꽃잎 모양 커피 잔 두 개가 아무렇게나 흐트러져 있었다. 혜순 아줌마가 올 때만 꺼내놓는 특별한 커피 잔이었다. 텔레비전에선 〈내 이름은 김삼순〉 재방송이 나오고 있었다. 삼순이가 돼지인지 개인지 모를 인형을 끌어안고 술주정하는 장면을 보며 엄마가 콧물을 들이켰다.

저게 슬프나?

목도리를 풀고 엄마 옆에 앉으며 물었다. 엄마는 대답 없이 눈물을 슥 닦았다.

벌써 갱년기라? 왜 시도 때도 없이 우노.

웃자고 한 말인데, 엄마는 울음을 참았다. 술 취한 삼순이가 의자에 앉으려다가 뒤로 벌러덩 넘어졌다.

엄마.

점퍼를 벗어 엄마 무릎을 덮어줬다.

원래, 내가 좋아하는 사람이 날 안 좋아하면 슬픈 기다.

엄마가 리모컨을 꾹꾹 누르며 텔레비전 볼륨을 높였다.

또, 내가 좋아하는 사람이 다른 사람을 좋아하면 배로 슬픈 거고.

발가락으로 커피 잔 하나를 툭툭 찼다.

남자나 여자나 똑같이…….

아직 그런 내용 아이다.

엄마가 브라운관을 쳐다보며 건조한 목소리로 말했다. 삼순이가, 내 부모님과 언니들에게 당당하게 내 남자예요라고 말할 수 있는 사람이 이상형이라는 말을 하고 있었다.

아직은 저 둘이 안 좋아해.

…….

근데 곧 좋아하게 된다. 니도 봐라. 재밌다.

엄마가 손등으로 콧물을 슥 훔쳤다.

엄마.

드라마 좀 보자.

…….

방금 전까지 질리도록 들었던 전람회 노래가 귓가를 맴돌았다. 드라마가 끝나갈 즈음, 가로등 빛 사이사이로 반짝이는 눈송이가 보였다.

엄마.

…….

눈 오나 봐.

…….
첫눈이다.

마술사

컴퓨터 스피커를 켜자 웅장한 클래식 음악이 흘러나왔다. 개다리소반 앞에 앉은 동하는 주머니에서 10원짜리를 꺼내 엄마들에게 보여줬다. 손가락을 몇 번 움직이자 10원짜리는 100원짜리가 되고, 100원짜리는 500원짜리가 됐다. 엄마들의 눈이 커다랗게 벌어졌다.

신기하제?

동하가 신나 죽겠다는 듯 벙글벙글 웃으며 말했다. 500원짜리를 엄마들에게 준 후, 개다리소반 위에 검은색 천을 깔고 그 위에 100원짜리를 올려놓았다. 동전 위로 카드를 몇 번 움직이자, 동전이 감쪽같이 사라졌다. 야. 돈이 어디 갔노. 엄마들이 호들갑을 떨었다. 동하가 같은 동작을 반복하자 동전이 다시 나타났다.

진짜는 지금부터야. 내가 이거 배우려고 부대 후임한테 얼마나 공을 들였는데.

자리에서 일어난 동하가 작은 양동이를 엄마들에게 보여주며 말했다.

비었지? 비었지? 만져봐도 돼.

엄마들은 동하가 시키는 대로 양동이 속을 만져보고 거꾸로 들어봤다. 양동이를 받아 들은 동하가 현란한 손동작을 취했다. 스피커에서 흘러나오는 음악이 최고조에 달할 무렵, 손을 들어 양동이에 동전 떨어트리는 시늉을 했다.

쨍그랑.

양동이에 동전 떨어지는 소리가 났다. 거듭 같은 동작을 취했다. 동전 떨어지는 소리가 계속 들렸다. 엄마들이 벌떡 일어나 양동이 속을 들여다봤다.

이거 진짜라? 진짜 돈이라?

엄마들은 동전들을 빤히 쳐다만 볼 뿐 그것을 만져볼 엄두는 못 냈다.

당연하지. 만져봐라.

동하가 양동이를 엄마들 앞으로 내밀며 말했다. 다 100원짜리였지만, 엄마들은 백만장자라도 된 것 같은 표정을 지어보였다.

엄마들도 할 수 있다. 내처럼 손을 이래 들고 동전 떨어트리는 시늉을 해봐. 근데, 진짜 동전이 있다고 생각해야 된다. 꼭 그래야 된다. 의심하면 안 된다. 알았제?

동하가 엄마들 앞으로 양동이를 내밀며 말했다. 동하의 손짓을 따라하던 엄마들이 쑥스러운 듯 낄낄 웃어댔다. 어허. 진지하게. 진지하게 해라. 동하가 엄한 표정으로 야단을 쳤다. 엄마들은 최대한 진지한 몸짓으로 손가락을 촤락, 펼쳤다.

쨍그랑.

쨍그랑.

쨍그랑.

쨍그랑.

잔바람에 낙엽 떨어지듯, 양동이 속으로 은색 동전이 우수수 떨어졌다. 엄마들이 눈을 동그랗게 뜨고 자기 손을 쳐다봤다. 동하는 양동이를 엄마들에게 건네곤 허리를 굽혀 멋지게 인사를 했다.

내가 엄마들 보여줄라고…….

고개를 들고 공치사를 늘어놓으려던 동하의 말이 잠시 잦아들었다.

……이래 막 생기나.

양동이를 멀겋게 쳐다보던 엄마가 울먹거렸다.

다른 것도…… 없어져서 없는 것도, 이래 막 생길 수 있나.

동하가 다시 고개를 숙였다. 피할 수 없는 정적이 세 사람의 어깨를 무겁게 짓눌렀다.

축제

가을 밤, 멀리서 폭죽 터지는 소리가 들린다. 축제 마지막 날이었다. 쓸쓸한 방 안에서 혼자 텔레비전을 보며 콩 껍질을 까던 두자가 세상 참 좋아졌데이, 하고 중얼거렸다. 쌍둥이도 분명 강변에 나가 있을 것이었다. 수선이야 서방이랑 갈라서긴 했어도 이후엔 한눈 한 번 안 팔고 나름 조신하게 잘 사는 것 같은데, 봉선이는 남부끄러운지도 모르고 만날 이 남자 저 남자 만나면서도 결혼할 생각은 없다고 하니, 봉선이 생각만 하면 한숨이 절로 났다. 옛날 분녀 언니 생각도 나는 게, 분녀 언니 엄마가 살아 있었으면 지금 자기 심정 같지 않을까 싶기도 하고. 분녀 언니가 자유롭게 사는 건 참 좋아보였는데, 막상 자기 딸이 그러고 사니 그건 정말 안 내키고 못마땅하고 속상했다. 다 큰 자식을 어릴 때처럼 대놓고 휘두를 수도 없고, 이젠 지도 애 엄마라고 내 말은 귓등으로도 안 듣고. 둘 중 하나라도 번듯한 남자 만나 제대로 된 가정 꾸리는 꼴을 봐야 죽을 때 한쪽 눈이라도 편히 감을 텐데.

다 내 업보라.

콩 껍질을 손가락으로 툭 누르며 중얼거렸다.

하지만 옛적엔 다들 그렇게 살았지. 세상 좋아진 요즘에야 자기 자식 귀하다고 무엇이든 최고로 해주겠다고 난리들이지만······. 두 년한테 역정만 내고 일만 냅다 시키고, 수고했다, 미안하다 말 한마디 안 하고 살았어도 그게 어디 내 탓이겠나. 그땐 그게 당연한 줄 알고 살았는데. 지들이 사랑도 못 받고 자랐다고 생각하는 것 모양 내도 그래 살았는데······. 자식이 어디 사랑으로 크는가. 밥으로, 돈으로, 세월로 크지.

그랬구나, 할머니.

그래, 그래 살다 보이······.

텅 빈 방에 앉아, 두자는 버릇처럼 혼잣말을 늘어놓았다. 늦게 먹은 시루떡 때문인지, 쓴물이 목구멍을 타고 자꾸 올라왔다.
분녀 언니는 어예 살고 있을꼬……. 먼저 갔나. 나보다 늦게 오려나.
오래오래 살아야지, 할머니.
신트림을 하며 눈으로는 텔레비전을 보고 손으로는 부지런히 콩 껍질을 까던 두자의 눈빛이 잠시 흔들렸다. 리모컨을 찾아 소리를 크게 높였다. 콩깍지가 바닥으로 툭 떨어졌다. 호스피스 병원에 대한 다큐 프로그램이었다. 휠체어에 앉아 있는 백발노인의 인터뷰가 방송되고 있었는데, 간암 말기로 병원에 들어온 노인은 그곳에서 반년 넘게 고통 없는 죽음을 준비하는 중이라고 했다. 의사가 두 달도 못 살 거라고 했는데……. 이젠 안 무서. 암것도 안 무서. 당장 내일 죽는대도 안 무서. 안 무서. 노인이 얼굴 가득 주름을 만들며 말했다.
병든 노인을 오랫동안 쳐다보던 두자가 눈을 내리깔고 다시 콩 껍질을 까며 중얼거렸다.
……세상이 좋아져서, 저래 아파도…….
콩깍지를 모아놓은 광주리에 콩을 넣고, 콩을 넣던 그릇에 콩깍지를 넣으면서 말을 이었다.
평생 못 볼 사람인 중 알았더니……. 세상이 좋아져서…….
폭죽 터지는 소리가 연이어 들렸다. 멍하니 그 소리를 듣다가 방문을 열고 까만 하늘을 쳐다봤다. 찬란한 불꽃이 하늘 가득 돋아났다가 금세 사라지길 반복했다. 쌍둥이가 생겨나던 그 밤에도 마을 잔치가 있었다. 꽃씨를 털어 먹던 그날이 바로 어제처럼 생생하게 떠올랐다. 마을회관에 모여든 사람들이 웃고 먹고 마시느라 정신없던 그 밤. 쌍둥이 아비를 따라 산으로 올라가며 얼핏 보았던 노랗고 빨간 쥐불들……. 다신 못 볼 사람인 줄 알았더니. 살아 있었구나. 아직 살아 있구나. 죽을병에 걸려 언제 죽을지 모른대도, 아직은 살아 있구나.

……뭐, 어떻소.

눈곱을 떼어내듯 눈언저리를 콕콕 찍어 누르던 두자가 희미한 목소리로 중얼거렸다.

내도 죽을병에 걸렸는디.

불꽃이 빨간 꽃을 피웠다.

태어나는 순간부터 당장에 다들 죽을병에 걸리는 거 아잉교. 먼저 가나 늦게 가나 순서만 다르제……. 먼저 가 계시면…… 내 대신에 잠시라도.

댓돌 위에 발을 얹고 금세 피고 금세 지는 불꽃을 한동안 바라보던 두자가 두 손을 맞비비며 뭉개진 기원을 웅얼거렸다.

……부디 잘 보살펴주십사고…….

하늘 끝 어디선가, 재가 스러지듯 낮은 한숨 소리가 고요히 내려왔다.

작가의 말

엄마에게 가장 듣고 싶은 말은 언제나
'행복하다'는 말이었다.
'사랑한다'는 말이 아니라.
그게 순서라고 생각한다.

작년 가을에 조카가 태어났다. 오래된 친구도 아이를 낳았다. 너무 작고, 귀엽고, 사랑스러운 아이들을 볼 때마다 고개를 쳐드는 미안함과 걱정으로 마음이 불편했다. 미래를 긍정할 힘이 내게도 있을까. 동하의 이야기를 풀어내기가 두려웠다. 섣불리 상상할 수 없었다. 그렇다고 걱정과 불안만 늘어놓고 싶진 않았다. 하지만 내 감각의 끝은 끈질기게 그 세계만 가리켰다. 지금, 여기, 이곳만을 똑바로 쳐다보고 싶었으나 자꾸 눈이 감겼다. 세상은 빠르게 변하고 있다는데, 고인 물에서나 풍기는 썩은 내가 났다. 그 냄새에 익숙해지긴 싫은데, 그것 아닌 냄새는 기억할 수 없었다. 글을 쓸 때면 내 손에서도 그 냄새가 났다. 나를 형성하는 감각이 죄다 이 모양인데, 다른 이야기를 할 수 있을까.

내가 고단하면 남들도 다 그럴 것 같고, 내가 안온하면 남들 역시 그런 줄 아는, 난 아직 그 세계에 머물러 있다. 세계의 틈이 조금씩 벌어질 때마다 당혹스러운 마음을 글자로 옮겼다. 틈은 점점 벌어질 테고, 이곳의 공기 역시 변해갈 것이다. 틈인 줄 알았던 그것이 결국 전체가 되는 순간, 나는 어떤 인간이 되어 있을까.

2011년 12월
최진영

끝나지 않는 노래
ⓒ 최진영 2011

초판 1쇄 발행 2011년 12월 23일
　　2쇄 발행 2012년 1월 16일

지은이 최진영
펴낸이 이기섭
편집인 김수영
책임편집 김윤정
기획편집 임윤희 정회엽 이지은
마케팅 조재성 성기준 정윤성 한성진
관리 김미란 장혜정

펴낸곳 한겨레출판(주) www.hanibook.co.kr
등록 2006년 1월 4일 제313-2006-00003호
주소 121-750 서울시 마포구 공덕동 116-25 한겨레신문사 4층
전화 02)6383-1602~1603 **팩스** 02)6383-1610
대표메일 book@hanibook.co.kr

ISBN 978-89-8431-529-7 03810

- 책값은 뒤표지에 있습니다.
- 파본은 구입하신 서점에서 바꾸어 드립니다.